怪談撲滅委員会
幽霊の正体見たり枯尾花

角川ホラー文庫
18930

CONTENTS

Prologue

秋の某日。某校。時刻は十八時を過ぎていた。

先ほどまで練習中の野球部員たちを二基のライトが白く照らしていた。

今は二基とも消灯され、校庭に生徒の影はない。夜の海のような広大な闇の中、汗の臭いと静寂が立ち込めている。

野球部顧問の大似田《おおにた》は、部員たちの最後の一人が校門を出ていくのを確認すると門の鍵《かぎ》を閉めた。

この時間まで部活動をしているのは自分たち野球部だけだ。

数年前までは、この時間帯でも校庭にはテニス部や陸上部の部員たちの姿があったが、今年から生徒の在校時間の規定が改められた。十七時以降は部活動のない生徒の在校を認めず、十八時以降は部活動をしている生徒でも下校しなければならなかった。

この校則の改定に大似田は不満だった。彼は高校時代、県内一の名投手と讃《たた》えられ、甲子園の土も踏んだことのある地元の期待の星。ところが大学時代、プロの目は彼を名投手とは捉《とら》えなかった。練習試合へ視察に来ていた某球団のスカウトマンは彼ではなく、敵チームのピッチャーに白羽の矢を立てた。

当然、これまで向けられてきた期待や羨望《せんぼう》の目は大似田から離れていく。失意の底に沈む彼に、かつての学び舎《や》である地元中学が救いの手を差しのべた。教鞭《きょうべん》をとりながら野球部の顧問をしないかと彼に二度目の期待をかけたのだ。学校側の熱心な触れ込みにより初年の部員数は前年の三倍。保護者による後援会もできた。だが着任して五年。この学校の野球部が他校に勝てたことは一度もない。ほとんどの試合はコールド負け。他校の顧問に「試合にならない」と嘲笑《ちょうしょう》交じりの苦情を言われたこともある。昨年末の対抗試合ではいよいよ県内最弱校の汚名を着せられ、地元や学校の期待を完全に裏切る形となってしまった。

このままで終わるわけにはいかなかった。練習内容の見直しをし、週二の朝練は週四に、放課後の練習を二時間増やし、今年こそはと奮起していた――その矢先だった。

学校内で妙な噂が囁《ささや》かれ始めた。

放課後、新校舎の三階教室の窓から女性が校庭を見下ろしている――そんな噂が。

長い黒髪を風に預け、はためくカーテンに見え隠れしている女性の姿を、多くの生徒たちが目撃していた。

生徒ではなかった。校則では男子も女子も、髪は肩にかかってはならないとされているが、件《くだん》の女性の髪は胸元まであるという。新任の女教師では、との噂もあったが該当する教師はいなかった。

放課後の教室で窓辺に一人佇《たたず》む、髪の長い女。

生徒たちは声を潜めて噂した。

女は幽霊に違いない、と。

噂は一気に尾ひれ背びれを生やし、職場失恋で屋上から飛び降りた女教師がいたとか、校庭がある場所に昔は産婦人科があり、無免許の医師が多くの妊婦を死に至らしめたとか、根も葉もない話が咲いた。

――彼女を見た生徒は学校を卒業できない。

誰とはなしに、そう囁きだし、生徒たちはいよいよ本気で彼女を恐れだした。放課後の在校生は急激に減り、信じられぬことにこの怪談話を信じる保護者たちによる問い合わせの電話もあった。そんな一部の保護者たちの声もあり、学校側は在校時間についての校則を改定せざるを得なくなった。

そのため貴重な練習時間を大幅に削られ、噂の女幽霊を恐れてか部員たちも練習に身が入っていない。これでは来年も最弱チーム決定だった。

――幽霊だかなんだか知らないが、とんだ疫病神《やくびょうがみ》だ。そんなものが本当にいるんなら、とっ捕まえて学校から蹴《け》り出してやる。

大似田は夜の水族館のような蒼暗《あおぐら》い空を背負う新校舎を見上げる。この時期は進路相談で遅くまで教室の明かりがついていることもあるが、改定後はすべての窓が暗くなっていた。明かりを失って沈黙する校舎は、巨大な墓碑に見える。

女が佇むとされる教室の窓も例外ではなく、夜色に染まって何者の影もない。

ふん、と、大似田は鼻で笑う。

——うちの生徒どもは馬鹿か。幽霊なんて普通、夏が終われば店じまいだろうが。

校庭に生徒の姿がないことを再度確認した大似田は、職員室のある旧校舎へと歩みかけ、思い立ったように新校舎に進路を変える。帰る前にトイレへ行っておきたかった。新校舎のトイレは今の時間、使用者がいない。この時期の同僚たちは顔を合わせれば延々と生徒の進路のことばかり話してくる。正直、一切興味はなかった。クラスを受け持っていないというのもあるが、自分の情熱はもはや生徒の未来にではなく、自身への期待の復帰のみに注がれていた。用を足したら即刻タイムカードを押し、明日の朝練のために早く帰って寝たかった。

新校舎玄関の下駄箱は、成長期の男子特有の臭いに満ちていた。屋外の開放された希薄な闇とは違う、密閉された濃厚な闇が溜《た》まっている。

こうして消灯された校舎内を歩くのは初めてではない。容赦のない暗さにも慣れていた。夜は暗くて当たり前だ。大似田にとって闇は恐れの対象ではなかった。明かりなどなくとも、トイレまでの十数メートルの道程を記憶して運んでくれる二本の足があれば十分だった。

これまで生きてきて怖いと感じたことは一度もなかった。共鳴し、後ろからついてくるように聞こえる自分の足音。殺人現場のように赤く染まる、消火栓のライトに照らされた廊下。痩《や》せ衰えた腕に見える、窓に寄りかかる木の枝。幽霊の正体なんてそんなものだ。そんなもののために自分の人生を棒に振るわけにはいかない。

叩《たた》くように壁の蛍光灯スイッチを入れると、真っ白い光が闇を追い払う。

男子トイレはアンモニア臭とトイレ洗剤の臭いが相まって、苦い臭いに満ちていた。

ふぅぅ、と長い溜《た》め息をついて小便器に湯気を燻《くゆ》らせる。

——そんなに幽霊が気になるなら、放課後に一人ずつ校舎内をマラソンでもさせようか。女が立つと噂のある教室で腹筋・腕立て・背筋の十セットをして戻ってくるなんてコースはどうだ。度胸がつけばよし。そんなものがいないってことがわかればさらによし。泣き言いう奴はビシバシ——

大似田は顔を上げ、耳をそばだてる。

聞こえたような気がしたのだ。忍び笑うような声が。自分のすぐ後ろから。

振り返る。個室トイレが二つ。向かって右側の扉が閉まっている。

気づかなかった。先客がいたのだ。

ファスナーを閉めると足音を殺して扉の傍に立ち、中の音を窺《うかが》う。

かる。


笑っている。声を漏らさぬよう、息を潜めて。

小さくノックをする。返ってこない。笑いをこらえ、中で息を震わせているのがわかる。

こめかみに血管が浮く。一度のみならず二度三度と学校や保護者の期待を裏切ったくせに、便槽の蠅のごとく野球にしがみつく自分を、皆、笑っているのではないか。大似田はつねにそんな被害妄想を抱き、最近は特に敏感になっていた。

――六時以降の在校は校則違反だ。厳しく罰してから職員室へ連行してやる。生徒《ガキ》のくせに教師を馬鹿にしくさって。

屈《かが》んで、扉の下の隙間から中を覗《のぞ》く。

大似田は「はっ」と声を上げ、その場に尻《しり》もちをついた。

裸足《はだし》が見えた。

蠟燭《ろうそく》のように白い肌の、痩せて筋張った、足首に髪の毛のようなものが何重にも絡み付いた、子供のように小さな足が。

生徒じゃない――。

「お、おい！　誰だそこにいるのは⁉　今すぐ出てこい！」

大似田の怒声は、すぐに静寂に食い殺される。扉の向こうに佇む者からの返答は沈黙だった。

　このまま永遠に続きそうな沈黙を、かちりという音が破る。病床の老人の唸《うな》りのような音を立て、扉がゆっくりと開く。

　黒い隙間から、ぬぅっと白い手が伸びた。

　小さな手は蜘蛛《くも》のように五指を曲げ、扉に爪を立て、かりかりと掻《か》いた。

〝それ〟は、ゆっくりと隙間から顔を覗かせた。

　髪の長い女だった。

　身の丈よりも長い黒髪は、墨汁を垂らしたように床に黒く溜まり、その髪を掻き分けて、ぐしょ濡《ぬ》れの歪《ゆが》んだ顔が覗いていた。瞼《まぶた》が腫《は》れ、口から泡を吹く、引きつった女の顔が。

　絶叫を上げる大似田に、女は飛びかかった。

EpisodeI
白首第四高校

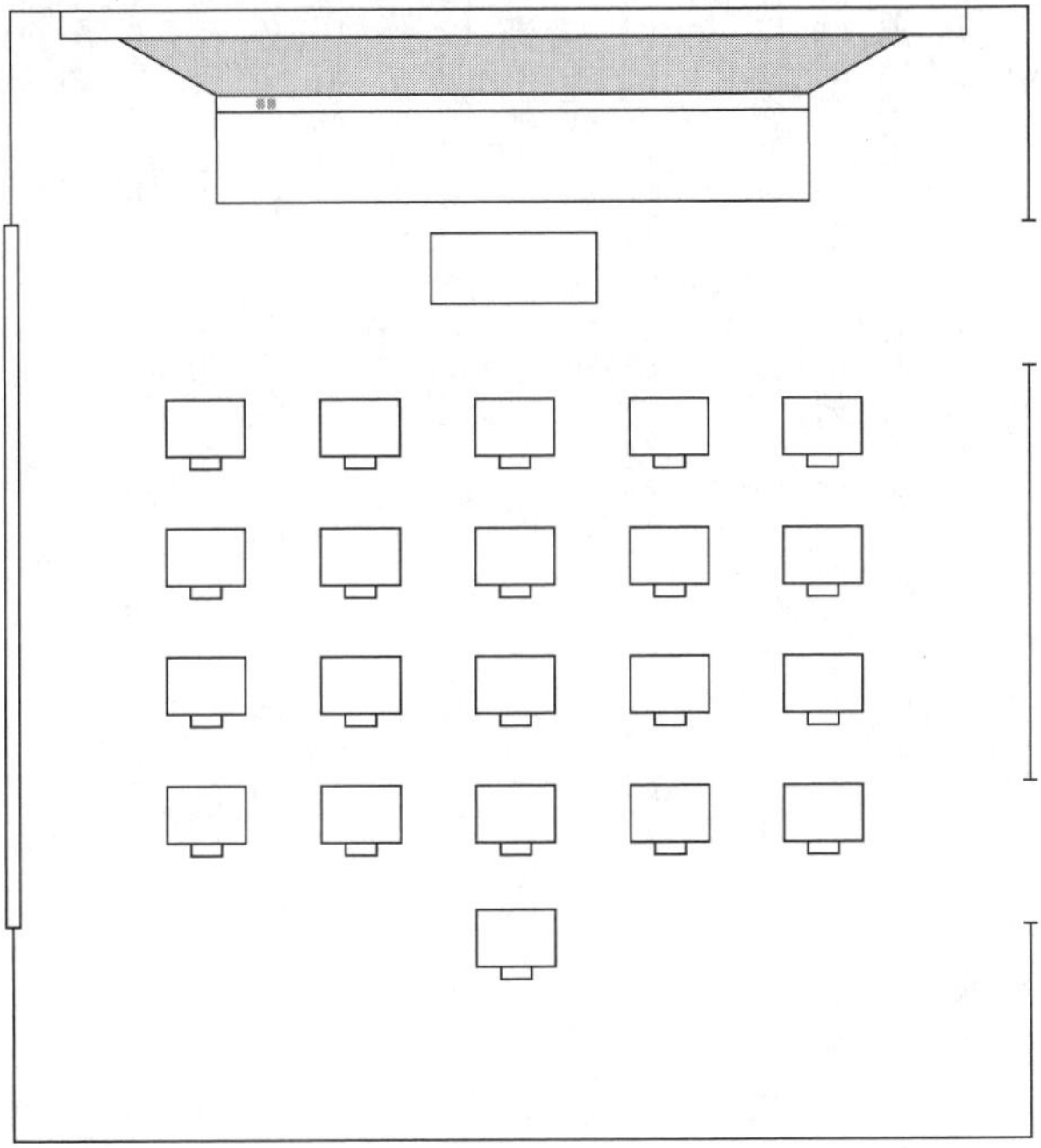

この高校には、霊柩車《れいきゅうしゃ》がある。

第四校舎の玄関を塞《ふさ》ぐように停められたそれは宮型《みやがた》と呼ばれるタイプの霊柩車《もの》で、見た目にも相当の年代物であることがわかる。すべての窓は汚れて曇り、車内の様子は見えない。黒塗りの車体や荷台に載った金色の神輿《みこし》のようなものも塗装が剝《は》げ、皮膚病の犬のような無残な斑《まだら》模様になっている。

正門脇には、奇妙な胸像が置かれている。

初代校長、あるいは高校の創設者がモデルだという説があるが、どうもそうではないらしい。像は十年前のある朝、何者かによって正門の脇に放置されていたもので、首から上がない。モデルの名前も経歴も台座から削り取られているので、彼がどのような偉業を成した人物で、なんの目的で学校に放置されたのか、知る者はいない。

首なし像の隣には立派な桜が生えている。

何年か前の創立記念日に植樹されたもので、幹には刃物で切りつけたような無数の傷がある。よく見ると傷は同じメッセージを刻み重ねられたもので、いずれも『三人ネムル』と読める。この傷は毎年、創立記念日ごとに増えている。桜の根元には、明らかに何かが埋まっているような膨らみが三つある。いまだかつて、これを掘り起こして確かめた者はいないという。

第三校舎下の池には、異形の蟹《かに》が飼育されている。

この蟹は平家《へいけ》の怨念《おんねん》が宿るといわれる平家蟹であり、甲羅には無念の死を遂げた者たちの憤怒《ふんぬ》の形相が刻まれている。蒲谷《かばや》校長が飼っているもので、蟹に話しかける校長の姿が目撃されている。

そういった他校では見られないものが、この高校にはいくつもある。

今年の入学式では、蒲谷校長が茹《ゆ》で卵のような禿頭《とくとう》を撫《な》でながら笑顔でこんな話をした。

「皆さん、ご入学おめでとうございます。この学校には気にしなくていいものが幾つかあります。その最たるものがヨンカンと呼ばれる、第四校舎です。あそこにはくれぐれも近づかないように。今は校舎として使われていませんし、どの入口も鍵《かぎ》が掛かっているので中には入れません。ただ古いだけで、なんにも面白いものなんてありませんからね。当然、電気は通っていませんし、日中でも真っ暗で怖いです。虫や鼠もわんさかいるでしょう。そのうえ、老朽化でところどころが脆《もろ》くなってますし、割れたガラスも散らばっているので校舎内はひじょうに危険です。これから三年間、ヨンカンにまつわる根も葉もない噂をいろいろ聞くかもしれませんが、それはただの噂であって真実ではありません。そういう噂は、まったく気にしないで楽しい学園生活を送ってください。それから、もう目にした生徒もいると思いますが、ヨンカンの玄関前に変わった形の車が停まっていますね。あれが何かは、みなさんわかりますよね？　はいそうです。霊柩車ですね。亡くなった方を運ぶ車ですから、あれにも絶対に近づかないように。死体が入っているかもしれませんからね。あっはっはっは」

校長の不謹慎なジョークに誰一人として笑う者はなく、教員たちは一様に顔をこわばらせる。そんな光景を見て、新入生の誰もが思った。

やっぱり噂は本当だったんだ、と。

白首第四高校《しろくびだいよんこうこう》。

山に囲まれた地方都市、手楔市《てくきびし》の中心にある共学校。偏差値は中の中。スポーツも全国平均でちょうど真ん中あたり。女子の制服は紺のブレザーにリボンタイ、タータン・チェックのスカート。男子は紺のブレザーに紺と白のストライプ柄のネクタイ。地元の仕立屋が派手でも地味でもないよう無難に仕上げたおかげで、制服目当てで入るファッション入学もない。飛び抜けて素行の悪さが目立つ生徒もなく、不良も優等生も並みの不良で並みの優等生。よって評判は良くも悪くもなく、これといって特筆すべきこともない。呆《あき》れるほど、どこにでもあるような普通の公立高校である。

怪談があることを除いては——。

そのこと自体も別段珍しくはない。《学校の怪談》というカテゴリーもあるくらい、その手の話と学校の親和性はひじょうに高い。小中高生の知っている怖い話といえば、たいてい《学校の怪談》の中に属すものだ。

七不思議という響きに懐かしさを覚える者も少なくないだろう。

音楽室から鳴り響くピアノの音、プールのシャワーから滴る血、深夜に一段増える階段。同級生や先輩、教師から聞かされた七つの怪しい話に当時は鳥肌のひとつも立てただろうが、今では郷愁を誘うくらいで恐怖は遠い過去へ置き去りにしてしまっていることだろう。ネタは小粒、リアリティは皆無、どこかで聞いたようなチープな話ばかりを無理やり七つかき集めたものにすぎないという印象が強いのではないだろうか。

しかし、怪談は成長している。我々の知らぬ間に。

とくに学校は、その成長を促進させる恰好《かっこう》の場である。

毎年おこなわれる生徒の卒業と入学。この〝空気の入れ替え〟は怪談にとって重要だ。怪談は「昔の話」というだけで信憑性《しんぴょうせい》が薄まる。信憑性のない話は伝播力《でんぱりょく》が著しく低下し、情報の停滞が生じてしまう。しかし、「伝承者」である生徒たちの定期的な交換がおこなわれることで怪談は循環し、不特定多数の人間を介して改編・改変がなされる。それにより矛盾点や綻《ほころ》びの修復をされ、時代に合った表象や題材の書き換えがおこなわれるので、鮮度を保ったまま信憑性と恐さの質が高い怪談として更新―

―生まれ変わることになる。学校というコミュニティは、七不思議の継承システムが機能的に働くのに最適な環境といえる。

この七つの怪談は語り継ぐことに意味のある、いわば伝統のようなものだ。時を重ねるごとに洗練されていくのは必然。聴く側の耳も肥え、語り部《べ》の技術も向上している現代の七不思議は、昭和の頃に聴いたものより格段に怖く、クオリティの高い怪談となっている。

白首第四にあるのは七不思議どころではない。

その三倍――二十一もの怪談が語られている。

これは学校の特異な造りに関係している。白首第四には校舎が七つ、講堂や体育館といった多目的ホールが三つ、プールが三つあり、正確な比較をできないが校庭の面積は通常の三倍以上。生徒数も三倍で、専門学科の数も他校に比べて多い。それもそのはず、白首第四は三つの高等学校を一つにまとめた県内一のマンモス校。二十一という数は、七不思議が三校分あるということなのだ。

澪《みお》は、怪談《その手》の話がもっとも苦手だった。理由は怖いからだ。

怖いことは人間の精神において大いにマイナス。精神は身体に大きく影響する。つまり怖いものは健康に悪い。なのにどういうわけか、そんな不健康な怪談《もの》を好き好んで聞きたがる人間が世間にはたくさんいる。漫画、小説、テレビ、映画、ゲーム、イベント、ラジオやネット番組、様々な媒体で発信され、季節を問わず一年中怖い話が蔓延《まんえん》している始末。その手の話に熱をあげる者たちの神経が澪にはまったく理解できなかった。

初めて怪談を聞いたのは小学生の頃の誕生日だった。親戚《しんせき》のおじさんにプレゼントはなにが欲しいかと訊《き》かれ、澪は確かにシルバニアファミリーが欲しいと答えたはずなのだが、なにをどう曲解したのか『本当にあった超怖い学校の怪談実話大事典』なる六百六十六ページにも及ぶ禍々《まがまが》しい大著を贈られた。頭に深々と鉞《まさかり》の刺さった女が血反吐《ちへど》を吐いて笑っている、児童書にあるまじき猟奇的な表紙。帯に書かれた『今夜は震えて眠れ』のメッセージ。児童虐待レベルのプレゼントだ。号泣しながら受け取り拒否をすると、これまた何を曲解したのか、おじさんは家に来るたびにそれを枕元で朗読し、半年かけて全ページを読み聞かせた。おかげで澪は極度の怪談アレルギーとなり、霊的な話を聞かされると深刻な拒絶反応が肉体に現れるようになってしまった。だから、その手の話を避けて生きてきた。

そんな澪にとって、この世はとても生きづらかった。

世は怪談戦国時代。右を見ても左を見ても怪談、怪談、また怪談。とくにメディアは無法地帯だ。新聞のテレビ欄は事前にチェックし、『恐怖』『絶叫』『心霊』の言葉がある番組には絶対チャンネルを合わせない。最近はバラエティー番組なんかが予告なしにその手の企画を挟んでくるので腹が立つ。和やかな空気から急にスタジオの照明が落ち、気味の悪い曲や効果音が流れ、芸能人が強張《こわば》った表情で語りだすあの流れは本当にやめてほしい。時々、頭の悪そうなアイドルがカメラにおさまりたいがために「わたし霊感あるんです」とかしゃしゃり出るのにも苛々《いらいら》する。もう怪談語りは稲《いな》川《がわ》さんだけでじゅうぶんだっていうのに最近は怪談語りで飯を食おうという輩《やから》が増えてひじょうに困る。芸人までもが怪談を語りだす始末。お笑い芸人は笑いだけを提供すればいいのに。

なので基本、ニュースとアニメ以外のテレビの視聴は避けている。アニメも季節によっては警戒対象だ。『サザ○さん』『ちび○子ちゃん』といった国民的アニメは時節に合ったテーマを入れてくる。夏場は肝だめしやお化け屋敷、時にはストレートに幽霊ネタをぶっ込んでくることもあるので油断ならない。

遊園地には絶対に行かない。あれは詐欺企業だ。頭に「遊」の文字をつけ、いかにも楽しい場所感を振りまいているのに、現場で聞こえてくるのは悲鳴ばかりだ。遊戯場で悲鳴が飛び交うなんて絶対におかしい。お化け屋敷といいジェットコースターといい、楽しいはずの場に怖いアトラクションを設置する意味と目的、それらを利用する消費者の気持ちが微塵《みじん》もわからない。なぜわざわざ金を支払って己の命を脅かし、悲鳴を空へと響かせなくてはならぬのか。そんな場所へカップルたちが諸手《もろて》を挙げて行きたがる理由はなんなのか。まったくもって理解の範疇《はんちゅう》を超えている。

　肝だめしというネーミングにも我慢がならない。まずネーミングからして怖すぎる。澪は初めてこの名称を聞いた時、どんな恐ろしい妖怪《ようかい》かと思った。内臓《キモ》を試すとはなんなのか。試したところで一文の得にもならないのに、なぜ若者は挙《こぞ》ってキモを試すのか。馬鹿なのか。キモはそんなに丈夫じゃない。澪はこの遊びに苦い想い出があった。中学の修学旅行だ。思春期真っ盛りの中三女子にとって旅行の本番は夜である。気になる男子の名前をカミングアウトしあったり、こっそり部屋を抜け出して男子部屋へ遊びに行ったり、男子に呼び出されて告白されたり——そういう甘酸っぱい時間を過ごせるものだと思っていたのに……甘かった。いや、苦かった。青汁よりも苦かった。あろうことか教師たちはシークレットイベントと称して肝だめし大会をプログラムに入れていたのである。当然そんな狂った遊戯に参加などするわけがない。トイレに籠《こも》って息を潜めていたら、澪のいないことに誰も気づかぬまま肝だめし大会はスタート。外から楽しそうな悲鳴が聞こえてくる中、澪はひとり布団の中で土産に買った温泉饅頭《まんじゅう》を齧《かじ》りながら枕を濡《ぬ》らしていた。二日目の夜は消灯時間の直後に怪談会が始まった。昨晩の興奮冷め遣《や》らぬといったところだろうが冗談ではない。これに対しては耳を塞《ふさ》いで誰よりも先に眠りにつくという防御策でなんとか切り抜けられたが、最後の最後にでかいトドメがきた。帰ってから配られたクラスの集合写真に、見知らぬ六人の老婆が写り込んでいたのである。クラスメイトの中に何食わぬ顔で混じっている六人はコピーしたように同じ顔をしていた。想い出の一枚が強烈な心霊写真と化したことで澪の中学最後の想い出は黒く塗りつぶされてしまったのである。……高校の修学旅行のことを考えると今から憂鬱《ゆううつ》で仕方がなかった。

人はなぜ、好んで怖い話を聴き、語り、恐怖画像や心霊サイトを検索し、幽霊の出そうな場所《スポット》へとわざわざ足を運ぶのか。

澪は普段からひと気のない場所は避け、十七時以降は外出をせず、就寝時は部屋から玄関までの照明をつけたままにしている（いざというときの逃走経路の確保だ）。そうすることで自分を怖いものから守り続けてきた。その甲斐《かい》あって、澪はこれまで一度も、その手の体験をしたことがない。

だから、これからもそうして生きていく――はずだった。

「ねぇ、《あかいちゃんちゃんこ》って知ってる？」

「トイレの怪談でしょ」「この校舎だっけ？」

「一階の一番奥の個室だって」「げっ、この前使ったわ……」

「放課後に入ると変な声が聞こえるとか、そんな話だよね」「それそれ」

「一番手前の個室じゃね？」「だったっけ？」

「警察も調べに来たって、あの話でしょ？」

「誰か死んじゃったとか、そんな噂もなかった？」

「それなんだけどさ、どうも本当らしいんだよね」

「本当って……本当に誰か死んだの？」「うん」「マジで？」

「うん、何年か前の話なんだけどね、普通科の女子が五人くらい集まって、問題のトイレで放課後に肝だめししたんだって。トイレにひとりずつ入って、五分経ったら出てくるって感じで」

「勇者だねぇ」「無謀だねぇ」「で、なにがあったの？」

「一人目が入ったらね、本当に聞こえてきたんだって」

「え、なに？」「ちょっと聞いちゃうの？」「なにが聞こえたの？」

「気味悪い声で、『あかぁいちゃんちゃんこ、きせましょかぁ』って」

「うーわ」「いやぁ！」「こわっ、マジこわっ」

「だから、一分も我慢できずにトイレから出てきちゃって」

「当然っしょ」「即だよね」

「で、トイレの外で待ってた二人目が入るでしょ」

「え、そこって、普通いく？」「いかないよねぇ」

「でも声を聞いたらビビっちゃって、今度は十秒ももたずに出てきちゃうの」

「それってさ、待ってる人たちが悪戯《いたずら》してたんじゃないの？」

「だと思うでしょ」「え、違うんだ」

「そうやって最後の人まで回ってきたんだけど、その人って幽霊とか信じないタイプの人でね、『あんたらビビりすぎ』って笑いながらトイレに入ってったんだって」

「もうフラグ立ち過ぎ」「死ぬね、これは」

「しばらくしたらね、トイレの中からその人の声で、『きせてみなよ！』って怒鳴り声が聞こえてきたんだって」

「お、かっこいい」「フラグフラグ」

「その直後、物凄《ものすご》い悲鳴があがって、ドサッて音が聞こえてきたんだって。それからシーン。で、心配になってみんなで見にいったら……」

「ごくり」

「その人、トイレの中で血まみれになって倒れてたの」

「げぇぇ、やっぱり」「死んじゃったの？」

「死んじゃった。刃物のようなもので首を切られてたんだって。ここからが怖いのよ。その殺された人のシャツにね、血がべっとりついてたんだけど、それが……赤いちゃんちゃんこを着てるみたいだったんだってぇぇぇ」

「イヤァァァ！　……って、ねぇ、ちゃんちゃんこって、なに？」

「さあ？」「お相撲さんが着る服じゃない？」「ちゃんこ鍋《なべ》が混じってない？」

「じゃあさ、これ知ってる？　保健室に全身真っ白な生徒がいるって話――」


教室の中では毎日、この手の話が飛び交っている。

澪は休憩時間はもっぱら机に突っ伏し、こんな猛毒のような会話が耳に入ってこないようイヤホンで音楽を聴いているが、この手の話が好きな生徒は授業中でも情報交換に余念がない。教師が黒板に向かっているあいだにひそひそやるので嫌でも耳に入ってくる。入学してまだ二か月も経っていないのに、もういくつか知ってしまった。

【あかいちゃんちゃんこ】は澪のクラス――普通科一年A組――が入っている第二校舎の女子トイレにまつわる怪談。この話を聞いてしまって以来、澪は一度も学校のトイレを使用していない。それどころか駅やデパートのトイレまで使えなくなってしまった。そういう弊害が生じることを怪談を語る者たちはわかっていないのだ。

環境のせいだろう。この学校の生徒たちはどっぷり怪談漬けだ。他に話題がないのか、口を開けば「どこに何が出た」「あそこで誰が死んだ」「呪いだ」「祟《たた》りだ」「霊だ」と物騒な話ばかりしたがる。澪にはそれだけでも罪深いことなのに、話の合間に大声を上げたり、後ろから抱きついたり、「ちょっと待って、今、なにか聞こえなかった?」なんて霊感少女ぶった演技をしてみたりと余計なサプライズまでご丁寧に挟んでくる。脅かし脅かされ、キャッキャと笑いあっている、そんなクラスメイトたちを見て、澪は羨《うらや》ましいと思ったことなど一度もなかった。むしろ愚かしい。皆がやっていることは心臓を殴りあっているようなものだ。怖い話を聞かされて精神が著しく消耗しているところへ不意に心臓を脅かしにくるなど、ただの殺人行為に他ならない。友達でも何でもない。仲良くなると怖い目に遭わされるというのなら友達などいらない。

怪談に毒されているのは生徒だけではない。教師たちもお得意の怪談をひとつふたつ持っており、授業中に生徒たちの集中力が散漫になったと感じるとそいつを披露しだす。中には「山岳怪談の安住《あずみ》」とか「音響使いの上山《かみやま》」といった通り名を持つ教師もいる。こんな環境では楽しい高校ライフなど送れるわけもなかった。

かくして澪は現在、完全孤立状態。怪談の海にポツンと浮かぶハダカネズミだった。

澪にとって、白首第四に入学したことは人生最大の失敗だったのだ。

机をつけて談笑しながら昼食を楽しむ生徒たちの中、澪は窓際最後尾の席で突っ伏し狸寝入りをしていた。

完全防御だ。

こうしていれば誰に話しかけられることもなく、イヤホンから流れてくる素敵な音楽に酔いしれながら外の音を完全シャットアウトできる。恐ろしい話が鼓膜に触れる心配はない。この姿勢も重要だ。こうしていれば人の表情や動きが視界に入る恐れがない。怪談を話し、聞かされている者の表情も澪にとっては脅威だ。空腹や孤独に耐えることなど怪談話を聞かされる辛《つら》さに比べれば造作もないこと。こうしていれば誰に迷惑をかけることなく、五時限目が始まるまで平穏な時間をすごすことができる、はずだった。

肩をポンと叩かれる。

ビクンと身体を震わせた澪は、ゆっくりと顔を上げる。

茶髪の女子生徒が目の前に立っている。いつも五、六人で固まって怖い話やゴシップに花を咲かせているグループの一人だ。名前は知らない。

恐る恐るイヤホンをはずし、「なんでしょうか」と緊張気味に訊《たず》ねた。

「あの人が呼んでるよ」ニヤつきながら教卓を指さし、逃げるようにグループの中に戻っていく。

あの人と呼ばれた男子生徒は教卓の上に腰をかけ、寝起きのような不機嫌にとろけた目で澪をジッと見ていた。

クラスメイトではなかった。制服は着古したようにくたびれ、ネクタイは緩んで首に掛かっているだけ。シャツの胸元はダイナミックに開かれ、三つ目髑髏《どくろ》のシルバートップがついたネックレスが覗《のぞ》いている。このようなアウトローな出立《いでた》ちに加え、教卓に座るという反社会的行為。以上のことから彼が不良と呼ばれる存在である可能性は極めて高く、顔つきから見ても何年か留年しているのは間違いなかった。

「寝ているところを悪いな」覇気のない、低い声だった。「いや、寝ているフリ……かな」

男子生徒は笑むように口元を歪《ゆが》めた。

教室の隅で固まっている女子グループが興味津々な視線を澪と男子生徒へ交互に向け、ひそひそやりはじめた。

「誰あれ」「彼氏じゃない?」「かっこよくない?」「でもどヤンキーじゃん」「見た目おとなしそうなのに」「人は見かけによらないっていうしね」「ってか、あの子の名前知らないんだけど」「わたしも」「いつも寝てない?」「暗いよね」「陰気くさい」「貞子《さだこ》っぽくない?」「うんうん、貞子っぽい」

すべて丸聞こえだ。サダコって誰だと思ったが、今の問題は目の前の男子生徒だ。

「おい、耳をどっかに忘れてきたのか?」

「……え?　あ、いえ、聞こえてますけど……」

「そうか。ちょっとツラ貸してくれ」

廊下へ向けて顎《あご》をしゃくると、教卓を降りて教室を出ていった。

再び、ひそひそと聞こえてくる。

「なになに告白？」「ヤンキーってああいうタイプ好きなんだ」「意外」「ああ見えて、あの子もじつはヤンキーとか？」「こわーい」

さっきから好き勝手いってくれる。澪はイヤホンを耳に戻し、再び机に突っ伏した。

——人違い。そうに決まってる。だってそうでしょ？　あんな怖い系の人に呼び出されるような覚えはないもの。告白？　なにを馬鹿なことを。それこそあるわけがない。その類《たぐい》の青春物語のヒロインになることなど、とうに諦《あきら》めているのだ。だから男に媚《こ》びるような化粧やヘアースタイルにする必要はないし、スカートもきっちり校則に則《のっと》った丈のものをはいている。世間ではカラフルでトリッキーな食虫植物みたいな下着が売られているけど、誰の目を気にすることがあろう、わたしには無地の白パンで充分だ。シンプル・イズ・ベスト。「暗い」「陰気」もどうぞ御自由に。陰口を叩《たた》かれるのは今に始まったことじゃない。陰口ならまだいい。白昼堂々、面と向かって「キモイ」と伝えてくるヤツに比べれば陰口なんて親切なものだ。それに「暗い」も「キモイ」も悪口ではなく、わたしをストレートに表現しただけ。「きれい」や「眩《まぶ》しい」と同じことだ。そう、わたしは暗いんだ。中学時代は表情に生気が宿ってないという理由で教師にイジメを心配され、二者面談という名のカウンセリングを週に一度受けさせられた。臆病《おくびよう》体質なわたしは普段から警戒を解くことがないので、それが表情に表れていたんだろう。あの時にいわれた「君の表情は近づいてきた優しい心までをも撃ち落としている」ってどういうこと？　なんなんだ、あの教師、人の顔面を迎撃システムみたいに。そういうわけだから極力顔を晒《さら》さぬように前髪で隠しているのに、辛気臭い雰囲気は全身から噴き出ているのか宗教によく勧誘されるようになった。悪い霊がとり憑《つ》いているんだとか。どいつもこいつも馬鹿野郎かって話だ。こちとら人一倍、霊には警戒しているんだ。心霊スポットに喜んでいってるようなヤツラならわかるが、自分が霊になんて憑かれるはずがない。わたしの雰囲気は霊からくるものではなく自ら湧き出ている天然ものだ。たまに鏡を見て「うわ、出たか！」と自分でも焦る時があるくらいだ。霊的なものから極力離れようとしている自分の容姿が気づいたら霊に寄っていっているという事実に愕然《がくぜん》とし、つい先日も前髪を切ろうかどうか鏡の前で鋏《はさみ》を握って悩んだのだ。鋏を握って唸《うな》るそんな自分の姿が夢に出そうなほど怖かったので慌ててジョリンと切ったら見事に手元が狂い、通常よりも切り過ぎてウォーズマンみたいになってしまった。つまり、こうして突っ伏しているのも、じつはそんな恥ずかしい前髪を隠すためでもあるのだ。一石二鳥！　っていうか、こんな面白おかしい愉快痛快な前髪なのに、クラスメイトたちにまったく触れられないほど存在感皆無な空気女に、いったいどこのどなた様が好意を持ってくださるというのか。

話を戻すが人違いだ。第一、あれが好意を持っている相手への態度か？　愛を告白する緊張感や相手への配慮が僅《わず》かでも感じられたか？

心の中でお経のように呟《つぶや》いていると、不意に身体が浮くような感覚が襲った。

いや、実際に浮いていた。先ほどの男子生徒が見下ろしている。

「面倒は嫌いだ。悪いが強引に連れていくぞ」

澪は抱きかかえられていた。俗にいう、お姫様抱っこというやり方で。

きゃあっと、女子たちの黄色い悲鳴が上がる。

「うるせぇな」男子生徒は舌打ちすると忌々《いまいま》しげに眉《まゆ》をひそめた。

クラスメイトたちに見守られながら、澪はお姫様状態のまま教室から連れ出された。

廊下に出ると「うおおっ」「見てあれ」「すっげぇ」と感嘆の声があがる。一生分の注目を浴びている。

抵抗を試みようとしたが相手の腕がガッチリと自分の身体を押さえ、身動きひとつかなわない。

「お、おろしてください」

ようやく出せた声にも力が入らない。相手は解放するどころか澪をしっかりと抱え直した。

「すぐ済むからおとなしくしてろ。急ぐぞ」

――どんな急用か知らないが、人目も憚《はばか》らず公然と女子を拉致《らち》していくなんてどう考えても狂ってる。見た目どおりの危険人物だ。きゃあきゃあいっている人たちは、これがそんなにロマンチックなものに見えているのだろうか。これは誘拐だ。犯罪だ。わたし、今からこの人になにをされるの？　すぐ済む？　なにを済ませるの？　犯されるの？　怖い目に遭わされるの？　マカオとかに売り飛ばされるの？　そんなのないよ、神様。わたしじゃないよ。間違えてるよ？　わたし、真面目ないい子だよ？　見てたでしょ？　ダンゴムシよりも慎ましやかに生きてたでしょ？　静かに目立たず、小さく丸くなって誰の邪魔にもならないように引き籠《こ》もってたでしょ？　そうやって生きていれば怖い目に遭わず天寿を全うできるって信じていたのに……あんたもさぁ、わたしみたいな根暗ブス、攫《さら》ったってなんの価値もないよ？　幼児体型だし、頭も悪いし、運動も歌も方向も音痴だし、リコーダーはチャルメラしか吹けないし、福引引いたら「凶」と「禍」を足して病ダレのついた見たことない漢字が出てくるくらい運も最悪だからいいことなしだよ？　頼むから放っておいてよ。ね？　あんたのためにいってるの。ね？

訴えるような視線を向けるが、男子生徒は澪の視線などまったく気づかぬといった様子だ。

ものすごい速さで景色が流れていく。走ってはいない。足の長さが距離を稼いでいるのだ。おそらく身長も百八十センチは優にあるのではないか。身の丈百四十九・五センチ体重四十二キロの自分など幼児を担ぐようなものに違いない。

これから連れて行かれるのは、やはり校舎裏だろう。不良は校舎裏にたむろするものだ。ああいうひと目のない日陰で煙草を吸ったり、そうじゃないものを吸ったり、唾《つば》を垂らしたり、脅したり蹴《け》ったり殴ったり、そういうことを生業《なりわい》としている生き物なのだ。そこには髑髏マークの眼帯とカラスマスクを着けた魔女のようなスケバンが待ち構えていて、本日より自分をパシリに任命するのだ。飲酒や喫煙はおろか、肩もみや足つぼマッサージ、万引きや売春までをも強要され、少しでも逆らおうものなら根性焼きで北斗七星を作られるのだ。あな恐ろしや……。

絶望の揺り籠《かご》に身を任せながら泣いていると、男子生徒は靴も履き替えずに校舎を出て校庭を突っ切った。

男子生徒が足を止めたのは、スケバンどころか人気《ひとけ》のまったくない校舎裏だった。冷たい湿気と腐葉土のような臭いが満ち、昼間なのに薄暗い。

木造の校舎は泥を擦り込んだようにどす黒く、長さの不均一な板を嵌《は》め合わせたガタガタな造りで、一、二枚剝《は》がせ《せ》ば崩れそうなジェンガ的な危うさがあった。学校裏の自然林から迫り出した枝垂れ葉の木々が塀を越えて校舎に寄りかかり、巨大な猫背の女たちが二階の窓から舎内を覗《のぞ》きこんでいるように見える。一階の窓は何重にも板が打ち付けられて塞《ふさ》がれていた。

第四校舎《ヨンカン》だった。

澪はお姫様状態のまま噂の廃校舎を見上げた。

こんなに間近で見るのは初めてだった。噂以上の迫力だ。

呆然《ぼうぜん》と見上げている澪の視界を、不意に黒いものが縦に引き裂いた。男子生徒の脚だった。クレーンのように真上に蹴り掲げられた脚は、踵落《かかとお》としのように空を切って振り下ろされる。板で塞がれた窓が窓枠ごと一撃で破られ、そこには四角い穴がぽっかりとあいた。

その穴の中に、澪は放り込まれた。

闇が視界を遮った直後、一秒にも満たない落下感が襲い、背中や後頭部に痛みと衝撃が走った。後頭部をさすりながら身体を起こすと黴《かび》と埃《ほこり》と饐《す》えたような臭いが鼻を突く。周りは濃厚な闇。闇の中には一筋の光の帯が射し込んでいて、その中が埃でちらちらと輝いている。光の帯を辿《たど》ると頭上に四角い形の白く眩《まばゆ》い光がある。先ほど蹴破った窓だ。あそこから投げ込まれたのだ。

ということは、ここは第四校舎《ヨンカン》の中……。

全身に氷水を浴びたように凍りつく。

「そこから動くなよ」

上から声が降《ふ》り、四角い光の中から影が入り込んでくる。

澪は座ったまま後ずさる。

「大神澪《おおがみみお》だな」

「ち……」そびえる影を見上げ、首をぶんぶんと振る。「違います」

「いや、お前は大神澪だ。調べはついている」

「調べって……な、なんなのよ……」

「お前に会いたかった」

影は一歩、二歩、澪との距離を縮めていく。

「こないでください！」

影はぴたりと動きを止めた。

「……お願いします。やめて、ください」

「やめる？」くいっと影が首を傾げる。「なにをだ」

「あなたが今から、わたしにしようとしていることをです」

「俺が何をしようとしているのか、お前にわかるのか？」

どうせひどいことに決まっている。澪は影を睨《にら》みながら唇を噛《か》みしめた。

「どうも勘違いをしているようだ」影が頭を掻《か》くような仕草をした。「俺がこれからすることに、きっとお前は喜んでくれる」

「そんなわけない」

「いま話しても仕方がない。それより、いつまでケツと床を仲良しこよしさせてるつもりだ？」

「はあ？」

「立てっていってんだよ。腰が砕けてるんなら手ぇ貸すぞ、ほら」

「こないでっていったでしょ！……叫びますよ」

影は差し出した手を引っ込めると肩をすくめ、興を削《そ》がれたような溜息《ためいき》交じりの声を吐いた。

「じゃあ、叫んでみたらどうだ？」

「……さ、叫ぶっていったら、ほんとに叫ぶんだから」

「どうぞ、遠慮なく」

すーっと息を吸い込み、思い切り叫んだ――が、思うように声が出ない。どんなに振り絞っても期待していた百分の一も出せなかった。

恐慌と焦燥で喉《のど》が萎縮《いしゅく》しているようだ。それでも仔犬《こいぬ》ほどには出たので、必死に救助を求め続けた。そのあいだ、男子生徒は沈黙していた。

どれだけ叫び続けたのか、救いの足音は待てど暮らせど近づいてこない。

「気は済んだか？　なら、さっさとケツを上げろ。できなきゃ蹴りあげるって方法もあるぞ」

イカれたように震える膝《ひざ》を押さえて立ち上がると、フラッシュのような光が目を晦《くら》ませた。光は澪の足元に落ちて円となり、二メートル先まで滑るように移動する。男子生徒の持つ懐中電灯の光だった。

「そっちの方向に進め。ゆっくりでいい。腐った床や鼠の死骸《しがい》で足元が悪いからな」

澪は泣きたくなった。この男《ひと》はわかっているのだろうか。この不気味な学校の中でも一際異彩を放つ建造物――もっとも忌避すべき第四校舎《ヨンカン》に、今自分たちがいるということを。

「大丈夫だ。こうして二、三歩先を照らしてやる。その光を追って進めばいいんだ」

「……なにも、なにもこんな場所じゃなくても」澪は再び泣きだした。

「早く行けよ。授業までに戻りたいだろ」

「戻りたいです……でも」

「別にいいよ、行きたくないなら。でもお前はきっと、こう後悔するだろうな。ああ、あの時、あのハンサムな人の言うことを聞いておけばよかったってな」

指示に従わねば何らかの制裁を与えるという忠告、いや警告だ。

仕方なく重い足を引きずって、光の方へ少しずつ歩みはじめる。歩みを進めるたび、足元から蝙蝠《こうもり》の鳴き声のような軋《きし》みが鳴った。後ろからは靴底を引きずるような足音がついてくる。

二歩進むと光は三歩分前に進んだ。壁板の隙間から、外の光が刃《やいば》のように射し込んでいる。振り向くと自分が入ってきた窓の光は、もう遠く小さくなっていた。

「よそ見すんな。怪我するぞ」

背後から声で小突かれる。

「目と足の裏に神経を集中させろ。慎重に、呼吸に合わせて足を動かせ、右、左、右、左」

まるで軍隊だ。

「いいか、警戒しろ。警戒はお前の得意技だろ？　この闇に対して臆病《おくびょう》になれ。臆病は恥じることじゃあない。サイレンを鳴らすのが人より早いってだけだ。だから脅威を事前に回避できる。ここでいう脅威とは、本人の不注意が招く不幸な事故のことだ。脆《もろ》くなった床に足を突っ込んで床下の鼠の糞《くそ》にまみれたいとか、鳩やゴキブリの死骸を踏んづけてすっ転んだ拍子にキスしたいって願望があるなら、どうぞご勝手に」

言われずとも澪は視覚・聴覚を鋭敏に研ぎ澄ましていた。異変を感じたら即座に対応がとれるようにだ。

案内役の光が急に左へと逸《そ》れた。自然と澪の目もそれを追う。光は上り階段を照らしていた。木造の階段はただそれだけで怖い。踊り場に溜《た》まる塗り潰《つぶ》されたような闇から、白い顔の童子が飛び出してくる、そんな妄想が脳内で生成され始める。

振り返ると男子生徒は「行けよ」というように顎《あご》をしゃくった。

澪は処刑台へ向かう気持ちで階段に足をかける。

死にかけの老人を踏みつけているように軋む階段を上がると僅《わず》かに視界が広がった。二階の窓は一階のように塞がれてはいない。窓硝子《ガラス》は奇跡的に割れずに残っていたが、石膏《せっこう》のように固まった鳩の糞と寄りかかる木々によって陽光は不完全に遮断され、依然として廊下は暗かった。それでも先ほどよりはだいぶ校舎内の様子がわかる。

外観以上に、中は継ぎ接《は》ぎだらけだ。

板壁の途中から、死んだような白さの漆喰《しっくい》の壁に変わっていたり、板張りの廊下のど真ん中にタイル張りの箇所があったりと、やる意味があるのかと思える雑な補修を施されている。

各教室の引き戸も飾り気のない白塗りの板をとりつけただけの簡素な扉もあれば、蔦《つた》模様の絵柄が四辺を縁どる洋風な扉もある。統一性のまったくない、見ているだけで不安な気持ちにさせられる光景だった。

澪は窓に視線を戻した。逃走経路としてはいささか不安だが、いざとなれば飛びこむ覚悟はある。二階なら落ちどころさえ悪くなければ軽い怪我で済む。問題は、その

〝いざ〟が、どの程度のレベルのもので、いつ起こるかだ。

「お、ここだな」

その声で澪は足を止める。

懐中電灯の光は壁を照らしていた。壁には短冊形の紙が大量に重ねて貼られている。それぞれの紙に黒い蚯蚓《みみず》がのたくったような文字や、星形や鳥居を描いた朱色の印がある。

澪は声もなく、尻《しり》から廊下にへたり込む。

すべて、札だった。

乱雑に貼られた何百という札だ。

重ねて貼られた厚みで、壁はこんもりと膨れて膿爛《うみただ》れた腫物《はれもの》のようになっている。よほど封じ込めたいものが壁の向こうにあるのだろうが、もはや壁そのものが化物じみた禍々《まがまが》しさを漂わせていた。

冷たい震えが足元から駆け足で這《は》い上がり、澪の心臓を舐《な》め上げる。手は自然に合掌を、口は南無阿弥陀仏《なむあみだぶつ》を唱えていた。

男子生徒はしゃがみ込むと、澪の顔を覗《のぞ》きこむ。

「どうだ、大神澪」

澪は合掌したまま首を横に振る。

「なんだそれ。感想を聞いてんだよ、感想を」

返事を促すよう、顔に当てられたライトの光が暴れる。澪は再び首を横に振った。

「この手のもんは、からっきしか」

こくり、と頷《うなず》く。

「なぜだ」

「……なぜって」

「どうして、こんな学校《とこ》に入学するなんて自殺行為に等しい選択をした？」

「それは――」

自分だって、こんな地獄の一丁目みたいな場所で青春を送りたくなどなかった。臆病オリンピックがあれば金メダル確実の自分が白首第四に来るなど、目隠しに全裸で七大陸最高峰を制覇しようと考えることくらい無謀で危険なことだとわかっている。

わかってはいるが、これには大人の事情というものがあった。

中学三年の、ある日の夕食時だった。

出し抜けに父から「お前の進路は決まっている」と告げられ、白首第四のパンフレットを渡された。

つねに臆病アンテナを立て、一切の脅威を身に寄せつけぬよう警戒を怠らなかった澪が、地元で悪名高いこの高校のことを知らぬはずもない。一人娘が廃人になってもいいのかと号泣し、拒絶の意思を表した。当然、父も澪の性格はよく知っているはずであり、なんならその性格は父親譲りなのである。父の臆病度《ビビリレベル》は澪に勝るとも劣らずで、過去にお化け屋敷で脱水症状が出るくらい失禁したことがあるとか。なんでも、父の怖がりは、怖がらせ好きな母のせいだというが――。

とにかく、白首第四に入ることは父にだって不都合なはずだ。「親だって学校に呼ばれる日もあるんだよ」「親も無関係ではいられないんだよ」と説得したが、「ごめんな」と頭を下げられた。

白首第四側の関係者に恩やら借りやらがあるらしい父は、数年前から多額の寄付をしており、役員という立場になっていたらしい。役員である以上、娘にはこの学校に通ってもらわなければならないのだと。

「いつだって子供は、汚い大人たちの都合で苦い飴《あめ》をしゃぶらされるんだ……」

なんの話だという顔をした男子生徒は「まあいい」と肩を竦《すく》め、親指で後ろの壁を指した。

「想像しろ。この壁の向こうで」

「壁の……向こう」

「そう、壁の向こうで、女の白い顔が、さかさまにぶら下がってゲラゲラ笑っていたら、どうだ？」

——壁の向こうで……闇の中、女の白い顔がぽっかりと……。

「う、ううううう」

「おい、産卵中か？」

「いえ」

「聞いてんだろ。どうだ？」

「……どうだっていわれましてもね」

「まじめにやれ。ほら、壁の向こうに女の白い顔が」

——女の白い顔が……さかさまに……真っ赤な口を開いて……ゲラゲラと……。

「う、うあう、はうぅ」

「お、呼吸が変なことになってきたな。よし、じゃあ次だ」

「や……やめて……ください……」

脳が恐ろしい幻像をどんどん創りだそうとしている。澪は両手で頭をかかえた。

「これはどうだ。今、お前の真後ろに、真っ赤な顔の子供が……三人立っている」

「さ、三人も……うっ……おえぇぇ！」

「おいおい、吐くなよ。でも、いい反応だ」

男子生徒は口元を笑みで大きく歪《ゆが》め、澪に右手を差し出した。洗濯機に放り込まれたチワワのような目で、澪はその手を見つめた。

「俺のことはキラと呼べ。同志」

「……どうし?」

「空に浮かぶ雲に英雄の英。それで雲英《キラ》と読む。雲のように自由で、英雄のように勇ましいって覚えておけ。よろしく頼むぜ、同志」

名前の由来よりも同志の意味が分からず、澪は窺《うかが》うように相手の目を見上げる。そこには拒絶を許さない光が垣間《かいま》見えたので恐る恐る手を握ると、痛いほど強く握り返された。

雲英の顔から笑顔が消え、眉間《みけん》に深い皺《しわ》が影を刻んだ。

「なあ同志よ。昨今の科学技術は目覚ましい躍進を見せているとは思わないか」

「は……はあ」

「つい最近、電話を携帯できるようになって驚いていたら、今度は音楽機器がとんでもないことになってやがった。知ってるか? 今はレコード盤が無くても何千曲って音楽を持ち歩けるらしい」

この人マジか、澪は引いた。

「そんなすげー世の中になっているってのに、どうだ? 人間が怖がりなのは変わらない。いまだに幽霊みたいな視えもしない非科学的な古臭いもんにキャアキャア騒ぎやがる」雲英は壁の札を忌々《いまいま》しげに睨《にら》み上げた。「ふざけた学校だと思わねぇか?」

「……そ、そうですね」

立ち上がった雲英は壁へ歩み寄ると札に爪を立て、一気に引き下ろす。十枚ほどの破れた札が枯れ葉のように廊下へ剝落《はくらく》する。

「あ、あんたなにしてるんですか！」

「なにって、なにが？」

「なにってなにがって、たった今あんたがしたバチ当てられそうなその行為ですよ！」

「だってよ、こんな札《もん》、いくら貼ったって意味なんか糞《くそ》にわく蛆《うじ》ほどにもねぇんだぜ」

壁の札を次から次へと掻《か》き毟《むし》るように剝《は》がしていく。そんな雲英の姿に狂気を感じた澪は這うようにして逃走を謀ったが、足を引っかけられて敢《あ》えなく転倒する。

「悪ぃな。長すぎる足が邪魔しちまったみてぇだ。で、なんで逃げるんだ？　俺はお前にこれを見せるために連れて来たんだ……ぜ！」

勢いよく剝がした箇所から、白い引き戸が現れた。

扉は切りつけたような傷が無数に交錯して鱗《うろこ》のようになっており、嵌《は》め込まれた硝子《ガラス》は埃《ほこり》ですっかり曇って透明感を失っている。

懐中電灯の光は上へと移動し、扉の上に繁茂する蜘蛛《くも》の巣まみれの教室札を照らす。

札は真ん中から折れていて、白い文字で書かれた『三年』だけが残っている。

「『三年零組《さんねんれいぐみ》』の噂は知ってるか？」

一歩、二歩と澪は扉から後ずさる。その眼前に拳《こぶし》が突きだされる。

「知っているみたいだな」

雲英は突きだした拳を開くと、丸め潰《つぶ》した札を足元に落とした。

知っていた。この高校に入ってすぐ耳にしてしまった怪談だ。

それは次のような話だった。


生徒全員が卒業できなかったクラスがある。


これだけ、である。

これを怪談と呼んでいいのかもわからないが、少ない情報量は否応《いやおう》なしに想像を掻き立てられてしまう。生徒たちに何が起こったのか。火災、ガス漏れによる大爆発、異常者による大量殺戮《さつりく》、伝染病、集団自殺、隕石《いんせき》落下、国の陰謀——。恐怖の可能性が無限に枝分かれし、増殖していく。

「どうもここが、その『三年零組』らしいぜ」

「……そんなまさか……あはは、あ、あり得ないって……」

「さて、中はどんなもんかな」

そういいながら扉の引き手へかけた手に、澪が慌てて飛びつく。

「な、なにを考えてるんですか！」

「なにビビってんだ？　古くて汚ねぇ教室があるだけだろ」

「どう見たって開けちゃならんでしょうに！　この札の数からして、ただごとじゃないでしょうに！」

どうも、この雲英という男は恐怖や警戒を司《つかさど》る器官に深刻な障害をもっているらしい。明らかに何様かが封じられているであろう場所の札を豪快に破いただけでは飽き足らず、伝説の教室を前に「古くて汚い」と言い放ったのだ。

「わたし、戻ります。そろそろ授業が始まりますし」

立ち去ろうとすると、そういう仕掛けのように雲英の長い脚が差し出される。それを跨《また》ごうとすると今度は襟首を摑《つか》まれる。

「待て待て。俺はお前とデートするために、わざわざここまで来たんじゃねェ」

「じゃ、じゃあ、お金？　いくら欲しいんですか？　言っておきますけどわたし、そんなに持ってませんからね」

「おい」

「あ、殴るんだ。いいですよ。でも顔だと先生にばれますから……お腹？　でも一応女子なんで少しは手加減してもらいたいです」

「よぉ、ちょっと待てって」

「ま、まさか……身体が狙いなんですか……」

自分を抱きしめながら後ずさる澪。雲英は疲れたように肩を落とした。

「……あのなあ、お前がこれまでどんな不遇な人生を歩んできたか知らないが、外見で人を判断しない方がいいぜ。俺をなんだと思ってんだよ」

「……不良か……変質者……」

「言うに事欠いて変質者かよ。まいったな。俺はお前にとっての救世主のつもりなのによ」

澪は警戒心を解かぬまま、さらに一歩退く。

「そんな目で見るな。お前の大嫌いなもんを、この学校から一掃してやろうってんだ。救世主、いや、救世主様だろうが」

「話が見えません」

「だろうな。でもそりゃあ、お前が俺の話を理解しようという努力を怠っているからだ。落ち着いて俺の一言一句を逃さず聞いていれば、ちったぁ話も見えてくるってもんだぜ。いいか、簡単に説明してやる。俺の厳正な審査にお前は見事合格した。俺はお前を気に入った。だから俺のパートナーにしてやる。こういうことだ」

──配偶者《パートナー》？

「せっかくの申し出、まことに恐縮でありがたいのですが、じつはまったくありがたくないので断固として断りたい旨をここに強く宣言したいと思います。わたしはできれば、まっとうな人と恋愛をしたいんで」

「悪い、お前が何をいっているのかさっぱりわからん。俺は一緒にこの学校の掃除をしようぜっていってるんだよ」

「掃除……ですか？　掃除なら業者の人がいるはずですが」

雲英は「めんどくせーな」と頭を掻いた。

「俺たちが掃除するのは、怪談だ」足元に散らばる札を踏みにじる。「学校から怪談を一つ残らずぶっ潰して片づけてやるんだよ」

「わたしには雲英さんのおっしゃってる意味が分かりません」

「俺もお前と同じなんだよ」

「わたしと……同じ？」

「俺も幽霊・怪談の類《たぐい》が心の底から大嫌いなんだ。毎日毎日、暇な奴らがキャアキャア騒いでるのを聞いてると反吐《へど》が出る。鬱陶《うっとう》しい。だから、そんな忌々しいもんは根こそぎなくしちまおうっていってんだ」

大きな掌《てのひら》が澪の頭の上にポンとのる。

「お前みたいな臆病娘《おくびようむすめ》には、ここでの学園生活は責め苦でしかないだろ。貴重な青春を棒に振るのが目に見えてる。だからよ、俺とやろうぜ、怪談の掃除をよ」

澪は手を振り払うと深々と頭を下げる。

「ごめんなさい。パートナーの件、お気持ちはありがたいのですが、やっぱり謹んでお断りさせていただきます。では」

雲英は壁に手をついて澪の退路を塞《ふさ》ぐ。

「いいんだぜ。お望み通り、不良な変質者になったってよ」

雲英は澪の顎《あご》を指でしゃくりあげる。澪は下唇を噛《か》んで相手を睨んだ。

昼休憩の終了を告げるチャイムが聞こえてきた。

雲英は澪の顎から手を離す。

「放課後、またここへ来いよ」

「い、いやです」

「つれねぇこと言うなよ。それから」鼻先がつくほど顔が迫った。「つれねぇ真似、すんなよな。じゃねぇと、家までお迎えに上がることになるぜ」

チンピラでも出さないようなドスのきいた声だった。

「ここに入ったこと……先生に言うかもしれませんよ」

「好きにしろよ。お前のその勇気は徒労に終わるだろうからな」

「て、停学になるかも！」

「いいや、ならねぇよ。なぜだか教えてやろうか？」

澪の耳元で、雲英は声を潜めた。

「俺のバックには組織がある。だから学校がどう騒ごうと俺には何の影響もない」

「そ、しき？」

あなたさっきからなにいってるんですか。そんな目を澪が向けると、雲英はブレザーの襟を開いて内ポケットの下に縫い付けられたワッペンを見せた。水色のアルファベットで『CEG』の三文字が書かれている。

「CEG《セグ》だ。the Committee on the Eradication of Ghost-stories《ザ・コミッティー・オン・ジ・エラディケーション・オブ・ゴーストストリーズ》」

雲英は野性的な笑みを見せる。

「俺たちは怪談撲滅委員会だ」

Episode II

三年零組

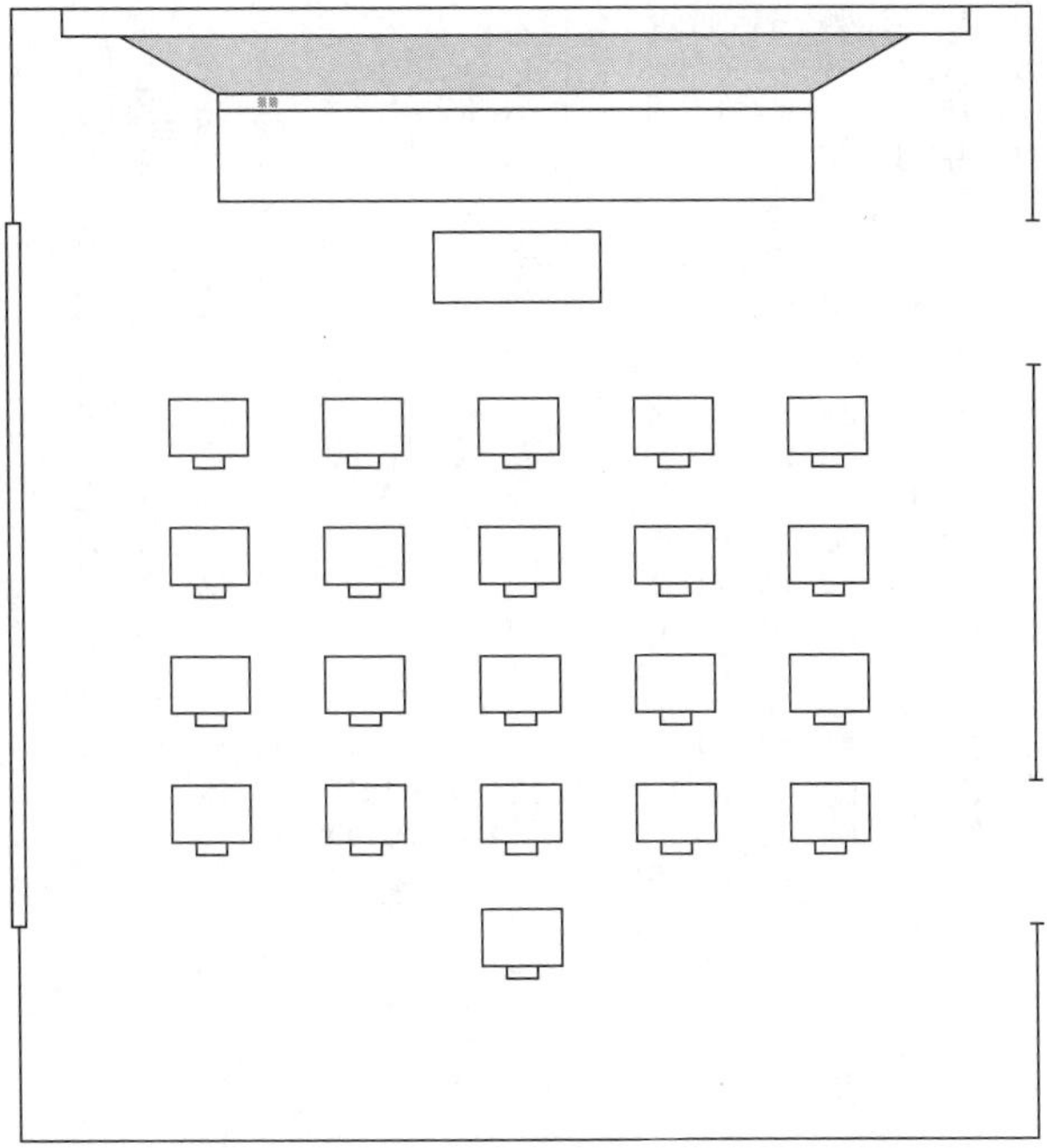

ホームルームが終わり、生徒たちが弾《はじ》き出されるように教室から出ていく。

澪は一人、机に座って鞄《かばん》を抱きしめ、デバさんを見つめていた。

デバさんは鞄に提げたハダカデバネズミの人形で、父がくれたものだ。入学祝いに有名神社のお守りを大量に贈られたのだが、本格的なお守りは雰囲気が怖いから持ち歩きたくないと拒絶したところ、これを父がUFOキャッチャーで取ってきてくれた。まったくデフォルメされておらず、老人の手の甲の皮膚のような質感を完全再現、虫めいた顔は可愛さなど彼方《かなた》へ置き去りにしている。澪はどうしようもない恐怖や不安にかられた時、この愛くるしい出っ歯面を拝んで心を鎮めるようにしていた。

「どうしよう、デバさん」

第四校舎《ヨンカン》へ向かうべきか、帰るべきか、あるいは教師に雲英のことを伝えるべきか。どれを選んでも自分にとって良い結果をもたらすとは思えなかった。白昼堂々、初対面の女子をお姫様抱っこで拉致《らち》するような男だ。すっぽかそうものなら家までやってきて引き摺《ず》り出されるだろう。学校に密告すれば、組織云々《うんぬん》の真偽はどうあれ、彼からの報復は免れられない。なにより目的不明の得体の知れぬ男だ。消去法で辿《たど》ると呼び出しに素直に応じることが最善の気もするが、場所が第四校舎《ばしょ》だけに決断できない。

もちろん、デバさんも助言はくれない。

ふいに翳《かげ》り、あの男子生徒が迎えに来たのかと顔を上げる。

黒縁眼鏡をかけたショートボブの女子生徒が机の前に立っている。

「帰らないんですか？」

「……え、あ、うん」

「もしかして、あの人に呼び出されてるんじゃないですか？」

「あ、あの人？」

「お昼休みに来たでしょう？」

女子生徒は探るような視線を刺してきた。レンズ越しに小さく圧縮された目が彼女の視力の悪さを物語っている。

「あの人とは付き合わない方がいいですよ」

「……え？　つ、付き合うって、別にそんな関係じゃ」

「そういう意味でなく、あの人とは関わらない方がいいって意味です」

ああ、と澪は苦笑し、真顔になった。

「あの人を知ってるの？」

「はい」黒縁眼鏡の女子生徒はコクリと頷《うなず》いた。「中学の頃、同じクラスでしたから」

「……同じ？　じゃあ、あの人、わたしと」

――同い年？

衝撃的だった。どういう成長過程を辿ればあのようになるのか。つまり雲英は今年の三月までは中学生で、当たり前なのだが、その三年前はランドセルを背負っていたのだ。想像すると気持ちが悪い。

「どういう人なのかな……あの人」

「倒錯者です。異常者です」

きっぱりと言い放った。

やはり、まともな人間ではなかったのだ。なんて相手に目をつけられてしまったのだろう。デバさんをぎゅっと摑《つか》む。

「あんな人と友達になるぐらいなら、私と友達になった方がいい」

「そりゃあ、できればわたしも……え？　友達？」

耳を疑い、黒縁眼鏡の女子生徒に呆《ほう》けた顔を向けた。

「私と友達になった方がいいです」

ともだち。それは、これまで幾度も欲しいと願い、そのたびに諦《あきら》めたものだ。けれどもできることなら、もし可能であるならば卒業するまでに一人くらい会話のできる友達が欲しいと思っていた。目の前の彼女も見た目はどちらかといえば自分寄りのタイプ。怪談やゴシップ好きなミーハー女どもとは一味違う空気をまとっている。そういえば彼女は、いつも一人で本を読んでいて、誰かと話しているところを見たことがない。もしかしたら、彼女もこの怪談漬けの学校に嫌気がさしているのかもしれない。

「お近づきの印に」

黒縁眼鏡の女子生徒は自分の鞄のファスナーを開け、中から取り出した物を澪の机にドンと置いた。DVDだ。アーチ状に書かれた『エクソシス子』というタイトルの下で、色黒金髪の女の子が緑色の反吐《へど》を口から滴らせてニッコリ笑っている。紛《まご》うことなきホラー映画だ。

「貸してあげます」

「ど……どうもありが……と」ぎこちなく礼を返す。

「あの人はとても悪い人だから、仲よくなっちゃだめですよ」くるりと背を向け、「映画の感想、聞かせてくださいね」そう言い残すと教室を出ていった。

机の上で邪悪な笑みを浮かべているDVDを手に取った。

『ガングロなコギャルが自分に憑依《ひょうい》した怨霊《おんりょう》と恋に落ちた⁉』

ピンクのバブルフォントで書かれた煽《あお》り文から見るに十年以上前の作品だろう。趣味が良いとはいえないジャケットデザインとタイトル、そして内容。B級臭がぷんぷんする。彼女の趣味だろうか。

澪は肩を落とした。やはり、神様はそう簡単に友達を与えてはくれないのだ。

「感想って……観ろってことだよね。ていうか、なんでこんなもの学校に持ってきて

る の……」

鞄にDVDをしまうと席を立ち、窓に目を遣《や》る。黒く禍々《まがまが》しい第四校舎《ヨンカン》が自分をジッと見据えていた。

話を聞く限り、雲英という人物は見た目通りの不良学生であり、性格にも大いに問題があるようだ。そんな人間との約束なんて守る義務などないのだが、すっぽかせばどんなひどい目に遭わされるかもわからない。

澪は溜《た》め息を吐くと、重い足を引きずって教室を出た。


校庭は帰宅する生徒たちで溢《あふ》れていた。その流れに一人逆らって校庭の真ん中を渡り、第四校舎《ヨンカン》の裏へと回る。

空はまだ明るいのに第四校舎《ヨンカン》裏だけは曇天のように薄暗い。アーケードのように覆いかぶさる木々が陽光を遮断しているからだ。地面は湿気《しけ》ってぬめりのある黒土で、深緑色の苔《こけ》が鱗《うろこ》のようにびっしり生えている。

雲英が蹴破《けやぶ》った窓が、ずぼらな大口を開けて底なしの闇を覗《のぞ》かせている。窓下には喰《く》いかすのように木片や硝子《ガラス》片が散らばっていた。

雲英から別れ際に渡された懐中電灯を鞄から取り出し、はぁ、と溜め息をこぼす。

ここに来るまで五十六回も溜め息をこぼしている。なぜ懐中電灯一つで万魔殿《ばんまでん》へ突入しなければならないのか。レベル１の勇者がひのきの棒に目隠しで単身、魔王の居城へ赴くのと同等の愚かしい自殺行為だ。

五十七回目の溜め息を吐くと窓に手をかけ、棘《とげ》立つ板に顔や肘《ひじ》を擦《す》り剝《む》きながら校舎内へ転げ込んだ。

容赦なく闇が視界を塞《ふさ》ぎ、澪は早くも過呼吸になった。

無理だ。逃げ出したい。息苦しい。助けて。

救いを求めて目を彷徨《さまよ》わせる。その目が何かを捉《とら》えた。

闇の中に何かがある。いや、いる。何かが蹲《うずくま》って、自分のことを見つめている。存在感がある。視線を感じる。怖い、怖い。

怖い――けど、いないのだ。そう、いない。そんなものいるわけがない。幻覚。恐怖心が闇を粘土のように捏《こ》ねて作った幻像だ。

目を閉じ、デバさんをぎゅっと摑み、今日《こんにち》まで自分を救ってくれた座右の銘を唱える。幽霊の正体見たり枯尾花、幽霊の正体見たり枯尾花、幽霊の正体見たり枯尾花。これで消えるはずだ。幻は崩れ、原材料の闇に戻る。幽霊なんて存在しない。寝ぼけた人が見間違えたのだ。歌でもそういっている。

効果はあった。

自分を見つめていたものは水に溶けるように消えた。視線など元からなかったということだ。ようは気の持ちようである。

いくぶん呼吸も落ち着いてきたので、命と同等に大切な懐中電灯を胸に抱《いだ》き、埃《ほこり》と黴《かび》の臭いに満ちた闇の中へ足を踏み出す。

遠くから運動部の練習の声が聞こえてくる。声の遠さに自分だけ世界から隔絶されたような孤立感に襲われるが、その声は救いともとれた。自分が現世と繋《つな》がっていると実感できるからだ。あれが聞こえている以上、自分は彼らと同じ世界に存在している。走れば彼らのいる場所へ辿りつける。しかし、日が完全に沈み、彼らの声がなくなれば、ここは夜の海に浮かぶ孤島となる。学校は様相を一変させ、今まで息を潜めていたものどもが闇の中で目を覚まし、這《は》い出て、跋扈《ばっこ》する。一刻も早く用事を済ませ、こんな場所から出るべきだ。

この闇にも救われていることがあった。鼻先に近づかれてもわからぬほどの濃厚な闇の中では、何かを手や顔に見間違えていちいち心臓を脅かされる心配はない。ここは遊園地のお化け屋敷とは違う。故意に自分を脅かそうという悪意は存在しない。何も見えないという不安と、自らの恐怖心、想像力とだけ戦えばいいのだ。だから懐中電灯は足元だけを照らし、あちこち振り回すようなことはしない。ピンポイントで何かを照らし出すこともないとはいえないのだ。

問題は二階だ。中途半端に明かりが入り込んで仄暗《ほのぐら》い。中途半端に視界が確保されている。自分の逞《たくま》しい恐怖心や想像力も手伝い、木目や壁のシミ、そのすべてが顔に見えてしまうだろう。二階はシミュラクラ群発地帯と考えるべきだ。

澪は歩みを止める。

「……雲英くん？」
二、三メートル先に溜まる闇に呼びかける。
そのあたりから、小さく軋《きし》む音が聞こえた。古い床板の上に足をのせたような音が。

「雲英くん……だよね」

確実に何者かの息づく気配がある。

雲英だ。雲英であるべきだ。あるいは窓が破られていることに気付いた教師であるべきだ。激しく叱られるだろうが、それで第四校舎《ヨンカン》への立ち入りが厳しく禁じられれば、こんな目に遭わずに済むかもしれない。教師でなければ好奇心に負けて噂の第四校舎《ヨンカン》へ肝だめしに来てしまった生徒であるべきだ。そんな愚か者でも今なら死ぬほど会いたい。とにかく、照明器具も持たず、こちらの呼びかけに沈黙で返すような人間が、数メートル先の闇の中にしっかりと存在しているべきだった。

音のした方へ懐中電灯を向ける。朧月《おぼろづき》のような光の円が闇を掻き回す。光の中に人の形を捉えることはできなかった。

思考を切り替える。なにも不思議なことではない。何年かぶりに外気を吸い、経年劣化した建材が伸縮して音を生じただけの、ごく自然な現象だ。幽霊なんてこの世に存在しない。してはいけない。恐怖心が作り出した幻なのだ。

不安と怖れ、自身の弾《はじ》き出した答えへの疑いを完全に拭《ぬぐ》うため、音が聞こえたあたりの闇を懐中電灯の光でゆっくりと円を描くように撫《な》でる。

光と澪の目は同時に一瞬だけ、それを捉えた。

澪は頽《くずお》れるように廊下にへたり込んだ。

なにかがいた。

寝袋のように見えた。澪はその寝袋のようななにかと、確かに目が合った。

それは今この時も闇の中で息づいている。はぁ、はぁと、はっきり聞こえてくる。

たとえ難い、厭《いや》な臭いがする。

何かが確実に、そこに存在《い》る。

胸の内側から心臓に殴り殺されそうなほど、心拍数がすごいことになっていた。

目を閉じ、デバさんを握りしめ、心の中で例の言葉を唱える。

幽霊の正体見たり枯尾花、幽霊の正体見たり枯尾花、幽霊の正体見たり……

床板を蹴る、乾いた音を聞いた。

次の瞬間、ずたぼろの何かが飛びかかってきた。

澪は断末魔寸前の絶叫の尾を引きながら、廊下に勢いよく押し倒された。押し倒される刹那《せつな》の瞬間、気を失うことを切に望んだ。ここで意識がブラックアウトし、目覚めた時は何もいなかった、すべて済んでいた——という結末がもっとも望ましいからだ。

しかし、後頭部をしたたかに打ちつけたにもかかわらず、澪の意識ははっきりとしていた。圧《の》しかかる重み、顔にかかる生暖かくて生臭い吐息、そのすべてがはっきりと伝わってきた。

そむけた顔に生温《なまぬる》いものが滴る。

「ぎひぃぃぃぃぃぃぃぃぃぃ」澪の悲鳴が響き渡る。

手から転がり落ちた懐中電灯の光が、胸に圧しかかるものを照らし出した。

それは毛に覆われ、鋭い犬歯を持つ、まるで犬のような——。

——犬だった。

長毛種の大型犬が大きな舌を垂らして澪を見下ろしている。

耳は垂れ、顔の筋肉はだらしないほどに弛緩《しかん》し、その佇《たたず》まいからも老犬であることがわかる。

野性味に欠けた黒豆のような瞳《ひとみ》を潤ませて、遊んでくれと訴えている。

「なんだ」脱力した澪は、その場で大の字になった。「脅かさないでよもう」

犬は生暖かい舌で遠慮なく澪の頬を舐《な》めたくる。

「ぶわっ、ちょっ」

首輪はついていないが、この人懐こさは野良犬とも思えない。近所で飼われていた座敷犬が雲英の蹴破った窓から入り込んだのだろう。

ぐりぐり押し付けられる鼻面を両手で押しのけ、スカートの埃をはたきながら立ち上がる。犬は尻尾《しっぽ》を振りながら澪の周りをぐるぐる回って遊んでくれとアピールする。おかげで膨れ上がっていた恐怖心がすっかり萎《しぼ》んでくれた。

「ちょっとさぁ」澪はシャツの袖《そで》を嗅《か》ぐ。「すごくくさいよ、お前」

刺激的な臭いを放つ犬は澪の前にちょこんとお座りをし、ばうっ、と吠《ほ》えた。すると、くるりと尻《しり》を見せ、とことこと闇の中へ歩いていく。

「あ、待ってよ」

澪は慌てて追いかけた。


『三年零組』の扉の下には札が落ち葉のように積もっていた。どれも破られ、潰《つぶ》され、踏みにじられて大きな足形をつけている。札としての効果はとうに失《う》せているのは明らかだった。

こんな百万回祟《たた》られそうな行為を鼻で笑ってやってのけた彼は、やはり異常だ。呪いや祟りを微塵《みじん》も恐れていないということだ。

白い扉をノックすると「遅《おせ》ぇぞ」と不機嫌な声が返ってきた。

こわごわ引き戸を開けると、白黒映画のような光景が視界に飛び込んできた。

角ばった木の机と椅子。碁盤のような窓。白濁した硝子《ガラス》。砂ぼこりの敷かれた板張りの床。消し跡が残る黒板。片側の鎖が切れて斜めに傾いだ蛍光灯。窓からさす陽光と影でモノトーンカラーになった教室は、全体的に丸みのない角々しいシルエットになっている。

雲英は最前列の席で机に脚を投げ出して座っていた。

「遅ぇから、てっきり臆病風《おくびょうかぜ》に吹き飛ばされちまったかと思ったよ」

いつから待っていたのか、彼の隣の机には漫画雑誌が数冊と空のペットボトル三本、漬物だけが残ったコンビニ弁当の容器が置かれている。

教室の後方へ目を向ける。廊下側一列目、最後尾の席に男子生徒が座っている。そのあたりは陽光が届かず翳《かげ》っていて、すぐには気づかなかった。小柄でおとなしそうな彼は居心地が悪そうに身を縮め、まるで処刑を待たされているように俯《うつむ》いている。

その不憫《ふびん》な姿から、彼も自分と同じ被害者なのだと一瞬で理解した。

「わたしと同い年なんだね」

「なんか臭《くせ》ぇな」

「絶対留年してると思った」

「なんだそりゃ」鼻をくんくんと鳴らす。

「それがどうした」

「?……ああ、犬よ」

雲英の顔から、にわかに表情が掻《か》き消えた。

「犬だと？　お前、犬と遊んでいて遅れたのか」

「別に遊んでたわけじゃ……あれ？」

先ほどまで傍にいたはずの犬は、野性的な臭いだけを残して消えていた。短い時間だが、あの犬が先導してくれたおかげで、ここまでまったく恐怖心を抱かずに来ることができた。澪は心の中で感謝した。

「おい、まさか連れてきたんじゃないだろうな」

「ううん、どっかいっちゃったみたい」

「いいか、俺は犬が大嫌いだ。人間に媚《こ》びへつらって生きているあいつらの顔を見ていると物騒な感情にさえなる。絶対にここへは連れてくるな。約束しろ、絶対にだ。もし教室《ここ》へ連れてきてみろ、お前も、その犬も、きっと後悔するような目に遭うぞ」

「でも、おとなしい犬だよ」

「おとなしいかどうかは、どうでもいい」殺し屋のような鋭い視線の切っ先を突きつけられる。「俺の怒りを買いたくなければ、次からは気をつけろ。わかったか」

「わかったよ」

「よし。じゃあ、ほら」

五百ミリペットボトルのお茶を放ってきた。

雲英は机から足を下ろすと澪の方に向いて座り、ココアの缶の蓋《ふた》をカプシュッと開け、掲げる。

「まずは俺らの出会いを祝して乾杯といこうぜ」

「悪い人だって聞いたけど」

「誰が」

「あなたが」

「……富田林《とんだばやし》だな。あの根暗眼鏡が……余計なこと吹き込みやがって」

黒縁眼鏡の女子生徒の名前だろう。覚えておこうと思った。

「とりあえず、そんなとこに突っ立ってないで入ってこいよ」

「いい。ここで聞くから。用件はなに？　わたしはなにをすればいいの？」

「言ったろ。この学校の怪談をぶっ潰すって」ココアを呷《あお》ると腕で口元を拭《ぬぐ》う。「お前には手伝ってもらいたい」

「それがわたしをここへ呼んだ理由？」

「それだけじゃない。詳しい話は乾杯して、お前がこれを受け取ってからにしようじゃないか」

雲英の差し出す手には、彼の制服に縫いとめられていたものと同じワッペンがある。澪は聞こえよがしに溜《た》め息を吐いた。

「あのね、雲英くん。わたしは怪談委員会とかそんな怪しげな――」

「怪談撲滅委員会だ。まったく意味が違ってくるぞ、間違えるな馬鹿野郎」

「なんでもいいけど、わたし、そんな委員会に入った覚えないよ」

「お前が入ったかどうかは重要じゃない。俺が入れたかどうかだ。ほら、受け取れ。帰ったらちゃんと縫い付けとけ」

「せっかくのお誘いで悪いんだけど、わたし、サークル活動とかまったく興味ないから」

「サークル活動じゃない。これは秘密裏に行う組織活動だ」

「なんでもいいけど、とにかく学校は授業だけで充分なの」

雲英は見透かしたようなニヤリ顔で「怖いんだろ」というと、最後の一滴を口に垂らし、缶を後ろへ放り投げる。

「正直に言えよ。放課後の学校が怖くて怖くてしょうがないんだ。死んだ教師や生徒が歩き回っている。二宮金次郎《にのみやきんじろう》や花子《はなこ》さんがうろうろしている。そう信じきってビビってやがるんだ」

「怖いよ。隠すまでもない。いいじゃない、女なんだから。怖がりだって、弱くったって」

「古いな、お前。そういうのに女も男もないだろ。あれか？　狩りに出るのは男で、女は家を守るもんだって思ってるヤツか？　ウーマンリブって知らねぇのか？　これはお前のためを思って誘ってやってるんだ。大神澪、お前はこれまで苦労して生きてきたんだろ？」

「わたしの何を知ってるっていうの」

「なんにも知らねぇよ。だが臆病もんはツラを見ればわかる。怖いものに脅かされてゴキブリみたいにこそこそ隅っこで生きてきた、そういうツラだ。長年、そんな奴らのために活動してきたからな。お前は今まで見た中でもトップレベルの臆病女だ」

「長年って……」

——本当、何歳よ、この人。

「仮にそんな組織があるとして、どうして学校なの？」

「学校が怪談の温床ってのは俺らん中じゃ一＋一＝二ってくらい常識なんだよ」

「田んぼの田って答えもあるけど」

「それは常識じゃなくて屁《へ》理屈だ。とにかく、学校は怪談が発生しやすい環境が整いすぎている。それにCEGの活動範囲が学校だけとは言ってないぜ」

「そんな組織、聞いたことない」

「秘密裏に活動しているからな。でも、お前も恩恵は受けてるんだぜ？」

「恩恵？」

「今年、一度でもテレビで怖いものを見たか？」

少し考え、澪は首を横に振った。

「見ないようにしてるから」

「見ないようにするためには新聞のテレビ欄くらいは確認するだろ。そこにお前を脅かすような物騒なタイトルの番組はあったか？　なかったはずだぜ。一つもな。なぜならCEGがテレビ局を押さえているからだ」

確かに思い当たる節があった。ここ数年、『恐怖動画百連発』とか『本当にあったらしい怖い話』とか、その手の番組名がテレビ欄に犇《ひしめ》きあっていた。ところが今年に入ってテレビ欄からその手の番組が消えていたので、待ち望んでいたホラーブームの衰退期がようやくやって来たのかと万歳し、快適なテレビライフを送っていたのだ。

しかし、だからといって――。

「レンタルDVD屋にも顔を出して見ろ。お前を脅かしていたホラーコーナーも今はない。穴埋めに『メガペンギン』や『人喰《ひとく》いチワワ』みたいなモンスターパニックものが増やされている」

「う、嘘よ」

「嘘なんかついて俺になんの得があるんだよ。帰ったらネットでもなんでも使って確認してみろ。お前は目を背けてきたから世界の変化に気付いていないんだ」

「ねえ……これって世界規模の話なの？」

「そうとも。俺たちの活動範囲は、世界だ」雲英は大仰に両手を広げて見せた。「海外で、その手の映画が作られても日本には入らないようになった。映倫に当委員会が働きかけたからだ。その手のジャンルでなくとも、それを彷彿《ほうふつ》させる表現があれば、そのシーンだけをカットして再編集するか、作品そのものを国内に輸入しないことになっている。ネットでも、その類《たぐい》の動画の視聴は高額な課金制にし、ゆくゆくは視聴そのものができないよう厳しく規制する予定だ。毎月のように出ていた怪談・ホラー関係書籍も、書店ではもう一冊も見ないはずだ。ホラーを主流に出していた出版社はそのジャンルから手を引き、売れ筋の猫かラーメンの本を出しているはずだ。今後の予定では全国の社寺を取り締まり、幽霊が残したって触れ込みの手形や足跡なんかの開帳を禁じる。幽霊画の掛け軸なども同様。ついでに人魚や河童《かっぱ》の木乃伊《ミイラ》もだ。蔵で大切に保管してろ、じゃなきゃこちらで処分するってな。百物語や怪談トークライブといったイベント、ネットラジオの放送なども行われないように厳しく取り締まる。

怪談語りのカリスマと呼ばれた芸能人は数年前から恐妻家キャラに戻ってもらった。全国二万か所もあるとされる心霊スポットと呼ばれる場所、そうなりつつある候補地、すべて委員会はリストアップした。いずれ土地の持ち主と交渉して買い取る予定だ。そこに墓碑などの石仏があれば近隣の寺に多額の管理費を握らせて預け、跡地にはパチンコ屋やカジノなど、なるべく華やかで賑《にぎ》やかな施設を建てる。祟《たた》る？　関係ないね。ギャンブラーは祟りなんかよりも財布が丸坊主になる方が怖いのさ。ああ、サーキット場や空港なんかもいいな」

あまりにも壮大過ぎる計画だ。もしこれが事実ならすごいことだ。澪にとって、これ以上の社会改革はない。しかし、それなりに需要のあるジャンルを有無も言わさず市場から一掃することなど可能なのだろうか。オカルトや残虐シーンのあるものなど犯罪を助長させ、明らかに若者への悪影響になると考えられるものがメディアから姿を消していっているのは事実だ。しかし、その手のジャンルの支持者が消えるわけではない。ホラージャンルの完全規制など、銃やポルノと同じくらい難しいはずだ。

「疑ってるってツラだな」

「だって、さすがにそんなこと……」

「ありえない、か？」

「もしそれが本当なら、国家予算規模の莫大《ばくだい》なお金が必要だと思うんだけど……誰がそんなことのためにお金を出すっていうの」

「そんなこと……ね」ワッペンで自分を扇《あお》ぎながら、雲英は眠たげにゆっくり目を瞬《しばたた》く。「そんな台詞《せりふ》が出ること自体、お前は何も理解していないってことだ。この世にはお前以上に幽霊、呪い、祟りの類を嫌う人間がゴマンといる。金で掃除できるならいくらでも出すって人間《こわがり》がな」

「でも、さすがにサーキット場や空港は大袈裟《おおげさ》じゃない？」

「アラブの石油王が怖がりじゃないって誰が決めた？　英国貴族が霊の存在を信じていないとでも？　むしろああいう奴らこそ霊や神を信じ、誰よりも怯《おび》えているもんだ。世界の経済を回してるような金持ちは怖がり方のスケールもでかい。聞いた話じゃ、某国の皇室じゃあ、六百以上の特殊赤外線カメラと七百人以上の退魔師《エクソシスト》で軍隊ばりに毎晩幽霊を警戒中だというぜ」

　臆病世界ランキングのトップファイブに入ると自負していたが、何事にも上には上がいるものだ。澪は嘆息した。

「怪談が社会に与える影響を危惧《きぐ》する者も支援者の中には大勢いる。組織ぐるみでCEGに協力しているところもある。例えば、守秘義務により名は口外できんが、なんとか省って呼ばれてる機関とかな」

「国の行政機関まで？　なんでそんな大それたことに」

「怪談による実害が深刻化してきているからだよ」

そう返す雲英の顔にも深刻げな表情が刻まれていた。

「今の日本は怪談が多すぎる。怪談は文化だ。娯楽だ。暑い夏の夜を少しでも過ごしやすくしようという庶民の知恵だ。そんな言葉をよく耳にするが、どれもくだらん。怪談が社会を崩壊させているという現状を知らない、脳がフェアリーランドにいっているようなヤツラの戯言《たわごと》だ。俺からすれば怪談なんぞ……恐怖や不安を拡散させるためのテロ行為に他ならない！」

語気を荒らげる雲英の表情からは、怪談への深い憎悪が垣間見えた。

「六年前だ。アメリカの『TIME』って雑誌が日本の怪談についてベタ褒めの記事を載せたことがあってな」

「『TIME』って、あの『TIME』？」

世界中で読まれている超有名週刊誌だ。

「〝あの『TIME』〟がどの『TIME』か知らんが多分それだ。『雪女』『耳なし芳一《ほういち》の話』、のっぺらぼうの『むじな』などで有名な小泉八雲《ラフカディオ・ハーン》の特集だった。他にもお岩《いわ》やお菊《きく》といった有名どころの幽霊女の話や掛け軸の画像が十数点掲載された。アメリカで日本の怪談が話題になるのはこれが初めてじゃない。だがその時は規模が違った。三週連続で表紙が国芳《くによし》、芳年《よしとし》、豊国《とよくに》の幽霊画だ。世界の『TIME』がだぞ？　それから、すぐにハリウッドで映画化だ。『OIWA』『OKIKU』『KASANE』の三部作。なんとかポッターに追いつく勢いだ。お岩がシガニー・ウィーバーで伊右衛門《いえもん》がジョニー・デップだぞ？　オォー、ジャパニィズゴースト、アメイジングってなったわけだ。これがきっかけで一時、日本怪談《ジャパニーズゴーストストーリー》が世界中から注目されることになった。それで気持ちよくなっちまったのか、『アニメの次に誇る我が国の文化は怪談であります』なんてことになって、全都道府県の主要怪談二百六十九話を無形文化財とし、保護するようになり、それからおかしくなった」

そんな大変な事態になっているなんて知らなかった。文化庁はなにを考えているんだろう。無形文化財は演劇や技術のような文化価値のあるものが指定されるべきだ。顔面の腐り落ちた女が「うらめしや」と追いかけまわすような話を保護する意味がわからない。

「悍《おぞ》ましいことに、怪談伝承地が次々と観光地化された。心霊スポットを巡りながらプロの怪談師に語りをさせる『生怪談聞き語りツアー』、死者の無念を哀れみながら、ご当地の美味《おい》しいものを食べる『ゴーストグルメツアー』、撮り鉄ならぬ『撮り霊』『撮り化け』が集まり、とにかくいそうな場所でカメラをパシャパシャやって誰がいちばん激しい一枚を撮れるか競い合う『心霊写真バトルツアー』なんてもんが馬鹿みたいに売れた。俺は潜入調査で何度か参加してみたが、どれもひどいもんだ。この手のツアーの参加者には決まって、神妙な顔つきで『肩が重い』とか『背筋が寒い』とかいいながら『わたし少しだけ霊感ありますアピール』をしだすヤツがいる。大抵は虚言癖のある女だ。どんなブスでも霊感少女になればもてはやされるからな。でも演技がクソでな。見ていると哀れだ。中には奇跡的に鼻血を出したりゲロったりと都合良く体調を崩す女もいて、そういうヤツは『自分は霊の影響を受けやすい体質なんだ』と平気で嘘をいう。んなもん、ただの体調不良だ。栄養と睡眠をとっておけばそんなことにはならん。こういう突っ込みも誰もしやしない。みんな、オオスゴイヨと感動する。これまでケロンとしてたくせして突然、霊の気持ちが伝わってきたと号泣しだす女もいる。お前に気持ちを伝えたところで霊になんの得があるんだよ。ていうかそんな簡単に霊感が開眼されたらインドの山奥で修行している人たちに申しわけないだろ。この手のツアーに嬉々《きき》として参加するようなヤツラだ。感覚がぶっ壊れてるんだ。そんなツアーが流行して、怪談奇談の書籍や物産なんかも売れまくり、経済が上向きになってきたってこともあって我が国は調子に乗っちまったんだな。『怪談は我が国の誇るべき文化です』なんて文科省のお偉方が、今度は世界へ向けて発信しちまった」

思わず「うわぁ」と声が出た。

日本はどこへ向かおうとしているのだろう。

「すぐに好奇心旺盛《おうせい》な外国人観光客が押し寄せてくる羽目になったわけだ。『ニンジャ、サムライ、ドコニイマスカ。スシ、テンプラ、オイシイネ。オイワサン、カサネサン、オキクサン、ヤマトナデシコネ』なんて、これまで以上に日本文化を勘違いしやがりだした。わざわざ日本幽霊《ジャパニーズゴースト》に会うため、遥々《はるばる》異国から来て金を落としてくれるんだから、そりゃあ、有り難いっちゃ有り難いんだが、そうなると今度は知名度のある怪談を持っていない市町村が黙っちゃいない。『おいおい、日本の怪談はなにもそれだけじゃないぜ。怪談は俺たちの町にもあるんだぜ』とアピールしだした。恋人から硫酸をかけられて顔が焼け爛《ただ》れた女の霊が現れる『面崩《つらくず》れの井戸』や、長帯のような腕と足を引きずった坊主の怪が出没する『帯擦峠《おびずりとうげ》』、全身フナムシまみれの悪霊が徘徊《はいかい》する『虫連れ岬』なんてマニアックな怪談スポットを持つ市町村が暴走しだし、『つらくずれちゃん』『おびずりぼうや』『フナムッシー』なんて気色の悪い造形のゆるキャラを作りやがった。近年のゆるキャラブームが彼らの思考を鈍らせたわけだが、こいつがまったくゆるくない。本腰入れて気味の悪いクリーチャーを作りやがった。そんなもんが売れると本気で信じ込み、巨額を注ぎ込んでキャラクターグッズを作ったりイベントなんかをやったりしてみたんだが、これが子供たちに大不評でな。当たり前だよ。どんなに可愛く作ったつもりでも、顔面が肉そぼろみたいにササラモサラになった女や虫まみれの悪霊だからなぁ。抱きつかれた子供は絶叫して逃げ回ったり、泡を吹いて卒倒したりしたそうだ。はじめは面白がってマスコミも取り上げていたんだが、放映直後に苦情の電話が殺到。グッズも書籍も売れるはずがない。イベントもはじめは大きな市民ホールでやっていたが、次第にデパートの屋上、商店街、駅前の路上と縮小。墓場より静かだったそうだ。結局、経済効果はマイナス。もとから草臥《くたび》れかけていた市町村の最後の悪あがきだったのに、この致命的な大打撃がトドメを刺しちまった」

聞いていて、なんだかしょんぼりしてくる。もう少し慎重に判断できなかったのだろうか。いい大人が会議室に集まってなにをしていたんだろう。止める人間は一人も出なかったのか。あまりにも安易。あまりにも無謀。怪談はそういう感覚をも麻痺《まひ》させてしまうのだろうか。

「日本は一時、これで傾きかけたが、それでも、まだ怪談に縋《すが》りついた……というよりは、世界にあれだけ堂々と発信した手前、引くに引けない状況になっていたんだな。本格的に怪談を盛り上げようと予算を投じて各市町村を煽《あお》り立てた。まず学校教育。一部地域の小学校で実験的に怪談を授業にとり入れたそうだ」

「授業って、いったい」何を学ぶ授業なのだ？

「怪談は道徳の授業の代わりに入れられた。『恐怖』を知り、感じることで、人に対する優しさを育てるとかなんとか。だいぶ説明を端折《はしょ》ってないかってくらい意味がわからん。信じられるか？　時間割に国語・算数・理科・怪談だぞ？　テキストは名だたる怪談を現代風にアレンジしたものだ。その結果、児童たちは霊の存在を信じ込んでしまった。なにが問題かっていうと、死んでも次の世界があると本気で思いこんでいることだ。死んでも霊になれる、だから人は不死身なんだとか、矛盾したことをいだす。都合が悪くなればリセットしてやり直せると信じるヤツもいる。だから、危機回避能力の低下や生命軽視が危ぶまれた。怪談に対して拒絶反応を見せる子供も当然いる。授業に出ることができず、体調を崩して保健室へ運ばれたり早退するような生徒が増えた。そういう生徒に対するイジメも起きた。嫌がる生徒へ向けて執拗《しつよう》に怪談を語って聞かせ、精神的に追い詰めるという陰湿なやり方だ。それによって、どこにいても物音に敏感な反応をしめし、実際はない視線や気配を感じて怯《おび》え、家のトイレにさえいけなくなる児童も出ている。怪談による恐怖で日常生活に支障を来した結果、不登校になった生徒も急増した。人格形成の大事な時期だというのに、子供たちの死生観の歪曲《わいきょく》化や新たなイジメ問題まで生じさせる怪談ってやつは、危険なものだと思わないか？」

少しずつ、ほんの少しずつだが、澪の胸にも彼の言葉が響いてきた。

自分の気づかぬところで、怪談はこんなにも侵食し、社会へ害悪を及ぼしていたのだ。

しかし、まさか怪談が無形文化財に指定されて授業の新科目になっていたとは……これでは日本にいる以上、怪談から逃げることができないではないか。

「怪談で被害を受けるのはなにも子供たちだけじゃない。殺人事件や自殺のあった現場周辺の地域は、不幸が根付いた辟地《へきち》だとか霊の彷徨《ほうこう》する危険地帯のような扱いをされるといった風評被害に苦しんだ。そうなると転居者の減少や地価の低落などの影響が出る。怪談の人気があるからといって、そこに好き好んで住もうってヤツはいなかったんだ。当然だよな。また、そうした地域は肝試しに訪れた一部のデリカシーのない若者たちや外国人観光客によって日常生活を侵害されている現状だ。そんな状況であるにもかかわらず、怪談をビジネスと考える奴がどんどん増え、こすい商売を次々と考えていった。怖い話を語って金をとる、怪談師なんて職業がある。いや、職業なんかじゃない。あんなもん、プロもアマも関係ない、いったもん勝ちだ。その手のライブにいって何度か聴いてみたが、フリもオチもしっかりした完璧《かんぺき》なシナリオをペロッと話し、客の顔色を窺《うかが》って怖がり方が薄いと感じたらギャーだのワーだの大声をあげ、いきなりドカッと話を盛る、そういう仕事だ。出版業界も大問題だ。怪談作家と名乗る輩《やから》が増えてきた。人から怖い体験を根掘り葉掘り聞き穿《ほじく》って、あまり怖くなければゴッソリ盛る。取材しているならまだいい。完全に創作して『実話です』と本を出す奴もいる。お次はゲーム業界。墓場で死者の霊魂から『いま何時ですか？』と聞きまくる『幽霊ウォッチ』なんてゲームがブームになった。二年前は、とうとう怪談がダイエットブームにまで食い込んできた。密室でデブどもが身を寄せ合って延々怪談を聴かされる『怪談サウナ』。悲鳴を上げさせてカロリー消費させるんだとさ。こんなもん、ただのナチ的な拷問だろ。他にも墓地内でウォーキングして素姓も知らない人たちに手を合わせて回る『合掌ウォーキング』。食べ物を彷彿《ほうふつ》させるエグイ怪談を聞かせて食欲不振を誘う『グロテスクダイエット』。このダイエットが流行《はや》った結果、オムライス恐怖症やチゲ鍋《なべ》恐怖症といった初めて耳にするような恐怖症《フォビア》に苦しむ患者が急増したそうだ。こういう死人で銭《ニーゼ》を稼ごうってヤツがどんどん出始めたのは、まったく気に食わん。あいつら、カラスよりも死に敏感で貪欲《どんよく》だ。怪談が起こした負の社会現象は、あげたらキリがない……」

雲英は射殺すような視線を虚空に向けた。

「怪談は害悪だ。人を怖がらせたくて仕方がないクズと、我が身に降りかからない他人の不幸を遠巻きに見聞きして喜びたい人間たちが織りなす、低俗な文化だ。俺たちは怪談の存在を認めない。もう一度、言おう。怪談は害悪だ」

まったく同感だった。雲英のいうとおりだ。今の彼の発言のほとんどは怪談フリークのすべてを敵に回すものだが、澪が声を大にして世間に訴えたかったことなのだ。

「俺は学府専門の駆除を担当している。七不思議や都市伝説が氾濫《はんらん》するふざけた学校に入学生や転校生として入り、怪談を根絶したら別の学校へいく。いつもは一人でこなしてるんだが、この学校は少し特殊だ。そこで協力者が必要だと考えた」

「じゃあ、やっぱりわたしより年上なんだね」

「年齢はトップシークレットにしておく。でも敬語はいらないぜ」

雲英はフリスビーのやり方でワッペンを投げた。引力に負けて落下しようとするそれを、澪は両手で掬《すく》い取るように受けとめる。

「ようこそCEGへ。そして俺たちのアジトへ」

見ると足は教室に二歩分、踏み入っていた。足から手の中のワッペンへと視線を移動させる。

「これって、『ゴーストバスターズ』みたいな――」

「違う。俺たちの対象は、あくまで怪談。霊そのものじゃない。霊を取り扱った話、噂、謂《いわ》れが対象になる。それにあちらは映画、こっちは現実だ」

澪は、うむぅ、と唸《うな》った。霊ではなく、霊の話を滅する。ずいぶん回りくどいことをする委員会だ。

「そいつ受け取ったってことはCEGに入るってことでいいんだな」

「いや、それは……あっ、ねぇ」最後列の席で俯《うつむ》いている男子生徒に声をかける。

「君はもう入っちゃったの?」

男子生徒は俯いたまま沈黙している。澪は妙な違和感をおぼえた。暗くて気づかなかったが、制服が白首第四のものと違う。彼は詰襟の学ランだった。髪を短く刈り込んだ坊主頭。俯いた顔は白蠟《はくろう》のように白い。これも妙だ。男子生徒の席は窓からは遠く、陽が一切当たらず、暗く翳《かげ》っているのだ。それでも男子生徒の姿はまるで発光するように、白い肌を薄闇の中で映えさせていた。

それに男子生徒の座り方は変だ。机はまっすぐ配置されているが、椅子は廊下側へ斜めに向いていて、こちらに背もたれの笠木《かさぎ》を見せている。ところが男子生徒は椅子を直しもせず、真正面を向いて姿勢正しく座っている。そもそも彼が座っているのに、こうして椅子の背の部分が見えることがおかしい。それは男子生徒の身体越しに見えていた。

雲英は眉間《みけん》に皺《しわ》を寄せ、目を細めながら澪の視線の先を見る。

「そこに、なにかあるのか？」

「……あるっていうか……いる……よね？」

男子生徒を見つめたまま訊《たず》ねる。

雲英は隣の机から空のペットボトルを摑《つか》んで澪の視線の先へ投げる。ペットボトルは男子生徒の肩のあたりを通り抜け、教室の後ろへぽんぽんと音を立てて転がった。

「なんだよ。まさか、さっき話してた犬か？」

「……うそ」

「なんだよ、幽霊でも視たような面しやがって」

雲英のその言葉に、澪は大きく一度、身体を痙攣《けいれん》させた。

両手で頭を抱え、こぼれ落ちるほど目を見開き、喰《く》いしばった歯の間から沸騰した薬缶《やかん》のような声を漏らす。

「おい？　どうした」

澪の耳には届いていなかった。

頭を抱える両手の指の間から、ざわざわと髪が溢《あふ》れる。肩や背中にばさりばさりと流れ落ちる。

澪の髪の毛が急速に伸びていた。

その勢いは次第に増し、壊れた雨樋《あまどい》のように指の間からは髪の毛が噴きだし、足元に黒い髪溜《かみだま》りが広がっていく。

「こいつは驚いたな……」

目の前で起きている現象に雲英の目は釘付《くぎづ》けになっていた。

頽《くずお》れるように座り込んだ澪は、役立たずになった腰から下を引きずりながら廊下へと這《は》っていく。

——見てしまった。とうとう、本物の幽霊を。呪われる。祟《たた》られる。一刻も早くこの教室を離れ、こんな忌まわしい第四校舎《ばしょ》から出なくては。そして日光を浴び、帰ったら家中の電気という電気をつけ、塩を身体に振り、腹の底から笑えるギャグ漫画を読んで、たった今見たものを記憶から追い出すのだ。さあ立て！　立ち上がれ大神澪！　立ち上がったら振り向くことなく走れ！　足が折れてもいい！　肺が破裂してもいい！　でも倒れるのは、この学校の外でだ！

自分を奮い立たせ、匍匐《ほふく》前進でなんとか廊下《ここ》まで這い出たが、いまだ足腰は使い物にならない。それでも一ミリでも遠く三年零組から離れたいがために必死で肘《ひじ》を交差させるが、床の上で虚《むな》しく空転し、とうとう一ミリも前進しなくなった。

腕組みをして聳《そび》え立つ雲英の革靴が、澪のスカートの裾《すそ》を踏んでいた。彼の目は稀《け》有《う》なものを見るような好奇の光を湛《たた》えていた。

「お前いったい、なんなんだ？」

「あ、あの人……あの人はなに？」

「はあ？　どいつだよ」

「いたでしょ！　学ランの！　野球部っぽい頭の！」

「そんな野郎は知らん。髪の毛の化け物みたいな女は目の前にいるがな」

雲英の股《また》の下からコモドドラゴンのような動きでバタバタと這い出ると、澪は恨めし気な視線を上げる。

「あんたのせいだからね。あんたがこんなところにわたしを呼ばなければ……」

雲英は目を細め、澪の頭から爪先《つまさき》まで丹念に睨《ね》め回す。

「なあ、その髪の毛、口で説明できるもんなのか？」

「これは」俯いた澪は、かろうじて音になった声で答える。「特異体質よ」

「特異体質ねェ」

雲英は屈《かが》みこむと澪の顔を覗《のぞ》きこむ。

「な、なに」

「髪の毛がトコロテンみたいににょろにょろ伸びる特異体質なんて、俺は初めて聞いたよ」

澪は顔をそむけると床に広がり続ける髪の毛を両手で掻《か》き集める。

「極限状態になると……こうなるの」

この呪われた体質は生まれつきのものだった。恐怖により精神の均衡が崩れ、極限状態に陥ると、なぜか毛髪が急速に伸びる。自覚したのは幼少の頃。夜中に目が覚め、ぼうっと天井を見つめていたら天井板の染みが顔に見えだした。それから毎晩、天井の顔に見られているような気がし、怖くてなかなか眠ることができない。布団を被《かぶ》っても布団越しに存在を感じてしまう。澪の豊かすぎる想像力はやがて、「顔に見える染み」を「顔そのもの」に変換した。天井の顔に見つからないよう、豆粒みたいに小さくなってしまいたい、真っ黒になって夜闇や影の中に隠れたい、そう強く願うようになる。そんな日が続いたある晩、いつものように布団の中で小さく丸まって震えていると、頬や首筋を何かがざわざわとくすぐってくる。虫でも入り込んだのかと布団を蹴《け》り剝《は》がすと、自分の身体を黒いものが覆い尽くしている。大量の髪の毛だった。半狂乱になって引き剝がそうとすると頭皮に痛みが走る。髪の毛はすべて自分の頭から生えていた。天井の顔に呪いをかけられたんだと澪は号泣した。そんな姿を見た父は澪を抱きしめ、「ぜんぜん怖がることじゃない」「みんな誰でもあることだから」となだめてくれた。

自分だけの特殊な体質であると知ったのは小学校に入ってすぐだった。授業中、窓から大きな蜂が入ってきてクラス中がそれこそハチの巣をつついたような大騒ぎになった。蜂は教室の隅で震える澪へまっすぐ向かって飛んできて、胸の学年章にへたりとまった。その瞬間、澪の髪の毛が五十センチほど伸びてしまった。その時のクラスメイトや教師の視線は今でも忘れられない。

こうして澪は、周囲から奇異の目で見られることを恐れ、心を閉ざしがちになった。自分の異常体質のことを誰にも知られたくない。だから一人になることばかりを考えていた。

そんな閉ざされた心の扉を開こうと試みたのが中三の頃の担任だった。澪がイジメられていると勘違いし、週一のカウンセリングをしてきた教師だ。週末、授業が終わると教室に残させられた澪は、学校生活の楽しみ方、友達の作り方、イジメとの闘い方などを陽が暮れるまで熱く指導された。ぜんぶ夕方に再放送されている学園ドラマの受け売りのような話だった。教師は稀《まれ》に見る熱血漢だったので放課後の熱い指導は一年近くも続けられた。それでも指導の成果は見られず、澪は相変わらずクラスで孤立状態だった。それが逆に教師の教育心に火をつけた。より熱く、より長い時間、彼は澪の閉ざした扉を叩《たた》き続けた。

その日は解放されたのが十七時五十五分。全校舎消灯の五分前だった。学校の規定により、職員室のある旧校舎以外、全ての校舎が消灯され、施錠されてしまう。

真っ暗な学校に閉じ込められなどしたら、恐怖でどうかなってしまう。澪は蒼褪《あおざ》め、死にもの狂いで廊下を走った。

そんな澪を不幸にも腹痛が襲う。普段から神経をすり減らしているからか胃痛はたびたびあったが、この日の痛みは尋常ではなかった。とても自宅までは持ちそうもなく、やむなく一階のトイレへと向かうが、入口に『清掃中』の看板が立ちはだかる。なんでこんなタイミングにと清掃のおばさんを怨《うら》んでも仕方がない。澪は咄嗟《とっさ》の判断で男子トイレへと駆け込んだ。超法規的措置だった。

個室トイレの中、ひとり安堵《あんど》に胸を撫《な》で下ろしていると、ふいに目の前が暗くなった。消灯時間になったのだ。

もう腹痛どころではなかった。視界を闇に奪われた澪はパニックになった。身体が硬直し、身動きがとれなくなり、汗が噴き出し、呼吸が整わない。そんな状況下であるにもかかわらず、澪の脳は思い出してはいけない話を記憶から蘇《よみがえ》らせた。

放課後になると三階教室に佇《たたず》む女幽霊の噂だ。

大丈夫だ。ここは一階。しかも男子の領域だ。好き好んでわざわざこんな場所まで出張してはこない。とにかく出よう。まだ玄関の施錠はされていないかもしれない。暗いが玄関までの廊下は一本道、それほど長い道のりではない。

意を決して扉の閂《かんぬき》に手を掛けた澪の耳は、遠くから聞こえてくる足音を捉《とら》えた。

それは気のせいではなく、だんだんと近づいている気がした。澪は息を殺し、足音が去ってくれるように祈った。

祈りもむなしく足音がトイレの中へ入ってくると、白い光が瞬いて蛍光灯がつき、闇が一瞬で払われた。

安心などできなかった。罠《わな》かもしれないのだ。油断させたところで怖いものが姿を見せるかもしれない。自分の顔をよく見せるための照明かもしれない。今にも扉の上から女の真っ白い顔が覗きこむかもしれない。真っ赤に充血した目で見つめられるかもしれない。血に濡《ぬ》れた歯を覗かせ、ゲラゲラと笑うかもしれない。冷たい手を伸ばして自分に触れようとするかもしれない。澪の恐怖は限界に達した。

「お、おい！　誰だそこにいるのは？　今すぐ出てこい！」大人の男性の声が響いた。

この声は……教師だ！　澪は泣き喚《わめ》きながら個室から飛び出した。この時、澪は自分の特異体質のことを完全に忘れてしまっていた。

教師は絶叫しながらトイレから逃げていった。澪は必死になって教師の後を追った。この時、教師には「顔を真っ黒い毛に覆われた女」が奇声を発して追いかけてくるように見えていたのだろう。

その後、この体育教師は自身の見たものにショックを受けて廃人状態となり、自らの希望で他校へと赴任していった。自分の呪われた特異体質が一人の教師の人生を狂わせてしまったのだ。

「お前、面白いヤツだな」

雲英の言葉に澪はきょとんとした顔を上げた。

「なんだ」

「いや、もう少し驚かれるかと思ってたから」

「ああ、驚いたよ。髪の毛が伸びる女なんて、どこの怪子《かいこ》ちゃんかと思ったぜ」

「気味が悪いでしょ」

「別に。髪や爪は誰でも伸びるもんだろ。それが人よりも早いってだけだ。それに特異体質なんだろ？　なら仕方ねぇじゃねぇか」

ああ、うん、と澪は微妙な表情で頷《うなず》く。

「臆病《おくびょう》だってわりにキャーキャー喚かねぇのは、リミッターが切れて髪が伸びるのを警戒してたんだな」

「叫ぶと自分の声で恐怖が倍増するから」

「なるほどな、じゃ、教室に戻るぞ」

正気か？　そんな目で雲英を見る。

「あれがいるのに？　戻る？　は？　冗談やめてよ」

「その件だが、お前、本当になにかを視たのか？」

澪が頷くと雲英は眉間《みけん》に皺《しわ》を刻み、小さく舌打ちする。

「俺をかついでんならしょーちしねぇぞ」

「雲英くんには……あれが視えてないの？」

「ああ」雲英は視線を落とす。「俺は霊なんて信じてないからな」

思わず澪は「はあ？」と声を上げた。

「信じてないのに、こんなことしてるの？」

「こんなこと？」

「怪談を撲滅しようとしてるんでしょ」

「だから怪談と幽霊を一緒くたにするな。幽霊は存在しない幻、怪談は実際にこうして害を及ぼしている。つまり別物だ」

「でも」

「なんだ、お前は人が死んで霊になると本気で信じているのか?」

「だってわたし、たった今……見たもの」

雲英は呆《あき》れたように溜《た》め息を吐くと頭をがりがり掻《か》く。

「よく考えてみろ。死んだ奴の霊だか魂だかしらんが、そんなもんがいちいち現世にこびり付いて残ってたら、それこそ原始の頃から蓄積した死人で地球は今ごろ満員電車の鮨詰《すしづ》め状態ってことだぜ?」

「いや……霊体なんでスカスカだし、そのへんはなんとかなるんじゃ……」

「自然の法則ってやつは、よくできてるもんだ。生きとし生けるもの、生を全うしたら次の世代に席を空けるって仕組みになってるんだよ。霊魂なんて生きてるもんの都合で創られた架空の存在、嘘っぱちだ。それを霊感だか霊視だか知らんが、さも自分には霊能力があります、霊が視えますなんてフカしこきやがるクソ野郎が『ここにいる』『あそこにいる』とテレビでやるもんだから、見ろ、お前みたいな馬鹿《ピュア》が騙《だま》されるんだ。あいつら廃墟《はいきょ》に不法侵入して、ここはダメだとか空気が重いとか好き勝手ほざいて、オツム空っぽなグラビアアイドルにしかめっ面で守護霊だオーラだと適当なことを偉そうにフクだろ。それでちゃっかり金まで取るってんだから、ほんとクズ以外の何ものでもない。ありもしない屁《へ》みたいなもんで恐怖心を悪戯《いたずら》に煽《あお》って喜んでるんだからな。おっと、勘違いするなよ。俺は何も視えるヤツを非難しているわけじゃない。視えてもいないのに視えてます感じてますってフカしやがる輩《やから》にムカついてるだけだ。視えちまうもんは仕方がねぇさ。でも、それは残念ながら霊なんかじゃない。幻覚。気のせいだ。お前も含め、視えるってヤツの大半は幻を視てるか、クソホラ吹き野郎なんだよ。それか、頭ん中がお花畑な人間かだな」

怒濤《どとう》の悪言。霊能者に恨みでもあるのか、後半は悪意しか感じられなかった。

「もう一度言ってやる。霊なんてもんは存在しない。だから教室に戻っても何もいない。いいか、今後、この『三年零組』はCEG白首支部になる。毎日、授業終了のチャイムが鳴ったら、ここに集合。俺たちの拠点だ。だから慣れろ。さ、時間がない。さっさと来い」

雲英は喚き叫ぶ澪の襟首を摑《つか》んで引きずっていく。無理やり連れ戻された教室には、半透明な男子生徒が先ほどとまったく変わらぬ姿勢で席に座っていた。

「ずあああっ！　ほ、ほらっ、ほらっ、やっぱりいるじゃない！」

「うるせぇ！　今からお前が視ているものの正体を詳しくレクチャーしてやるから、おとなしく座っと……け！」

教卓にいちばん近い席に押し込むように座らせられる。凍りつくような背後からの存在感に身震い甚だしく、鞄《かばん》をぎゅっと抱きしめる。

「幽霊や怪異は、すべて科学的に解決できる。たとえば」

教卓の上にドッカと座った雲英は、長過ぎる足を俳優ばりのオーバーアクションで組む。

「これは東京都練馬《ねりま》区に住む会社員Aさんの体験した話だ」影を背負ったような暗い表情になった雲英は声のトーンをガクンと落とした。「ある週末、Aさんは実家へ帰省するため、山陰方面へ車を走らせていた。その日は土砂降りの雨が叩《たた》きつけ、車通りは少なく、道は空《す》いていた。急ぐ理由もないので、ゆったりドライブ気分としゃれ込みたかったが、一週間の仕事疲れを引きずっていたこともあってひどく眠かった。ラジオもつまらない、CDも聴き飽きた。雨の暖簾《のれん》が邪魔で期待していた星空も広がる田園風景も楽しめない。退屈な時間はAさんに何度もあくびを強要した。暗く長い道を延々と走っていると睡魔が背中から毛布をかけようとしてくる。Aさんは頬をぴしゃりと手で叩いて抗《あらが》った。外灯ひとつない道。フロントガラスやルーフを打ち鳴らす雨音。民宿の布団の中にいるような安穏《あんのん》な時間。たびたび朦朧《もうろう》とする意識を平手で鞭打《むちう》ち、意味もなく大声をあげて眠気を追い払う。ふと、先日、同僚から聞いた話を思いだした。この先の、自販機のある大きくカーブした場所で、ひと月前に女が自殺していらしい。彼氏とドライブ中に別れ話になり——確かそんな話だった。背筋がぞくぞくする。今日はさっさと帰った方がいいな。眠気覚ましにもう一発頬をぴしゃりと叩く。ヘッドライトが数十メートル先にぽつんとある自販機を捉《とら》える。そこは大きく緩やかなカーブとなっていた。あそこだ。あの自販機の前で女が自殺したんだ。どうやって死んだんだろう。男の目の前で舌でも噛《か》んだのだろうか。走る車から飛び降りたのだろうか。車は自販機を横目にカーブを大きく曲がる。自販機は稼働していないのか、明かりが消えている。Aさんは自販機の下に置かれた赤い花束に目がいった。再び、背中に悪寒が走る。ああ、嫌なものを見ちゃったなぁ。と、前に視線を戻した、その時——うわあぁぁぁぁっ！　Aさんは叫んだ。道の先に白いコート姿の女が佇《たたず》んでいる。傘もささず、手荷物もなく、俯《うつむ》くようにして道端に。こんな時間、こんな場所で、いったい何をしているんだ。気味が悪かったが、ただ道に迷って困っているだけなのかもしれない。でも車を止めて声をかけるほど度胸はない。女へ視線を向けぬよう、歩行速度ほどにスピードを落とす。困っていれば声をかけてくるだろう。でも、もし幽霊だったら……いや、そんなものいるもんか。そうこうしているうちに車は女を通り過ぎていた。バックミラーには、見送るよう深く頭《こうべ》を垂れる女の姿が映っている。なんだよ、なんで頭なんか下げるんだ。怖い方へ怖い方へと想像が働く。ミラーに女の姿が視えなくなった瞬間、Aさんは速度を上げた。ばっしゃばっしゃとフロントガラスに雨が弾《はじ》ける。がっくがっくとワイパーが忙《せわ》しなく揺れる。水の染みこむ路《みち》をタイヤが踏みしだき、ぶしゃあああっと鳴く。ばっしゃばっしゃ、がっくがっく、ぶしゃああ。ばっしゃばっしゃ、がっくがっく、んふふ、ぶしゃああ。ばっしゃばっしゃ、んふふふ、がっくがっく、んふふふ、ぶしゃああ。——あれ。何かが聞こえるぞ。んふ、んふふ、んふふふ。笑い声だ。女の笑い声だ。ラジオはついていない。CDも。そんな、嘘だろ、やめてくれ、やめてくれ。Aさんのハンドルを握る手は、汗でじっとりと濡《ぬ》れていた。よせ、やめてくれ、たのむ、ほんとうに。恐る恐る、ルームミラーへと目を向ける。うわあぁぁぁぁっ！　ふぅわぅああぁぁっ！　はぅわああああああっ！」

なぜリアルタイムに幽霊の御座《おわ》す空間で怪談話なんぞを聞かされているのか。今、自分の置かれている状況に澪はひどく混乱していた。雲英の熱演は続いた。

「Aさんは視てしまった。ミラー越しに見知らぬ女が自分を睨《にら》んでいる。頬、首、胸元に濡れた黒髪をべったりはりつけた女が、後部座席の闇の中から生気のない表情を浮かべている。んふ、んふふ、あはははは。黒髪の隙間で真っ赤な口が笑みに歪《ゆが》んだかと思うと、Aさんの足首を冷たい手が掴んだ。後部座席にいる女と同じ顔が、足元から自分を見上げていた。次の瞬間、車はガードレールに突っ込んだ——おい、大丈夫か」

澪は産卵中の鮭《さけ》のように痙攣《けいれん》しながらデバさんを齧《かじ》っていた。

　このままでは雲英に語り殺される。

「さて、今、俺がした話には、物語を怪談化する露骨な仕掛けがある。まず結果からいえば、これは車という閉塞《へいそく》的な空間に一人というシチュエーションが上手《うま》く作用し、さらにいくつもの偶然の演出が加わることによって奇跡的に生み出された幻覚を見た、そういう話だ。気味の悪い話を聞かされた後に深夜、一人で車を運転せねばならないという状況が発生する。そんな状況で、ひと気のまったくない暗い道、墓地、花束の供えられた死亡事故現場を通れば、いやが上にも悪い想像をしてしまうもんだ。途端に緊張状態となり、その緊張は視覚や聴覚を鋭敏にし、普段は気にも留めないような僅《わず》かな異音や視覚情報を意識しだす。厄介なことに人間の感覚は、ある状況下において入ってきた情報を誤認することがある。ここでいう、ある状況下というのは恐怖だ。恐怖は悪い方へ悪い方へと事実を歪《ゆが》めてしまう。自分の呼吸音を忍び笑う声に。木の影を人の佇む姿に。友人から聞かされたのが女幽霊の話なら、それは女の笑い声に聞こえるだろうし、影は女の姿に視えるだろう。こうして体験者の中で、霊を視認したという事実が形成されてしまう」

　なるほどと頷《うなず》きたくなる話だが、かといって後ろのシースルー男子が消えているとは思えない。当然、確認する気はない。今はそんなことより一刻も早く、この教室、第四校舎、学校から出て、家へ帰り、温かい風呂《ふろ》に入って今日起こったことをすべて忘れたかった。もちろん知り得る限りの方法を使って全身を清めることも忘れない。

「運転中は前方に意識を集中せにゃならん。だからそういう状況下では背中に寒々しい不安を抱いてしまうものだ。後部座席に何かがいるのではないか、そんな不安が限界まで引き上げられると確認せずにはおれなくなる。そして確認の仕方に鏡越しという方法をとる。これがまた恐怖心を煽る。この鏡越しに視るというシチュエーションは、ホラー映画では擦り切れるほど使い古されたパターンだし、乗せた客が忽然《こつぜん》と消えてしまうというタクシー幽霊の話でも馴染《なじ》みがある。おかげで俺たちは、その光景をイメージしやすくなってしまっているんだ。だから同様の状況下におかれた時、『後部座席の女』は、幻覚として再現されやすい。さらにAさんは疲労し、眠気もある状態だった。車数は少なく、奥深い山道には横断歩道や信号もないので、とくに周囲への注意を払わずに運転ができる。そんな状態で長時間、なんの刺激もないままハンドルを握っていれば、自然と意識は朦朧としはじめ、夢を見るような感覚や幻覚、時間の短縮感などが起きる。これは高速道路催眠現象《ハイウエイ・ヒプノーシス》といって、交通事故の原因の一つとなっている。——さっきの話にはこんな後日談が付く。大きな事故だったが幸い、Aさんの命に別状はなかった。ただ、足首にはくっきりと赤い手の形の跡がついていた。やはり事故は女の幽霊が引き起こしたのだ。翌日、女が自殺をしたことを教えてくれた友人が病院へ見舞いに来た。Aさんは彼に自分が体験したことを話すと、意外な事実がわかった。彼氏とドライブ中に別れ話になり女が自殺——そんな事故は存在しなかった。友人の作り話だったんだ。さらに、その現場とされていた場所に後日行ってみると、自販機も花束も存在しなかった。つまりだ、Aさんはあの時、運転しながら夢を見ていたんだ。足首の手形もよく見ると手の形でも何でもない、ただの打ち身の痕《あと》であることがわかったそうだ」

澪は嘆息した。霊を前に霊の存在を真っ向から否定するというのもすごいが、説得力はある。

「こういうことだ大神。お前が恐れているものは、箱を開けてみりゃ怪談ですらない。俺たちCEGは、こんな箱をみんなひっくり返しちまおうってんだよ」

「じゃあ、本当に……幽霊はいないの？」

「信じる者は馬鹿を見る。俺の座右の銘だが、お前にくれてやるよ」

幽霊は頭の中に存在する——誰かのそんな名言を思い出す。自分の頭の中で生み出しているのなら、霊など存在しないのだと脳に教え込めば、そんな幻は視ないで済む理屈だ。

「ほら、振り返って見てみろよ。見たら笑え」

——よし。幽霊は存在しない、幻だ。いない、いるわけがない、どうか、いないでください、後生だから。

　心の中で強く祈願しながら後ろを振り返る。男子生徒は茸《きのこ》のような白い坊主頭を俯かせ、昔からそうしていたように座っている。

「だぎゃあっ、やっぱいるぅぅぅぅ！」

「よし、改めて俺たちの活動内容について説明するぞ」

「ねぇ、無視なの？　わたしの、この悲痛な叫びや訴えは完全無視なの？」

「重症だ。それも治してやる」

　雲英は淡々とした表情で教卓の上に置かれている平たい抱鞄《かかえかばん》を開き、中から黒い板のような物を取り出すと澪の机へ放った。

　出席簿だった。担任教師が持ち歩いている帳簿だ。

「見てみろよ」

　脅迫的な視線の指図に従い、恐る恐る出席簿を手に取る。厚紙の表紙の中には数枚の黄ばんだ紙が綴《と》じられ、生徒たちの名前がプリントされている。

■和■三年度　三年■組　担任　小■■

　所々、虫が食ったような穴があって読み取れない箇所はあるが、昭和時代の三年生の教室の出席簿であることがわかる。

「そこに書かれてる男子十名、女子十一名の名前は、この学校を卒業できなかった奴らだ」

「……まさか」

「ああ。三年零組だ」

澪に放り出された出席簿は大きな音をたてて床の上に落ち、ぱっと埃《ほこり》を巻き上げた。

「なにやってんだ！　さっさと拾えバカヤロウ！　三年零組の唯一の資料なんだぞ！」

慌てて拾う澪を見下ろし、オーバーアクションで足を組み替える。

「俺たちの組織は古い歴史を持つ。しかし、以前の組織名はCEGではなく、その目的も怪談を滅ぼすものではなかった。怪談が蔓延《まんえん》しないように警戒し、取り締まることだった。CEGの暗躍により、世界と怪談の均衡は保たれていたんだ。しかし、その均衡を怪談の方から破りやがった。ここそこしていればまだ可愛かったものを、インターネットの普及に乗じて表舞台に現れ、怪談ブームなんぞを巻き起こし、調子づいちまった。だから組織はCEG——怪談撲滅委員会と改名し、すべての怪談を掃討するための活動を開始したんだ。さて、調子づきの最たる例が、CEGの目をすり抜け、クソ忌々《いまいま》しくも怪談を育ててきた白首第四だ。ここは複数の凶悪な怪談のみならず、いわくありのスポットをいくつも抱え込んだ罪深き学校だ。卒業生が流したんだろう。白首第四から派生した一部の怪談がネットで話題になり、『怪談男。』なんてタイトルでノベライズ、コミカライズ、映像化とメディアミックスで展開されやがった。そのため怪談マニアのあいだではすっかり聖地と呼ばれ、怪談オリンピックが開催されるならば間違いなく手楔市が最有力候補地となるだろうといわれている。なぜ、白首第四がこれほどまでに怪談との関わりが強いのか。この土地に何かの因縁があるのか。この学校が建つ前、この土地に何があったのか。気にならないか？」

澪はぶんぶんと頭《かぶり》を振り、心底興味のないことを訴える。

「調べたよ。さぞかし血腥《ちなまぐさ》いことが起き、多くの人死にがあり、怨念《おんねん》がたっぷり染みこんだ場所なんだろう……そう思いきや、驚くなかれ。ここは自殺の名所でも墓場でも病院跡でもなかった。嘘みたいだろ。図書館で手楔市や白首町の地誌を漁《あさ》って歴史を遡《さかのぼ》ってみたが、どんなに調べても野戦病院だったとか合戦場だったとか、古い骨やミイラが掘り出されたとか、その手の記録を見つけることはできなかった。長い間ここは、大地主の所有する何もない広大な平地だったそうだ。その土地がなんらかの理由で市に寄付され、なんらかの理由で周辺にあった三つの高等学校が、この地で一つの巨大校へと生まれ変わった。合併してから今年で六十年。これまで大きな事件や事故もなく、在学中の生徒が死亡したという悲話も残っていない。教員も同様だ。実に平和な六十年だったようだな」

「それは、たいへんよろしいことなんじゃ……」

「でも、妙だとは思わねェか？」雲英の左眉《ひだりまゆ》がクイと上がる。「死人がないのに、怪談があるなんてよ」

確かに違和感は覚える。別に「いわくのある設定を下地に怪談は語られねばならぬ」というルールはないが、白首第四のように〝いわく臭〟を放ちまくっている場所なら、ただの平地でしたでは、むしろ不自然だ。なにより後ろには、あれがいる。雲英が何といおうと逃れられない現実として、今も後ろから強い存在感を放ち続けている幽霊《あれ》はどう説明づけるのだろう。

「ただ……死人はないが、消えちまった生徒はいる」出席簿を顎《あご》でさした。「出席簿《そいつ》に書かれている誰一人、この学校の卒業記録に残っていない」

「全員退学になったとか」

「そんなオチじゃないな。退学なら退学で記録が残っているはずだ。ＣＥＧの調査によれば、昭和四十年、確かにそいつら一人一人の入学記録はある。なのに誰一人、卒業していない。それどころか、どこのクラスに入ったかの記録もない。白首第四《ここ》は毎年クラス替えがあるが、そこに書かれている二十一名の名前は全科全組、どのクラスにも見つけることはできなかった。まるで端《はな》からいなかったかのような扱いをされているんだ」

澪は黒い厚紙の表紙を震える瞳《ひとみ》で見下ろした。いわばこれは行方不明者リストなのだ。

「不思議に思わないか。何かの誤りか、学校にとって不都合なことなら、入学記録も抹消すべきだろ。残しておく意味がわからない。わからないのはそれだけじゃない。生徒たちの住所が不明なんだ。手楔市内ではない。当時県内にも該当する人物は存在しなかった。こんなローカルで地味な学校に他県からわざわざ来るわけもないが、念のために周辺の県も探してみた。同姓同名はいたが、みんな白首の『し』の字も知らない別人だ。不思議だろ？　わかっているのは、二十一名の将来ある若者が、どこの誰かもわからないまま消えちまったんだ。怪談『三年零組』は作り話などではなく、真実を伝えているってことだ。そうして記録が残っているんだからな。どうだ大神。わくわくしてくるだろ」

わくわくどころか、羽毛を毟《むし》り取られた雛《ひな》のように震えていた。なにか人智の及ばぬ事態が起きたのかもしれない。そう思わせる不気味な話だ。雲英は何が嬉《うれ》しいのかニマリニマリと唇を笑みに歪《ゆが》めている。

「白首第四には怪談が生まれる土壌なんてなかったはずだ。事実、合併当初はそんな話、一つもなかったんだ。ところがある年に入って突然、生徒たちの間で囁《ささや》かれるようになった。昭和四十年。この三年零組が入学した年だ。正確には夕見祭《ゆうみさい》の後から、急にだ」

夕見祭——白首第四の秋期最大の行事で、地域住民との交流を目的とした文化祭だ。毎年、三千人が来場する大規模なイベントになる。澪も小学生の頃、一度だけ親に連れていってもらったことがあった。

「俺はな、消えた三年零組が臭いと思っているんだ。白首第四に蔓延している怪談と何らかの形で関わってるんじゃないかってな。出席簿の中をよく見てみな。面白いことがわかるぜ」

面白いことなどないのはわかっているが、渋々と硬い表紙を捲《めく》る。

学期ごとに分けられて出欠がつけられている。「欠／遅／早」に該当する箇所に✓でチェックするもので、出席の場合は何もつけないようだ。このクラスは優秀で一名の男子生徒が初日からずっと「欠」が続いている以外は皆、無遅刻、無欠席、無早退だった。

ところが、十一月十九日を境に、この立場は逆転している。それまで高い出席率を誇っていた零組の生徒は、一名を残して「欠」になっていた。その一名とは、今まで欠席していた生徒。その状態が三学期の最終日まで続いている。

「十一月十九日は夕見祭の二日後だ。祭りの翌日は休校日だから、休み明けから、ほぼ全員の生徒が学校に来なくなったってことだ。怪しいだろ？」

出席簿からは生徒たちが三学期末まで在学していたことがわかる。夕見祭で何かがあり、学校に来れなくなったと考えるのが普通だろう。大きな事故があり、それによって生徒たちが入院でもしたのか。ならば、どんな理由があれど責任は学校側にある。いくら不都合なこととはいえ、退学扱い、ましてや在学履歴の抹消などすれば大問題になるはずだ。

「もう一つ。白首第四に伝わる怪談の数は二十一といわれている。単純に七不思議×三校分だと思われがちだが、二十一という数字、他に何か感じねェか？」

「……あ」

澪は出席簿に視線を落とす。

「当時はひとクラスの生徒数がだいたい三十九から四十一。なのに、このクラスだけ半数──二十一名なんだ」

「じゃあ、特別支援学級とか」

「その年の特別支援学級の生徒十二名はちゃんと卒業している。記録もある」

じゃあ、なんなのだ。このクラスはいったい、なんなのだ。

胸の中で灰色のもやもやが不安な鼓動《リズム》を刻む。

「どんな経緯と思惑があったかは知らないが、俺は三年零組の生徒が白首第四をここまで気味の悪い学校に変えた張本人どもなんじゃないかと思っている」

「この人たちが、怪談を作って広めたってこと？」

「さあ。お前はどう思う？」

澪なりに頭の中で状況を整理してみた。

仮に、このクラスが本当に噂の『三年零組』であり、雲英の言うように卒業記録のない生徒たちが実在していたとする。そんな生徒たちの過ごしていた教室に今、半透明の男子生徒が座っている。雲英は信じてくれないが確実にいる。この流れから考えれば、男子生徒は消えた三年零組の生徒である可能性がとても高い。制服姿であるのは、彼が在学中に死亡したことを意味しているのではないだろうか。つまりそれは、他の生徒たちも同様の運命を辿《たど》ったという可能性が考えられる。こう考えることもできる。白首第四に伝わる二十一の怪談は、死亡した生徒たちの怪談――彼ら彼女ら二十一人の死に関する話を語り継いだものなのではないか。

澪は机を両掌《りょうて》でバンと叩《たた》き、席を立った。

「帰るよ」

「このタイミングでその行動は妙だな。俺はお前に意見を求めたはずなんだが」

「わたしには君が何をしたいのか、わからない。わからないけど、すごくヤバそうなことに首を突っ込んでる予感がする」

「ふーん……で？」

彫りの深い顔に濃い影が刻まれている。陽が落ち始め、影の濃度が高まっているのだ。完全に陽が落ちれば学校はガラリと、その様相を変える。中学の頃の忌まわしい記憶が蘇《よみがえ》る。

「ま、巻き込まれるなんて、わたしはごめん。平穏無事な学園生活を送るのがささやかな夢なんだから。怪談撲滅委員会？　ＣＥＧ？　そんな怪しい組織あるわけない。危うく騙《だま》されるところだった。どうしてそんな嘘をつくの？　君は何者？　昨日まで顔も合わしたこともないのに、なんでわたしになんか近づいてきたの？　どうしてわたしなの？　何から何まで変よ。おかしい。君、変な薬でもやってるんじゃない？」

雲英は氷壁のような顔で澪をたっぷり見つめ、凶暴な笑みへとゆっくりと表情を解凍させた。

「そりゃないぜ、お嬢ちゃん。お前を悩ませる怪談文化をぶっ壊してやろうっていう俺の厚意を無下にするだけでなく、こんな素晴らしい人格者をつかまえてジャンキー扱いするなんて。なかなかいい性格してるが、俺にはお前の方がドラッグでも食ってるように見えるがな」

路面で乾涸《ひから》びている蚯蚓《みみず》を見るような目だった。

「ここに何がいるって？　幽霊？　はっ、可哀相な奴だ。すっかりこの学校の空気に毒されちまってやがる。俺が何者か？　その言葉、そっくりそのままお返しするぜ。怖いと髪が伸びるってなんなんだよ、びっくり人間か？」

「うるさいうるさい！　わたしのことはほっといてよ！　君たちは大きな組織なんでしょ？　仲間もたくさんいるんでしょ？　じゃあ、その人たちと勝手にやればいいじゃない。わたしなんてなんの役にも立たないし、どうせ幽霊が視える薬中《ジャンキー》よ！　じゃあわたしはこれで失礼するから！」

去ろうとする澪の鼻先をかすめ、踏切の遮断機のように雲英の脚が遮った。その顔には吐き気がするほど優しい笑みを、無理やり塗り込めるように貼りつけていた。

「乱暴な真似はしたくないんだけどな。それともなにか、俺に乱暴な真似をさせたいのか？　緊縛・放置のセットなんてお好みかよ？」

この教室にひとり置き去りにするぞと脅迫されているのだ。しかも、屈辱的かつ凌《りょう》辱《じょく》的な状態で。

「そ、そんな脅しに負けない」

「そうか。相手がケツの青い小娘だから紳士的にことを進めようと思っていたんだが、そっちがそう出るなら俺は本来のやり方でやるまでだ。強要だ。お前がどこにいようと探し出し、授業中だろうが便所中だろうが引き摺《ず》り出してここまで連れてくる。逆らえば、トラウマ必至の怪談を気を失うまで聞かせてやる。気を失ったら水でもぶっかけて起こし、また聞かせる。俺の語る怪談は潜入調査で集めた数ある話の中から厳選した最凶レベルのものばかりだ。お前ははたして何話で廃人になるかな」

「どうして、そこまでするの……」

「深い愛と善意さ。怪談に怯《おび》える者たちへの救済の精神だ。それにお前はもう俺たちの存在を知ってしまった。機密保持のためには組織に入れてしまうか、〝消す〟しかない」

席につき、俯《うつむ》き、膝《ひざ》に爪を立て、唇を嚙《か》み、ぼろぼろ涙を零《こぼ》しながらも覚悟を決めた澪の表情を確認すると、雲英は笑みを真顔に戻す。

「なにも怯えることはない。何度もいうがCEGはあくまで怪談を撲滅するための組織。幽霊そのものを相手にするわけじゃない。怪談を作り上げている環境を根本から変えていくことで、健全な社会作りを目的とする慈善団体だ」

慈善なんて詐欺師しか口にしない台詞《せりふ》だ。澪は洟《はな》を啜《すす》りながら雲英の饒舌《じょうぜつ》っぷりに心の中で唾《つば》を吐いた。

「大神澪。これから俺とお前で、この学校の怪談を根絶やしにするための活動をする。過ごしやすい学園、そして社会を作るため、骨身を惜しまず協力しろ。ただとはいわねえ。お前にくれてやる報酬は、怪談に怯えることのない明るい社会、夢の学園生活、快適なノー・ホラーライフだ。お前を苦しめているものをこの世からゼロにしてやる」

「じゃあ、まずそこに座っている人をなんとかしてくれる？」

澪がその席を指さすと、雲英の表情が険しいものにかわる。

「お前もしつこい奴だな」

「幻だろうとなんだろうと、あれがあそこであーしてる以上、わたしは何もできない」

雲英は教卓から下りると、半透明な男子生徒が座る席へとヅカヅカ歩いていく。

「ちょっと、なにする気？」

「俺たちがこれからやる仕事のお手本を見せてやる」

そういうと霊の座る席へは見向きもせず、横を通って教室の最奥にある灰色のスチールロッカーの前に立ち止まる。引き手に手をかけると歪《ゆが》んで開きづらいのかガタガタ揺さぶり、最終的にロッカーの横腹に数発、靴先で蹴《け》りを入れる。すると自動のように戸が勢いよく開き、どさどさと中から物が雪崩れ落ちた。そこから大きな薄汚れた熊のぬいぐるみを拾い上げると、男子生徒のいる席にどっかりと座らせた。リラックスというより完全にくたびれきった熊は男子生徒の身体より一・五倍ほども大きく、彼の姿を焦げ茶の疑似体毛で完全に包み込んで隠した。

熊が向かう机に腰を下ろした雲英は、得意げな顔を澪へ向ける。

「これで、ここには可愛い熊さんしかいなくなった。だろ?」

「……う、うん。視えなくはなったけど」

可愛いかどうかは別にして、男子生徒の姿が完全に熊の中に埋没してくれたおかげで視覚的脅威はとりあえずなくなった。以前にラジオで聞いたテレビの都市伝説を思い出す。生放送の番組で観客がステージ上に上がってしまうトラブルが起き、CM後、その客の座っていた席に熊のぬいぐるみが置かれていた、なんて話だ。

「これが、【怪談の変換】だ」

「変換?」

「さっきも話した通り、怪談は幾つかの要素が偶然的に重なることで生まれる。『時間』『場所』『過去の事象』『当事者の精神面』『その他の状況』——それらが交わった点を『怪談』とするなら、その座標を少しずらし、まったく違うものへと変換してしまえばいい」

数学の授業でも似たようなことをやった気がする。不良風体なくせに話すことの端々に知性を窺《うかが》わせるのは、彼が実際のところ自分よりも年を重ねている大人だからだろう。

「可愛い熊さんを置いたのは、お前の精神面を考慮しての判断だ。恐怖と相反するものを置くことで、お前の恐怖心を減退させたんだ。通常、同じ原点に〈可愛い〉と

〈怖い〉の二つが存在すれば互いに相殺《そうさい》しあうが、どちらかが消えるということはない。白目を剝《む》いた恐ろしい落ち武者の霊が、潤んだ瞳《ひとみ》をした生まれたてのチワワを抱いていたら――怖いという感情も半減し、可愛いという感情も半減するが、落ち武者の恐怖もチワワの可愛さも完全に消されるわけじゃない。痛み分けってとこだ」

「いや、それは何か違う気がするけど」

「ところが、お前は今現在、この可愛い熊さんしか見えていないと答えた。霊の姿は視えなくなったと。これは相殺されたわけじゃない。熊さんの可愛さがお前の恐怖心に勝ったんだ。ヘタレなお前が生み出した幻を打ち消したんだ。ここから導き出される答えは、お前の視ていたものは俺たちと同じ原点に存在しないもの。霊ではないと判断できる。そう、お前の幻だったんだ」

熊に隠れて見えなくなっただけじゃ――そう言いかけて、言葉を飲みこんだ。どうせ、あーだこーだと言いくるめてくるに違いない。

「怖くなければ怪談じゃない。なら、怖さを取っ払っちまえばいい。もし根深い因縁のある怪談であれば、『過去の事象』を変えてしまう。怪談の根っこはたいていが悲劇だ。その悲劇を喜劇へと変える」

「悲劇を……喜劇に」

「事件や事故が起きた場所には悲劇がある。悲劇が怪談を生む。なら、そのエピソードを笑い話にすり替えてやりゃいい。怪談が生まれる原因そのものを潰《つぶ》しちまえば、そんな噂が広がることもない。マスコミを抱き込んでネット上に種をまいておけば、そんな情報操作、今の時代なら容易《たやす》いことだ。オカルティックなことを信じる奴ってのは大抵、テレビやネットに依存してるからな。『場所』『時間』に関しても同じだ。暗い、ひと気がない、それだけで怖がられている心霊スポットなんかは、ドカンと土地を買い取って、二十四時間ライトアップした巨大なアミューズメントパークでもおっ建ててやればいい。どこに何が出たなんて、みんなすぐに忘れちまうよ」

言っていることは極論だが、あながち間違ってもいない。先ほどから視界の隅に入る弛緩《しかん》した熊がじわじわと効果を出し始め、澪から恐怖心を拭《ぬぐ》いとってくれていた。

「そういや、髪はそのままなのか」

「え？　ああ」

澪は鞄《かばん》からビニール袋で包んだものを取り出すと、それを机の上に広げた。ビニールの上に大中小のカット用はさみと梳《す》きばさみの四本を並べていき、中サイズのカット用はさみを手に取ると自分の髪をちゃきちゃきと切り始めた。

「引っ込んだりはしないんだな」

「そんなに器用じゃないよ」

「いや、器用だ。ずいぶん手慣れている。それと道具が本格的だ」

「小さい頃から自分で処理してるから。おかげでそれなりの技術が身についたけど」

「やっぱりお前の方がイカレてるな」

はさみを替え替え髪型を整え、机に落とした髪をビニール袋の中に入れていると、雲英が腕時計を見て舌打ちをした。

「お前がうだうだやるから予定が狂ったじゃねェか。今から便所に行くぞ」

「え、わたしはまにあってるからいいよ」

「ばか。誰が連れションだっていったよ。活動だ、委員会活動」

席を立った雲英は気怠《けだる》そうに廊下へ向かって踵《かかと》を引き摺《ず》る。

「あの、活動って、今から？」

「そうだよ。これからお前の大嫌いな怪談を潰しにいくんだ」

「……わたしは何をすればいいの？」

雲英は振り返ると、えぐり込むように睨《にら》みつけてきた。

「なにをだと？　何度説明させやがるんだ」

「い、いや、君が、雲英くんがやりたいことはわかったよ。でも、自分でいうのもなんだけど、わたし、役に立たないなんてもんじゃないよ？　キング・オブ・足手まといだよ？　あ、クイーンか。とにかくそんな重要な役割は……」

「んなこたぁわかってる。何も初めから期待なんてしちゃいない。まずは恐怖に耐えのだ。

られるよう、鍛えなきゃな」

「き、きたえる？」

「最強の鍛錬は実践だ。弱いお前を鍛え上げてやる」

雲英の浮かべた笑みは、イジメっ子がイジメられっ子にプロレス技をかける時のものだ。

「そんなの……いきなり無理だって……」

「口で説明するより現場にいって身体で覚えた方が早いんだ。ほら、ぼやっとすんな。ああくそったれっ、ほんとぼろい校舎だな」

立てつけの悪い戸にイラついた雲英は、がんがん蹴り出した。天井から白い埃《ほこり》が降り注ぎ、澪はケホケホと咳《せ》き込む。

「おらぁっ」という雲英の気合の雄叫《おたけ》びと同時にバキリと破壊音が弾《はじ》け、戸が勢いよく開いた。廊下へ出た雲英の背中が闇に抱き込まれるのを見て、澪はごくりと唾《つば》を飲みこむ。

もう、だいぶ外が暗くなっていた。

汚れた窓からわずかに射し込んでいた陽光は、炙《あぶ》られたような色にくすんで廊下の闇を濃いものにしていた。途端に澪の中へ恐怖心が再臨し、悪寒が百足《むかで》のように背中を這《は》いずった。

澪は教室を顧みる。

翳《かげ》る教室の片隅で、熊のぬいぐるみが酔っ払いのように首を傾げ、澪へ虚《うつ》ろな目を向けていた。

Episode III

あかいちゃんちゃんこ

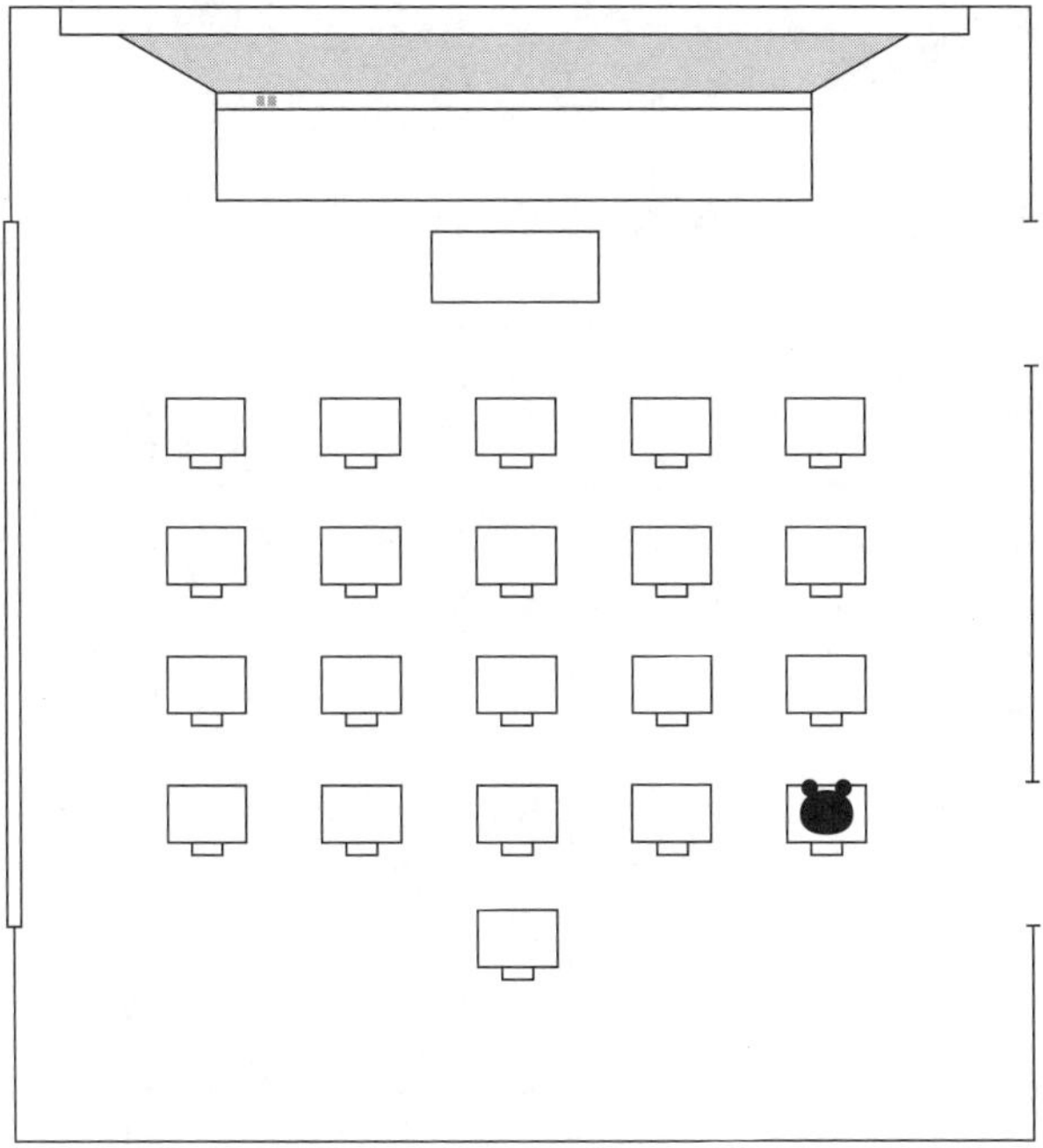

白首第四には七つの校舎がある。

第一校舎は職員室、事務室、会議室、管理員室といった生徒以外の学校関係者が利用する施設が入り、普通教室や特別教室など生徒の往来のある部屋はすべて、廃墟化《はいきょ》している第四校舎を除いた第二から第七校舎に入っている。学年による校舎の振り分けは、一年生は第二と第三、二年生は第五と第六、三年生は第七校舎のみ。三年生が一校舎だけなのは教室数が他の学年よりも少ないからで、卒業までに自主退学する生徒が入学時の半数に及ぶからであるといわれているが真偽のほどは定かではない。

校舎はそれぞれの外装や内部構造に統一性がなく、壁や柱などの劣化度合いにも差異があるので同じ学校の建造物には見えない。特に第二校舎は七つの校舎の中では第四に次いで古いと思われ、外装が欠け崩れ、内装はどこもかしこも剝《は》がれて火傷痕《やけどあと》のような斑《まだら》になっている。以上のことからも長い年月、修繕が行われていないことがわかる。

澪の在籍する普通科一年A組があるのは、その第二校舎。

この校舎の二階の女子トイレに澪たちは来ていた。

病院のような薄白い照明。強すぎる芳香剤の匂い。洗面台に添えられた色鮮やかな毒々しい造花。不浄を清浄に見せようという演出をされた空間は、まるでなにかを必死に押し隠しているように見える。実際、一見して清潔感のある空間も、ひとたび個室へ入ってしまえば壁には『○○はすぐヤラせる』『○美は売春してる』といった特定の生徒への悪口雑言ばかりが書かれている。中学三年の頃、事故で男子トイレに入ってしまったことがあるが、トイレの落書きに関しては男子よりも女子の方が怨念《おんねん》めいたドロドロとしたものが垣間《かいま》見えて薄ら寒さを禁じ得なかった。

「ねぇ、これ、どういう状況なの？」

澪は声を潜め訊《たず》ねた。ただでさえ狭い個室トイレの中、今日出会ったばかりの年齢不詳・国籍不明・正体不明の男と一緒に押し込められているのだ。しかもその男は入るなり、和式便座に跨《また》がって唸《うな》ってみたり、床や壁をまじまじと見つめて唸ってみたりと不審な行動をとり始めている。

「見ればわかるだろ。現場の調査だ」

「いや、なにか調べてるのはわかるけど、いろんな意味でここはまずいよ」

「なにが？」

「なにがって、まずここ、女子トイレだし」

「だからなんだ？」

だめだ。彼は目的以外の常識やモラルといったことが完全にマヒしている。先ほども雲英があまりにも堂々と女子トイレへ入っていくので呆気《あっけ》にとられて止めることができなかった。

「だって君、どう見てもその、ごりごりの男子だし、見られたらなんでいるのってことになると思うけど」

「ああ、そういう心配か」雲英は腕時計を見せてきた。「六時を回った。教師どもはもう第一校舎から一歩も出ない。なぜなら、あいつらは怪談を信じきっている。暗くなりつつある放課後の校内で怪異と遭遇することを異常に警戒しているんだ。生徒だってほとんど帰っている。ここには誰も来ない。心配すんな」

「部活で残ってる生徒も結構いるんだよ」

「校舎が七つもあるんだぜ？　トイレは腐るほどある。わざわざこんな物騒な便所には来ねぇよ。それに誰かに目撃されたところで、ＣＥＧの活動は瞬時に理解できるようなものではない。問題ない。機密はちゃんと守られる」

どうも論点がずれているようだ。

澪は居心地悪そうに口を尖《とが》らせた。

「いや、それにね、こういう個室に男子と女子が二人っきりというのは、その」

「なんだ、だめなのか」

「だめでしょ、普通」

「どうして」

「だって、もし誰かに見られたら、その、変な噂が立つでしょ」

今日の連れ去りの一件で、すでに怪しい関係を噂されているはずだ。個室にしけこむところなど見られたら、二人は確実に付き合っているということにされてしまう。冗談じゃない。初彼氏がこんな老け顔の性格最悪時代錯誤ヤンキーモドキだなんて。

「くだらねぇ」雲英は吐き捨てた。「そんなふわふわした先の心配より、今やるべきことを考えろ。お前はここへなにしに来た？　便所掃除か？　クソでもしにきたかよ？」

澪はカッときて顔が熱くなるのを感じた。

「く、くだらねぇってなに？　わたしにとっては今後の学生生活に影響するとっっっっても重要なことなのに！　それに一応女子なんだから、クソとかそういうのいわないでくれます？」

「わかったわかった、落ち着けって、相棒」

「わかってない。それに相棒じゃないです。ていうかわたしたち、なんでトイレの中にいるわけ？」

「それはお前、ここに怪談があるからに決まってるだろ」

そのひと言で澪は総毛だった。

そうだ。雲英の後についてのこのこやってきてしまったが、ここは――。

「【あかいちゃんちゃんこ】って話、聞いたことないか？」

「ぎゃあああああ！」澪は頭を抱えて仰《の》け反った。「それ駄目なヤツ！　最近聴いていちばんダメなヤツ！　ほんと厳しいヤツ！　ちょっと勘弁してよ！　わたしが臆病《おくびょう》国の臆病女王だって知ってて、どうしていきなりこんな紛争地域のど真ん中みたいなモストデンジャラスな場所に連れて来るの？　ここは駄目！　絶対危険！　無謀も無謀！　あああ、見てよっ、来てるっ、じわじわ来てるっ、髪の毛がじわじわ伸び始めてるっ」

「あー、ったく」雲英は面倒そうな顔を見せると澪の頭をぐしゃぐしゃ掻《か》き回した。「お前、少し黙ってろ」

頭の手を振り払い、雲英の顔を睨《にら》みつけながら訴える。

「帰りたい」

「だめだ」

「帰りたい！」

「だめだ。これからお前を鍛えるといったろ」

「無理！　ここは絶対に無理なの。こんな場所……わたしにも拒否する権利はあるはずよ」

「今はないな」

にべもなくいう雲英へ、澪は縋《すが》るような視線を絡めつけた。

「……ねぇ、本当にこの怪談は駄目なの。もうシャレにならないんだってば」

「だから片付けるんだろ」

「少しはわたしの意見も聞いてよ！　いいよ、怪談撲滅、最高じゃない。この世から怖いものがなくなるなら万々歳だもん。でもね、怖いものを滅ぼすために怖い想いをするのって少し矛盾している気がするの。ううん、なにも君たち委員会の活動を否定するわけじゃないよ。でもね、この怪談は本当にヤバイの。だって人が死んでるのよ。殺されるの。幽霊に殺されるんだよ？　超絶危険だよ？　初心者のわたしが安易に関わっていいレベルじゃないの。これは雲英君のためにもいってるんだよ？　委員会のもっと上の人にやってもらったほうがいいよ。わたしは相棒なんでしょ？　今後、一緒にやっていくんなら、相棒のこういう意見って大切だよ？　ねぇ、聞いてる？　ちょっと、聞いてるの？　ねぇ、おいっ、雲英！」

「御託はいい。意見とか権利とか、そんないっちょ前のことといいたきゃ、やることやってからにしろ。あんまりうだうだやってると、ますますやりづらい時間になるぞ」

トイレの蛍光灯がパチンと明滅した。ほんの一瞬、澪たちを闇が舐《な》めた。

「ほら見ろ。早くしろっていってるぜ」

「……ほんとそういう表現、やめて」

雲英は個室内をゆっくりと見回した。

「この便所で噂されている【あかいちゃんちゃんこ】という怪談は、初々しい一年女子を脅かし、彼女たちから憩いの場を奪っている。つまり、この学校にとっての害悪だ。今日は手始めに、この怪談を討つ」

「怪談を……討つ？」

「怪談は俺たち人類の平穏な日常に仇《あだ》なす存在。俺たち人類共通の敵なんだ。さて、さっそく仕事にとりかかりたいが、その前に【あかいちゃんちゃんこ】についてレクチャーしておいてやる。耳をかっぽじって……おいこらっ！」

耳を塞《ふさ》ごうとした澪の両手を乱暴に摑《つか》んで壁に押さえつけ、雲英は語った。

「【あかいちゃんちゃんこ】は国内で広範囲に渡り語り継がれている、便所怪談の代表的な話のひとつだ。内容を簡単に説明すると、便所で用を足していると『赤いちゃんちゃんこを着せようか？』という不気味な問いかけが聞こえてきて、それに誤った応答をすると殺されるって話だ。ラストは犠牲者の血の跡が赤いちゃんちゃんこを着ているように見えるってオチがつく」

簡単に説明されても怖い話は怖い。それにしても、排泄《はいせつ》所で素姓のわからぬ男に磔《はりつけ》にされて自由を奪われながら怪談を聞かされているこのシチュエーション、いったいなんなんだろう。

「ちなみにちゃんちゃんことは袖《そで》のない羽織のことで基本子供の着るものだが、還暦、つまり数え年六十一歳の老人がその祝いとして贈られる物が、まさにこの赤色のちゃんちゃんこなんだそうだ。怪談との因果関係は不明だが、赤いちゃんちゃんこを着て笑っている老人に不気味なイメージを重ねたのかもしれないな。赤いちゃんちゃんこという言葉の響きも怪談としては秀逸だ。実はこの怪談、ちゃんちゃんこだけじゃないんだ。この手の怪談にはよくあることだが、地域や学校によってディテールに微妙な違いがある。例えば舞台が学校の便所じゃなく、公園の公衆便所だったり。最重要キーワードのちゃんちゃんこもマントだったり半纏《はんてん》だったり手袋だったり、様々な形に変化している。ちなみに半纏の場合、犠牲者の着衣には血飛沫《ちしぶき》の斑点《はんてん》ができていたってラストになるそうだ」

こんなに笑えないダジャレは初めて聴いた。

「世間で語られている怪談は、そのほとんどはオリジナルから大きく逸脱してしまっている。もっと怖くしてやろう、もっと厭《いや》な気持ちにさせてやろう、そんなガキじみた考えの奴が少しずつ変えていっちまったんだ。そのせいで伝えるべきテーマが完全に失われちまった話も多い。俺が今から語るのは、白首第四で語られている【あかいちゃんちゃんこ】だ」

雲英は表情をストンと落とし、影が深く刻まれた木彫りのような顔になる。

【あかいちゃんちゃんこ】


昭和の頃、この白首第四高校で実際に起こったできごとである。

ある夏の放課後、職員室にジャージ姿の女子生徒が駆けこんできた。

女子生徒はすっかりパニック状態で、どこで落としたのか上履きも片方脱げている。

教師たちは椅子に座らせ、茶を飲ませるなどして女子生徒を落ち着かせると、なにがあったのかと訊《たず》ねた。

女子生徒は唇を震わせながら、おずおずと事の次第を語りだした。

部活動中だった彼女は急に腹の痛みをおぼえ、いちばん近い第二校舎のトイレへ駆け込んだのだという。トイレには他の生徒の姿はなく、個室もすべて空だった。女子生徒は痛む腹を押さえながら窓際の個室に入った。

やがて、腹の痛みも引いてきたので、そろそろ部活に戻ろうかという時。

あかぁいちゃんちゃんこ、きせましょかぁ

歌声のようなものがトイレ内に響きわたった。
いつからいたんだろう。まったく気づかなかった。
扉に手をかけたまま、なんとなく出あぐねていると。

あかぁいちゃんちゃんこ、きせましょかぁ

同じ調子で聞こえてくる。
子供が年寄りを真似ているような、妙な違和感を覚える声だった。
どうして一人で歌っているんだろう。女子生徒は少し気味悪くなった。

あかぁいちゃんちゃんこ、きせましょかぁ

今度は、扉のすぐ傍で聞こえた。
誰かが自分の入っている個室の前にいるのだ。
女子生徒はすぐに、「あ、これは悪戯《いたずら》だ」と思った。
誰かが自分を怖がらせようとしているのだ。心当たりのある先輩の顔がチラついた。
その先輩は悪戯好きで、よくこんなふうに後輩を怖がらせて喜んでいる。間違いない。

こんな場所までついてくるなんて本当に趣味が悪い。

そうだ、逆に驚かせてやろう。

女子生徒はほくそ笑んだ。

また歌いだしたら、いきなり扉を開けて飛び出してやるのだ。

音を立てぬよう、扉に手を伸ばし、そっと閂《かんぬき》をはずした。

あかぁいちゃんちゃんこ

今だ！　勢いよく扉を開け、個室を飛び出した。

——あれ？

扉の前には誰もいなかった。

トイレの中を見回すが人の姿はない。他の個室は半開きの扉から空っぽの室内を見せている。走り去る足音も聞こえなかった。用具入れのロッカーも開けてみたが人の隠れられるスペースなどない。

たった今まで歌っていたのに……。

あかぁいちゃんちゃんこ、きせましょかぁ

すぐ背後から、覆いかぶさるように聞こえた。

悲鳴を上げてトイレから飛び出した女子生徒は、そのまま職員室まで脇目もふらずに走ったという。

教師たちは女子生徒を帰して第二校舎のトイレを調べてみたが、特に怪しいところも不審者らしき姿もなかった。校庭の野球部の声でも聞き違えたんだろう、その日はそういうことになって解散した。

ところが、事態はそれで収まらなかった。

その後、第二校舎のトイレで気味の悪い声を聞いたという女子生徒が続々と出始めたのである。

「あのトイレには殺人鬼が隠れている」「幽霊がいる」

そんな噂が立ち、学校のトイレを使用できなくなる生徒も急増した。保護者からの苦情も入るとさすがに学校も無視はできなくなり、ついに警察に捜査を頼むこととなった。

その日の放課後、三人の警官が学校にやってきた。

問題の個室には女性警察官が入り、トイレの外では二名の警官と教師数名が息を潜めて待機していた。

女性警察官は珍しく緊張していた。彼女は柔道三段、体格もいい。凶器を振り回す男を一瞬で捻《ね》じ伏せたこともある。それに異常があれば、外で待機している二人がすぐに駆けつける。でも、この日は妙に気が張っていた。このトイレに入ってから厭な感じが拭《ぬぐ》えない。

三十分、一時間と経過する。

外はそろそろ暗くなりはじめている。歌声は聞こえてこない。

今日は来ないのかもしれない。

緊張を解いて、個室を出ようと立ちあがると。

あかぁいちゃんちゃんこ、きせましょかぁ

女性警察官は身構えた。

こいつか。

何者かはもう、トイレの中に侵入していた。

まったく気づかなかった。待機中の二人は不審者の姿を確認したのだろうか。

どうする。飛び出して取り押さえるか。まだ例の犯人かわからない。もう少し様子を窺《うかが》うか。

あかぁいちゃんちゃんこ、きせましょかぁ

扉のすぐ傍で聞こえた。
年寄りとも子供ともつかぬ不気味な声だ。男か女かもわからない。
そっと屈《かが》んで、扉の下の隙間から覗《のぞ》いてみる。扉の前には誰も立っていない。

あかぁいちゃんちゃんこ、きせましょかぁ

すぐ背後から聞こえた。
振り返りざまに拳《こぶし》を突きだすが、そこには白い壁しかない。
——なんだ、これは。
周囲に視線を巡らせた。ぽたぽたと汗が滴る。厭《いや》な感じがぶくぶくと膨れ上がる。
「誰だ！　出てこい！」
——どこにいる。どこから私を見ているんだ。

あかぁいちゃんちゃんこ、きせましょかぁ

歌声は個室の中に響いていた。

なのに、それを歌っている者の姿がどこにもない。

止め処《ど》なく汗が滴る。ばくばくと心臓が暴れる。

両手で耳を塞《ふさ》いだ。

これは、生きている者の歌声じゃない。

あかぁいちゃんちゃんこ、きせましょかぁ

声は塞いだ手を突き抜けて鼓膜を舐《な》めた。

思わず叫んだ。

「着せられるもんなら着せてみろ！」


その時、トイレの外で待機していた警官と教師たちはドサッという物音を聞いた。

すぐにトイレへ飛び込み、中へ呼びかけるが応答がない。代わりに鉄錆《てつさび》のような臭いが強く鼻を衝《つ》いた。その場にいる誰もが嫌な予感がしていた。

警官たちは扉を蹴破《けやぶ》り、視界に飛び込んできた光景に固まった。

女性警察官が壁にもたれ、座り込んでいる。その表情は恐怖に引き伸ばされ、目は何も映していない。切り裂かれた頸動脈《けいどうみゃく》からは、おびただしい量の血が溢《あふ》れて床に広がっている。

女性警察官はすでに、絶命していた。

制服に染みる赤黒い血の跡はまるで。

ちゃんちゃんこを着ているようだった。

「その女性警察官の死んだ場所が、この個室だそうだ」

ようやく両腕を解放された澪は、そのまま力なく座り込むと両手で頭を抱えこんだ。

ついに【あかいちゃんちゃんこ】の完全バージョンを聞かされてしまった。それはクラスメイトの世間話から漏れ聞こえてくるものとは恐怖の質が格段に違っていた。

雲英の語りは極めて巧みだった。声は低く陰鬱《いんうつ》で、間も絶妙。セリフのところなど迫真の演技だ。怪談語りのプロを名乗ってもいいほどだ。

雲英は胸ポケットから板ガムを取り出して咥《くわ》え、下顎《したあご》を大きく回しながら、くっちゃくっちゃと咀嚼《そしゃく》音を聞かせた。犬のようなガムの噛《か》み方だ。個室内にブルーベリー系の甘ったるい匂いが充満した。

「どうだ、大神」

澪は疲弊した視線を上げた。

「死ぬほど怖いよ、今、君を恨んでいるところ」

「そうじゃなくて、着てみたいか？」

「え？……なにを？」

「赤いちゃんちゃんこ」

疲弊に蕩《とろ》けた目をキッと尖《とが》らせ、雲英に突き刺す。

「ここで『ぜひ』なんて答えると思う？」

「だよな。そんなだっせぇ服、誰も着たいなんて思わねぇよな。なにが着せましょか？　だよな。なんで少し上からなんだよ。第一、センスがねぇんだよ。赤い？　ちゃんちゃんこ？　ないない。ファッション的にあり得ないだろ。クソセンスにもほどがあるぜ。きょうび、便所コオロギだってもっといいセンスしてるぜ」

澪は空気の重みを感じて立ちあがった。芳香剤の匂いに鉄錆のような酸っぱい臭いが混じりだし、蛍光灯がパチパチンと明滅しはじめた。

「あの、雲英君、そういうことは、ここでは話さない方がいいと思うよ」

「そういうことって、どういうことだ」

「霊を刺激するようなことだよ」

ハッ、と空気が抜けたように雲英は笑った。

「刺激するとどうなるってんだ」

「……怒るんじゃないかな」

雲英は何か言いたげに口を開いたが、何も言わずに閉じた。

「わかってるよ。霊なんていないっていうんでしょ？　作り話、幻だって……でも、犠牲者が出てるんだよ？　このトイレで実際に殺された人がいるんだから」

「それはもしかして、肝試しをしてって話か？」

澪はこくんと頷《うなず》いた。

「その話は知ってるぞ。調査済みだ。調査結果を教えてやろうか。そんな事実は」

五秒ほど溜《た》め、「ない」ときっぱり言い切った。

「あるわけないだろ、そんな話」

「でも」

そういう噂を確かに聴いたのに——。クラスのみんなが話してたのに——。

「お前が信じ込む前にいっとくが、俺がさっきした話もまったくもって実話じゃないからな」

「……へ？」

自分でも驚くぐらい間抜けな声が出た。

「実話じゃないって、作り話ってこと?」

「そういうことだ」

「警察が来たっていうのも」

「白首四丁目交差点交番に勤務の畠山夢五郎《はたけやまゆめごろう》さん(四十五)に訊《き》いてみろ。彼は警官になって今日までの二十二年間、事件らしい事件の出動要請がまったくなかったそうだ。この地域は過去五十年をふり返っても大きな事件は起きていない。事件といっても三十五年前に畑の葱《ねぎ》が盗まれたとか、八年前にスーパーでメンチカツ四個が万引きされたとか、一昨年の冬に酔っ払いが道路で公然脱糞《だっぷん》したとか、それくらいだというぜ」

確かに今まで物騒な事件の話を耳にしたことはない。それにしても半世紀、葱泥棒と万引きと酔っ払いの粗相しか事件がないなんて、どれだけ白首は平和な町なんだろう。澪は呆《あき》れつつも誇らしく思った。

「いっただろ。学校じゃ死人なんて一人も出ていない。ましてやそんな物騒な事件、この学校どころか手楔市でも一度も起きたことがない。お前の聞いた話はみんなデマだ。まずその警察云々《うんぬん》あたりから疑えよ。急に雑な展開になったのに気づかなかったか? 大ぼらに少しでもリアリティを与えようって厭《いや》らしい腹が見え見えなんだよ、この話は。俺からすりゃ逆効果だ。警察が出てきたことでリアリティはゼロになった。

それに今の話には大きな突っ込みどころがある。女性警察官の視点で語られてる部分に違和感を覚えなかったか？　おかしいだろ、本人は死んじまってるんだぜ？　誰が彼女の奮闘劇を見て伝えてるんだ？」

「……あ、ほんとだ」

「人が作ったものには大抵こういう粗がある。原話《オリジナル》はもう少し聴ける話になっていたんだろうが、この話と関わった人間たちがそれを変えていってしまう。少しでも臨場感を、少しでもドラマチックにと余計な要素を付け加えちまうんだ。あの話には個室内での女性警察官のシーンはいらなかった。あれがあることで創作であることがわかってしまう。こういう粗を見つけちまえば、その話が嘘か本当か、すぐにわかるんだ」

【あかいちゃんちゃんこ】は創作――それは澪にとって革命的な事実だった。噂を耳にしてしまったその日から、このトイレの怪異は身近な場所に息づき、それにより本当に犠牲者も出ているんだと心底信じ切っていた。だから水分は極力摂《と》らず、尿意の訪問にも居留守を使いつづけてきたというのに、これまでの努力はいったい何だったのだろう。

「な？　作り話だとわかったら、怖くもなんともないだろ？」

「うん、まぁ、さっきよりは怖くない、かも……」

「じゃあよ」雲英は澪の肩に腕を回し、不良がカツアゲするみたいに体重をかける。

「馬鹿にしてみろよ」

「ちょ、重いっ、え？　馬鹿に？　誰を？」

「決まってんだろ。【あかいちゃんちゃんこ】をだよ」

要領を得ず、言葉の意味を探ろうと雲英の目を見る。そこには好奇の色を帯びた艶《つや》やかな黒い瞳《ひとみ》があった。

「あるだろう。嘘くせぇとか、怖くもなんともねぇとか、センスがねぇとか。今まで自分をビビらせてきたにっくき怪談だぜ？　馬鹿にして笑い飛ばしちまえよ。大声でドカーンと。スカッとするぜ」

景気づけみたいなものだろうか。しかし、怪談を嘲笑《ちょうしょう》し、罵倒《ばとう》するなんて――。

「ほら、やれって。あかぁいちゃんちゃんこきせましょかぁ」

「ちょっとやめてよ、祟《たた》られたらどうするの」

――いや、大丈夫だ。噂はデマなのだ。嘘の話なら霊だって最初からいないってことになる。なら気を遣うことなんてなにもない。頸動脈《けいどうみゃく》を切られて赤いちゃんちゃんこを着せられる心配もまったくないのだ。ならば、これまでトイレを我慢させられてきたストレスの分、思い切り馬鹿にしてやるのもいいんじゃないか。

雲英は腕を組んで、「やれよ」と顎《あご》をしゃくる。澪は頷いた。

「ちゃ……ちゃんちゃんこってさ、今どき誰も着ないし、かっこ悪いよねぇ」

その直後、澪の視界から一切の光が失われた。

頭から袋を被《かぶ》せられたような濃い闇が目の前の世界を一瞬で奪った。蛍光灯の明かりのみならず、窓から薄《うっす》らと射し込んで白い天井を仄赤《ほのあか》く染めていた夕日の光までもが失われたようだった。

「……あ、あれ、ちょ、ちょっと雲英君……なんか急に暗くなっちゃったんだけど」

「あーあ、言っちまったな」

混乱に目を瞬《しばた》かせる澪の耳は雲英の「くくく」と笑う声を聴いた。

「それだけは言っちゃいけなかったぜ、大神」

——雲英《このひと》はなにをいっているの？　自分もだせぇとかセンスがないとか好き放題いってたじゃない。そんなことより、なにが起きてるの？　なんで急に真っ暗になったの？　ちょっとまって。いないんだよね？　霊は、いないんだよね？　さっきそういったよね？　【あかいちゃんちゃんこ】なんて作り話なんだよね？

「おいでなすったぜ」

なにが？——そんな恐ろしいことは訊けなかった。

雲英は沈黙した。澪は恐怖で声が出なかった。時間が止まったような静寂の中、自分の気息と鼓動、衣擦《きぬず》れの音だけがある。やがてそれらも水の中に沈んだようにぷつりと途切れた。明らかにトイレの中の空気が変わったのがわかった。

あかぁいちゃんちゃんこ、きせましょかぁ

妙な拍子の、いやに間延びした声が聞こえてきた。

雲英の声ではなかった。

それは幼子のようでも、年寄りのようでもあり、男かもしれぬ女のごとき声。つまり、どのようにでも聴きとれる不明瞭《ふめいりょう》で捉《とら》えどころのない声だった。

悲鳴も出なかった。そのかわりに脳が警報を鳴らし、身体がそれに反応した。頭の中で無音の銅鑼《どら》を打ち鳴らされたように取り乱した澪は、闇の中を必死で掻《か》き分け、溺《おぼ》れるようにもがいた。便器に足を突っ込んで倒れこんだ澪を支えたのは、弾力のある壁、雲英の胸だった。

「おい、どこへ行くんだ」

「逃げるに決まってるでしょ」

「まあ落ち着けよ」

「落ち着け？　無理無理無理無理！　だって来たじゃない！　来ちゃったじゃない！　なにが作り話よ！　なにが霊はいないよ！　やっぱいるんじゃない！　【あかいちゃ

んちゃんこ】来ちゃったじゃない！　わたし悪口いっちゃったよ！　あんたがいえっていうから！　落ち着け？　なにいってんの？　馬鹿じゃないの？」

あかぁいちゃんちゃんこ、きせましょかぁぁぁぁ

「ほ、ほら、ほらほらほらっ、どうするの⁉　これ怒ってるよね？　ぜったい怒ってるよね？　どうするの雲英君！　なんとかしてよ！　あんたのせいだからね！　どうしてくれるのよ！」

ぼごん、と鈍い音がして目の前に火花が散り、くらりと眩暈《めまい》が襲った。頭頂部に拳骨《げんこつ》ミサイルを落とされたようだ。

「ピイピイ騒ぐな」

「騒ぐなったって、騒ぐに値する出来事が今まさに起こってるでしょ！」

ぼごん。二発目。

「ひどい！　女子に暴力振るうなんて最低！　卑劣漢！　あんたなんて馬に蹴られ」

ぼごん。雲英への糾弾は「ぐぅっ」という呻《うめ》きで途切れた。

「これは暴力じゃない、鎮静剤だ。とにかく冷静になれ。いいか、お前が今聴いている声は幻聴だ」

疼《うず》く頭を押さえながら、雲英の顔があるであろう闇へ視線を鋭く尖《とが》らせる。

「感覚遮断性幻聴。狭い場所に閉じ込められ、視覚を遮断される。これだけで人間は幻覚や幻聴を体験することがあるそうだ」

「今のが……幻聴？」

そんなはずはない。はっきりと聞こえ、空間に反響し、そっと鼓膜を撫《な》でていった。あの実感はまやかしなどでは絶対にない。

「CEGで人工的に幻覚を見せる実験を行ったことがある。被験者に目隠しをし、真っ暗なプールに長時間浮かせておくんだ。すると次第に集中力がなくなり、浮かんでくる断片的な思考が歪曲《わいきょく》化し、知覚、認識障害が起こる。自分が起きているかどうかも分からなくなるそうだ。今の俺たちに起きているのがそれだ」

「そんなことといわれたら、こうして聞いてる雲英君の声だってほんものかどうかもわからなくなるよ」

「俺の声は信じろ」

「もうなにも信じられない。とくに君は」

雲英を押しのけて扉に手を伸ばすと襟首を摑《つか》まれ、そのままUFOキャッチャーのように吊《つ》り上げられる。

「今ここで逃げてどうなる。怪談はほったらかしか？」

「これもう怪談じゃないよ！　心霊現象！　怪奇体験！　それにわたしには関係ないもの！」

「なくはないだろ。お前の学園生活を害してるんだぞ。いいのか、いつまでも禁便生活のまんまで」

「甘んじて受け入れるよ！　離して！」

腕を振り回し、足をバタつかせて抵抗するが、襟が首に食い込んで苦しいだけだった。

「お前が便所を我慢できなくなるくらい、どんどん水分の差し入れをするぞ」

「なにそれ、飲むわけないじゃん」

「いいや、飲ませる」

「……絶対飲まないし」

首が締まって息が思うように吸えない。酸素不足で意識が朦朧《もうろう》と霞《かす》みだした。

「どんなに拒んでもペットボトルを口に突っ込んで無理やり飲ましてやる。弁当に下剤を仕込んでやるのもいいな。この前、のっぴきならぬ事情で海外から下剤を購入してな、これがまた効きそうな名前なんだ。『ゲヘナ』っていうんだが、地獄を意味する言葉なんだそうだ。それはもう後悔するぐらいの効果があるらしい。なんでも一錠でミイラみたいに水分すっからかんになるそうだぜ。そいつのふりかけなんてどうだ？」

「……どこまでゲス野郎なの」

「まぁそう怒るな。百万歩譲って今聞こえた声が、お前のいうとおり霊の発したものだとしよう。でもよく考えてみろ、ただセンスのねぇ服を着せようかってお伺いされているだけじゃねぇか。何をそんなに怯《おび》えることがある」

「ここからの展開が怖いんでしょ！　さっさとここから出してよ！　あと、もうそろそろ息が限界なんだ……けど……」

溜《た》め息が頭の上で聞こえ、澪はぼとりと落とされた。喘《あえ》ぐように息を吸い込むと喉《のど》がヒュウと音を奏でた。

「そこまでいうんなら今すぐにここから放り出してやってもいいが、奴《やっこ》さんは扉の真ん前にいるかもしれないぜ」

扉を探して暗闇に伸ばしていた手をぴたりと止める。荒い呼吸に肩を上下させながら目の前の墨色《ぼくしょく》の闇を見つめた。

「霊。俺はそんなもんはいないと思っている。でも一応、今のお前の行動をホラー映画の定番パターンと重ね合わせてみようか。あの手の映画で死ぬヤツってのは、ひじょうにわかりやすいフラグが立つ。たいてい死ぬのは、今のお前みたいに我先にと逃げ出す奴だ。映画の作り手の立場なら、なるべく恐怖シーンを多く入れたいわけだ。

登場人物にはたっぷり怖がってもらいたい。足を挫《くじ》いて動けないヒロインなんて最高だ。逃げられず、身動きがとれない分、怖い目にじっくりたっぷり遭わせ、盛大に悲鳴を上げさせることができる。だがお前のようにすぐに逃げ出そうとするキャラはどうだ。それで本当に逃がしたら馬鹿だ。勿体《もったい》ないだろ。だから、そういう奴は殺すんだよ。さんざん怖がらせて、残酷にな。恐怖からいち早く逃げ出そうという奴は、いち早く恐怖の餌食《えじき》となるんだ。で、どうする？　これは映画じゃなくて現実だが、試しにここから逃げ出してみるか？」

「……ちょっと待ってよ」

「なんだよ、遠慮するな。ここから出ていきたいんだろ？　お前の信じるとおり、いるといいな……霊が！　声は近い。すぐそこで待ってるはずだ。どんな姿をしているんだろうな。きっと、すぐに真っ赤なちゃんちゃんこを着せてくれると思うぜ。愚図な田舎者っぽいお前には似合うんじゃないか？　ほら、出てけよ、今なら帰れるかもしれないぜ」

「待ってっていってるでしょ！」

僅《わず》かにでも冷静さを掻き集め、考える。自分は闇雲にこの個室から出ようと必死になっていたが、もしかしてそれはかなり危険な行動なのではないか。この暗闇は明らかにおかしい。蛍光灯が消えたレベルの闇ではない。一切の光を許さぬ、眼球を塗り潰《つぶ》されたような闇以上の闇。まるで世界が切り取られてしまったみたいだ。はたして扉の向こうは、帰りたい場所へと繋《つな》がっているのだろうか。この闇の向こうは、自分たちの暮らしていた世界ではないかもしれない。あちら側、死者の世界へと繋がっているのかも。下手に飛び込めば永遠に闇の回廊を彷徨《さまよ》うことになり、二度と現世へ戻ることができないかもしれない。そこには鋭い鎌を持った悪霊が待ち構え、自分に赤いちゃんちゃんこを着せようと狂喜乱舞で追いかけてきて——だめだ。今、ここから出るのはとても危険に思えてきた。

「落ち着いてきたみたいだな。じゃ、そろそろ手本を見せてやるか」

空気の抜けたボールのように萎《しぼ》んだ澪の耳元で、雲英は「よく見てろ」と囁《ささや》く。

見てろといわれても、この闇の中ではどんなに派手な金粉ショーをされたって霞《かすみ》ほどにも見えやしない。闇の中、視覚以外の感覚をそばだてて雲英の気配へと意識を注いだ。

「よお、そこのヤツ、まだいるか？」

雲英は扉の向こうへ呼びかけた。

反応はない。くちゃくちゃくちゃとガムの咀嚼《そしやく》音だけが聞こえる。

「どうした、何かいえよ、死んじまったのか、おーい」

どうやら、雲英は【あかいちゃんちゃんこ】とコンタクトを取ろうとしているようだ。死人相手に無礼なことも訊《き》いている。怪談では女子生徒や女性警察官がやけくそになった返しをして墓穴を掘っていたが、彼は大丈夫なのだろうか。

「なぁ、いるんだろ。俺になにを着せるって？　さっき言ってたよな、なにかを着せてやろうかって……なんだったっけな……あ、思いだした、えーと確か、青、青いなにかだったような……あれ、黄色だったか？　いや、違うな、紫？　ピンクの気もするな」

霊を怒らせたいのだろうか。しかし、こんな馬鹿げた挑発に乗っかってくるとも思えない。雲英がなにをしたいのか澪にはまったくわからなかった。それよりも、このままだったらどうしようという気持ちが膨れ上がる。この闇の中で、こんな男と二人で永遠に閉じ込められたままだったら。そんな不安と恐怖が頭をもたげた時。


あかぁいちゃんちゃんこ、きせましょかぁぁぁぁ

冷水に心臓を落とされたように全細胞が金切声をあげた。

なにが幻聴なものか。いるじゃないか。すぐそこで歌っているじゃないか。こんなにはっきりと聞こえるじゃないか。

「んんん？　なんつった？　聞き取りづらい声だな。お前、風邪でもひいてるのか？

大丈夫か？　のど飴《あめ》いるか？　あ、悪い、持ってなかった。で、今なんていったんだ？　悪いがもう一度いってくれるか」

あかぁいちゃんちゃんこ、きせ

「ましょかじゃねぇぞこら！」

チンピラみたいな怒声と扉を蹴《け》る音。

「おい、誰にものいってんだ。まさか、俺にか？　身長百八十九センチ、ロダンの作品に生命が宿ったのかと見紛《みまご》うほどに美しくかつ神々しくセクシーな西洋の甲冑《かっちゅう》のように鍛え抜かれた肉体、マスクはデップやクルーズが逃げ出すほどの鬼ハンサムなこの俺様を捕まえて、なにを着せるって？　赤いちゃんちゃんこ？　お前、そこに正座しろ！　三べん回って何かいえ！　ためになる豆知識でもいってみろ！　婆さんの知恵袋的なことをいいやがれ！　お前それ、俺のこのモデル並みの容姿を見た上でのコーディネートなんだろうな。ふざけんな！　視力いくつだ？　暗くて見えてねぇんじゃねぇのか？　さっさと明るくしろ馬鹿野郎！」

じじぃ、ぱちん。

蛍光灯が明滅しながら光を取り戻し、嘘だったように闇が霧散した。穴蔵から外へ出たような眩《まぶ》しさに澪は目を細めた。

案の定というか、澪の髪の毛は立って床に着くほどに伸びていた。伸びる長さは恐怖の度合いによって変わるので長ければ長いほど恐怖を感じたということだ。ちなみに今の髪の長さは百七十センチほど。元の長さを引くと、暗くなった十分程度のあいだに百二十センチ以上伸びていることになる。単純計算で一分で十二センチ、毎秒毎に二ミリ伸びている——なんて冷静に計算している場合ではない。

雲英はズボンのポケットに両手を突っ込み、背中をぐんと反らせ、扉の上の空いている箇所——トイレの怪談でいうところのラストで霊が覗《のぞ》きこむ定位置《ポジション》——を睨《にら》みつけながら、ガムをくちゃくちゃと噛《か》んでいる。

「まぁ、カラーのセレクトは悪くない。俺という豪快で野性味溢《あふ》れる男に大胆な赤を選びたいって気持ちもわからんでもない。昔のヒーローでいやぁ主人公の熱血ぶりを象徴する色だからな。でもなぁ……ねぇだろうよ、ちゃんちゃんこは。ちゃんちゃんこはねぇよ。まず響きがすこぶるだせぇよ。『ダンディズムの着こなし、今年の夏は赤いちゃんちゃんこで熱くキメろ』なんてファッション誌に書かれてたら笑うしかねぇだろ。ちゃんちゃんこっつったら鬼太郎《きたろう》だよ。あいつだけだよ、似合うのは。お前よぉ、俺にちゃんちゃんこが似合うってマジで思ってるんなら、相当の重症だぞ。ねぇだろうよ、このスタイルにちゃんちゃんこは。さすがにねぇだろうよ。着せましょうかじゃねぇよ。どんな立場からのお声掛けだよ。着たけりゃ自分で着てるよ。これまでの人生で一度も赤いちゃんちゃんこに刮目《かつもく》したことねぇよ。この雲英様をコーディネートしたいってんならなぁ、もう少しセンスを磨いてこい馬鹿野郎！　きょうび小学生だってもう少しマシなセンスしてるぞ。この前公園で見た小学生、ニンテンドーDSしながらダメージジーンズの着こなし方について話し合ってたぞ。今はそういう時代なんだよ。だからよく考えてものをいえよ。もっとあんだろうがよ、俺様に似合う赤いものが。もはや赤にこだわることもねぇぞ。俺に何色が似合うのか考えてみろ。……ゴールドだろ？　俺にふさわしい色はゴージャスなゴールドだろ？　金《きん》っていうな。ゴールドっていえよ。そうだよ、ゴールドならちゃんちゃんこもイケそうな気がするぜ。よし、ゴールドのちゃんちゃんこを俺に薦めてみろ！　それに合わせて付けられる装飾品もな。当然これもゴールドだ。メッキじゃねぇぞ、純金だ。それなら着てやらんでもないかもしれないぜ」

澪は呆然《ぼうぜん》と雲英の暴言を聞いていた。

すごかった。はっきりいって、ものすごかった。悪霊相手に有無も言わさずファッションセンスをクソミソにダメ出ししたのみならず、後に犠牲者の血と関連付けられる重要なカラーを自分のパーソナルカラーに変更しろと強要、最終的に高額商品の要求までしている。もし、霊が彼のこの無茶苦茶な指示に従い、その要求を呑《の》んだら、この怪談はとんでもないことになる。誰が【ゴールドのちゃんちゃんこ】なんて話を怖がるんだろうか。第一、ゴロが悪い。それはいったいどんな話だ？　ラストで女性警察官に何が起こる？　想像がつかない。とにかく台無しだ。さすがの澪も怖くない。怖くない――それはつまり、怪談として終焉《しゅうえん》を迎えたということではないか。

この雲英、本当に怪談を討つことができる人間《おとこ》なのかもしれない。

澪は眼前で起こっている奇跡に胸を熱く震わせた。

……ご……

「おい聞こえたか、大神」

澪はがくがくと頷《うなず》いた。

「き、聞こえた！　今、『ご』って聞こえた！　きっとゴールドの『ご』だよ！」

「だな」雲英は満足げにゆっくり頷く。「いいぞ、その調子だ。俺に着せたいんだろ？　お前のコーディネートした服を。なら、勇気を出して、その先をいってみろ。心配するな、時代は変わったんだ。誰もお前に信念がないなんて思わない。俺がいわせない。いや、むしろみんなお前を讃《たた》えてくれるはずだ。霊のくせにしっかりトレンドをわかってやがるってな。お前だって悩んでいたんだろ？　このままでいいのかって。さあ、自分のセンスに正直になれ。ほら」

「がんばって！　がんばって！」

澪は両拳《りょうこぶし》を振って応援した。

ご……ゴールドのちゃんちゃんこ、き

「なーい！」突然、雲英が大音声《だいおんじょう》を上げた。

「俺、ちゃんちゃんこ、着っなーい！　だっせぇから絶対、着っ――なーい！」

歴史的瞬間は雲英の放った大暴言により無残にも搔《か》き消された。

おどけた表情の彼はやり過ぎなくらいに背筋を反らせ、二枚目のガムを咥《くわ》えると、くっちゃくっちゃと嚙み鳴らしながら甘い匂いを散布した。

これには腹が立つ。せっかく相手がプライドもポリシーも打ち棄てて歩み寄り、シンボルカラーである赤を捨てて雲英のガキみたいな要望に応《こた》えてくれたのに、これはない。あんまりだ。ひどすぎる。かなりの屈辱。侮辱。横で聴いている澪までムカムカした。

「やっぱだめだわぁ、ちゃんちゃんこ。つーかよぉ、別にちゃんちゃんこにこだわらなくていいんじゃねぇの？　あんじゃゃん、コートとかジャケットとか、もっとかっこのつく服がさ。それになにも服飾にこだわる必要もないんだぜ。俺は車も好きなんだ。今興味があるのはフェラーリかポルシェだな。そうだな、そういうもんならいつでも受け取ってやるよ。よろしく頼むぜ、金ぴかのフェラーリ。あとさっきから気になってたんだが、その歌なんなんだよ。お前それ、音痴とかそういう問題じゃねぇよ。正直ひどすぎるぞ。あんな歌で『はい着ます』なんてテンションになるかよ。なると思ってんのかよ。思ってんだろうな。何十年とそれ一筋でやってきたんだもんな。それがおこがましいってんだよ。最近の高校生なめんな。R&Bだろうが！　ラップだろうが！　韻を踏めよ！　胸を打つ詞を書けよ！　やるなら紅白目指せよ！」

歌にケチをつけたかと思いきや、相手の将来の方向性まで指図し始めた。

さすがの霊も何も言い返せないようだ。何年前に没した霊かは知らないが、ちゃんちゃんこなんて薦めてくるぐらいだからラップなんてサランラップぐらいしかしらないだろう。

雲英は満足げな笑みを浮かべ、乾いた便器にガムを吐き捨てた。

「大神、ちゃんと聴いてたか」

「うん、今とても戦慄《せんりつ》してる」

そうか、と雲英は一呼吸ついた。

「今のが君たち委員会の活動なの？」

そうだ、雲英は静かに頷いた。さっきまでの馬鹿みたいなテンションはなかった。

「俺たちはこうして怪談や怪談発生の原因そのものを壊していくんだ」

なるほど、確かに幽霊は怪談発生の原因だが、でもはたしてそれは怪談撲滅委員会と呼んでいいものなんだろうか。

「でも、まさか向こうが根負けしてゴールドと言い換えてくるなんて思わなかったよ。あれでだいぶ、怖くなくなったし」

「俺たちはとくに怪談を怪談たらしめている『演出』を探すように心がけている」

「演出？」

「映画でも舞台でも、なんでも演出ってものがあるだろ？　感動させて泣かせるための演出、笑いを誘うための演出、クライマックスを盛り上げるための演出、怪談にも聴く者に怖いと思わせるための演出があるんだ」

怪談の演出なんて、ヒュードロロの音楽とか吊《つ》り下げた火の玉とか、そんなものしか思いつかない。

「いきなりベロンと幽霊を出したんじゃ怖くもなんともない。それじゃ、ただのびっくり箱、へた打ちゃ爆笑もんだ。怪談にもっとも必要なものはなんだと思う？　それは幽霊じゃない。悲惨な犠牲者でもない。雰囲気《ムード》だ」

「怖そうな雰囲気ってこと？」

「そうだ。雰囲気《ムード》さえ作れていれば、幽霊なんて出なくてもいいくらいだ。俺がさっきした語りの怪談。お前は充分びびっていたようだが、もっと雰囲気《ムード》を高める演出を入れれば数倍の恐怖を聴く者に与えられる」

そんなもの聴かされたら今度こそ死んでしまう。澪は蒼褪《あおざ》めた。

「学校なら学校の、トイレならトイレのディテールを正確に描写してリアリティな下地を作り、擬音や台詞《せりふ》はただ言い並べるんじゃなくしっかり抑揚をつけ、不穏な空気、違和感、不安感、そういった今にも何かが起こりそうな兆しを植えつけていく。けして派手にはやらない。じわじわと相手の恐怖心という風船に生暖かい息を吹き込んでいく。あとはいつ、チクリとやるかだ。人間は怖いものを見聞きする時、自然に防御している。楯《たて》を構えて、恐怖の鉾《ほこ》を受けようとするんだ。もちろん自分が傷つかないためにだ。傷つくのを恐れるくせに『怖がらせてくれ』っていってくる、そんな面倒な生き物なんだよ。傷つかないように怖がりたいらしい。しかし、それでは真の恐怖を得たとはいえない。水槽越しにサメを観るのと同じだ。上手《うま》い怪談は相手が油断し、その楯を下ろしたタイミングを狙って鉾を突きだす。しかし、警戒している人間はなかなか楯を下ろさないもんだ。だから、楯を下ろさせるための仕掛けも必要になる。怪談はこうした怖がらせるための仕掛け、演出、かけ引きとなるものがいくつも仕掛けられている。俺たちはこれを探して逆手に取り、ぶち壊す。怪談は恐怖を与えられなければ、ただのつまらない小話だからな」

「じゃあ、今のは雰囲気《ムード》を壊したってこと?」

「そうだ。怯《おび》えて縮こまっているような受け身では恐怖の思うつぼだ。だから大声で怒鳴り、うるさい音を立て、馬鹿にし、攻撃的な態度をとる。それにより陰気な空気を壊し、こちらのペースにするわけだ。霊を追い払うのに柏手《かしわで》を打つというが、それに近いことだ」

なるほど、確かに後半は別の意味でヒヤヒヤした。ところでさっきから雲英は怪談といっているが、こうして実際の霊現象にも効果があるようだ。

「だが、今日お前にいちばん覚えてほしいのは『変換』だ」

「座標を変えて悲劇を喜劇にするっていう?」

「そうだ。しかし、今のはもっと単純。覚えればガキでも使える、『ワード変換』だ」

それはぜひとも拝聴したい。子供《ガキ》でも使えるというのがいい。

「簡単だ。その怪談を怪談足らしめている不気味ワードを素敵ワードに変換していく、ただそれだけだ」

「不気味を、素敵に」

「死体を可愛い仔猫《こねこ》ちゃんに、血だまりをメロンクリームソーダに、謎の老婆をスク水の女子高生に、藁《わら》人形を美少女フィギュアに……恐怖の呼び起こすワードを恐怖からかけ離れたものへと変えていくんだ。この【あかいちゃんちゃんこ】は変換すべきワードが明確だ。自分で歌っているからな。『赤』『ちゃんちゃんこ』、この二つだ。まず赤は血を連想させ、それだけで死のイメージに直結する。だから景気のいいゴールドに変換してやった。それだけでテンションが上がるだろ。次は『ちゃんちゃんこ』。最近の若者には通じない可能性もあるから放置しておいてもいいワードだが、民俗的な語感が童歌などを連想させる可能性もある。あの手の歌は暗くて裏がありそうな歌詞が多いから怪談に適応しやすい。何よりラストのシーンに繋《つな》がる大事なキーワードだから徹底的に拒絶してやった」

「最終的にフェラーリよこせって話になってたしね」

「そして『着せましょうか』という問いかけに対し、断固として着ないという食い気味で小馬鹿にした返答。完璧《かんぺき》だ」

あれか。あれはひじょうに腹が立った。自分が霊の立場なら問答無用で雲英に赤いちゃんちゃんこを着せているかフェラーリに轢《ひ》き殺させていただろう。

「これが『ワード変換』だ。日常で使えるくらい簡単だろ」

確かに怖いぐらい簡単だ。今ここで起きたことを人に話してもまったくもって怪談だとは思われないだろう。でも日常での応用の仕方がまったくわからない。

「それから」雲英は三枚目のガムを口に入れた。「ガムはリラックス効果がある。ストレスの原因となるホルモンの分泌が抑制されるといわれている」

なるほど、あのくっちゃくっちゃがいちばん腹が立ったが、あれも計算上のことだったのか。

「大神、今、ちゃんちゃんこ野郎を恐ろしいと感じているか？」

「ううん、なんならちょっと可哀想になってきたところだよ」

髪は伸びてしまったが、おかげさまでさっきまで自分を掻《か》き毟《むし》っていた恐怖心は完全に鳴りを潜めていた。

「俺たちCEG――怪談撲滅委員会の活動内容はこういうことだ。ただ、毎回こんな簡単にいくとは思うな。【あかいちゃんちゃんこ】は難易度のマックスを十だとすると一にも満たない。そのレベルなら本来ならいちばん後回しにするんだが、今日はお前に活動内容を理解させるため、特別だ」

「え、スライム級《クラス》ってこと？」

「この怪談は自らのルールに縛られている。まずファーストコンタクトが声のみの呼びかけってところに問題がある。その時点で無視されちまえば、こいつは何も手を出せないんだ。無視したってなにをされることもない。それで斬りつけてきたんなら、この怪談はルール違反をしたことになる。そんな無茶苦茶が通るんならなにも怪談じゃなくたっていいわけだ。通り魔に殺されました。ハイ終わりでいいんだよ。わざわざ『着せろ』なんて答えてやるやつは馬鹿だ。無視すれば助かったんだよ。『きせましょか、きせましょか』って傷のついたレコードみたいに繰り返すだけだろ。うるさけりゃ耳栓するか音楽でも聞いていりゃいいんだ」

扉がドンッと鳴った。

澪はビクンと飛び上がった。

「お、へへ、怒ってるみたいだな？　おい、俺に文句があるならツラ見せていえよ！　さっきからこそこそしやがって」

「や、やめなよ」澪は雲英を制した。「さすがにこれ以上怒らせるのはよくないって」

澪を押しのけ、雲英は構わず続けた。

「出せないようなツラでもしてんのか？　あ、お前、おっさんだろ？　四十代後半、口臭極めて臭し、頭が古戦場みたいに禿《は》げ散らかったおっさんだろ？　使った枕が速攻で死んだ獣の臭いになるような加齢臭の出血大サービス中なおっさんだろ？　女便所に出るなんて、お前、覗《のぞ》き野郎か？　昔風にいったら出歯亀《でばがめ》だな。それもロリコンだろ？　さぞかしスケベそうなツラしてんだろうな。おい、見せてみろよ、月日をかけて熟成された変態面《ヅラ》を俺に拝ませてくれよ」

扉の上から赤黒い爪のようなものが鎌首をもたげた。鉈《なた》の刃だ。その切っ先は血に濡《ぬ》れている。

澪は腰が砕けてその場に座り込んだ。澪を中心に黒い髪溜《かみだ》まりが広がっていく。

「や、やばいよ……だから挑発しちゃだめだっていったのに……」

「大袈裟《おおげさ》な。こんなのがなんだってんだ。それより邪魔だ、その髪切っとけよ」

「なんなのその余裕は！　わたしたち赤いちゃんちゃんこ着せられちゃうよ！　やだよそんなペアルック！」

雲英は凶暴で不敵な笑みを、血の滴る鉈の刃へ向ける。

「なぁ、なんだよそれ。鎌……鉈か？　なんでもいいけど、そいつで俺になにするんだ？　まさか、ちゃんちゃんこを着せるつもりか？　俺はあれほど拒否したよな。ゴールドボディのフェラーリなら受け取るっていったよな。お前も俺の要求を受け入れたよな？」

いや、受け入れてはいなかった。澪はなぜか心の中で霊をフォローした。

「ふーん、そうかよ。立場が悪くなったらルール無視ってか。なら最初からそうしろよ。なんで『着せましょか』って訊《き》くんだよ。なんで一度泳がせるんだよ。てめぇで作ったルールだろ。なぁ、それでなにするんだよ。俺たちを殺すのか？　いいぜ、やれよ。でもよ、やったらお前、ただの人殺しだぜ。これまで真面目にお前と問答してきた馬鹿どもに申しわけないと思わねぇのか。お前はもう少し馬鹿正直なヤツだと思ってたよ。時代に流されず、時代遅れな服を堂々とチョイスしてくる、その揺るがない精神を、俺は、ちょっとは認めてもいたんだぜ。でも、この場に及んでルール無視は見苦しいにもほどがあるぜ。俺をがっかりさせるんじゃねぇよ！　なぁ、俺に着せるのか？　センスの欠片《かけら》もねぇ服を、そんなに着せたいのかよ！」

ゆっくりと鉈が引っ込んだ。

……あかいちゃんちゃんこ……きま……せん……よね……

雲英は霊の心を完全に挫《くじ》かせてしまったようだ。

恐縮しながらお伺いをたてるその声はか細く、悪霊らしいおどろおどろしさは皆無だった。

「くどい。着ねぇっつってんだろ。ほんと懲りない奴だな。俺のフェラーリ無視しやがって。お前の時代がどうだったか知らんがな、今どきのティーンエイジャーはもっとハイセンスなコーディネートをしてやらんと着ちゃくれねぇぞ。よし、いい機会だ。お前にファッションってもんを一から叩《たた》きこんでやる」

そこから雲英のファッションレクチャーがはじまった。

女子トイレから解放され、散髪して校舎を出ると陽はすっかり落ちて夜の色になっていた。

時刻はすでに七時を回っていた。校庭には運動部の生徒も残っていない。

墓所のように静まり返った学校を後に校門を出ると、涙が出てきた。

あれから雲英は霊へ一時間もファッションについて教示をたれていた。

【あかいちゃんちゃんこ】は黙って聞いていたが、ときおり、すすり泣きのような声を漏らしていた。

どこを折り目としたのか雲英は「そろそろいいだろう」といってトイレを出ると、明日も放課後に『三年零組』へ来ることを約束させ、澪の帰宅を許した。彼は用事があるといってそのまま第四校舎《ヨンカン》へ戻っていった。

それにしても　地獄のような一日だった。

とんでもなく厄介な人間に目をつけられ、胡散《うさん》臭い組織に勝手に加入させられ、あれだけ避けてきた心霊スポットで本物の霊と遭遇させられる……一生分の不幸が神輿《みこし》に乗ってサンバパレードでやってきたようなものだ。これが明日からずっと続くと思うと死にたくなってきた。

【あかいちゃんちゃんこ】はもう、怪談ではなくなった。雲英はそういっていた。

それはどういうことなのかと訊《たず》ねると、明日になればその変化が如実に表れているといわれたが……。

夕食の香りを漏らし始める民家の窓明かりを見ながら、緩やかな勾配《こうばい》を下る。群青《ぐんじょう》色の空には帰りそびれた鳥の影が迷い、その向こうに薄ぼやけた光を放つ月があった。

今は家に帰れるという喜びを噛《か》みしめよう。

澪は涙を腕で拭《ぬぐ》った。


「ただいま」と同時に玄関ライトのスイッチを入れる。

玄関に溜まっていた闇は飴《あめ》色の光に溶けて消える。

靴を蹴《け》り脱ぎ、廊下、和室、リビング、キッチンの順に巡って照明器具やテレビをつけて回り、その足でリビングの階段から二階へ上がって廊下や自分の部屋に溜まる闇を追い払う。その際、二階の父の書斎と物置部屋以外の部屋の扉はすべて開放する。これらの作業は帰宅後に必ずやる日課で、長い独り暮らしで身についた習慣だった。

キッチンへ戻ると調味料棚から塩の瓶を摑《つか》み、肩や腕に振りかける。清め塩の代わりだ。学校から何かを持ち帰っているかもしれない。

「ほんとは清め塩がいいんだけど、そんなもの家にないし……贅沢《ぜいたく》いえないね。ああいう塩って、普通の塩となにが違うのかな。どこに売ってるんだろ。明日、学校帰りに商店街で探してみるね。えっと」

全身にひと通りかけると瓶の中蓋《なかぶた》をはずし、テーブルに小皿を並べ、そこへ塩を盛っていく。

「玄関、寝室、階段、リビング……トイレは絶対ね。これくらいで大丈夫かな……あ、お風呂《ふろ》場《ば》にも置かないと。ねぇ、調理塩って効果あると思う？　……そんなのわかんないよね。そうそう、トイレの電球、切れかけてたよ。うちに替えってなかったよね。それも明日買ってくるよ」

独り暮らしで身についた、もう一つの習慣。それは独り言だった。

澪は父と二人暮らし。その父も仕事でほとんど家にはいない。帰宅するのは月に一度、休みも不定期。どんな仕事をしているのかは教えてもらえないが、稼ぎは悪くないらしい。毎月、十分すぎる生活費を振り込んでくれる。そんなにいらないといっても、たまには、うまいものでも食いに行ったらどうだとか、オシャレをしたらどうだとか、あれこれ理由をつけてお金を使わせようとする。どうも年頃の娘を一人暮らしさせていることに罪悪感を抱いているらしい。

一人で外食はしたくないし、あいにくファッションにも興味はない。オシャレをして出かける場所もないし、誘う友達もいない。普段着ている服はデパートのセールで二着千八百円のものだし、髪は自分で切れるから美容室にも行ったことがない。外食はほとんどせず、基本自炊。食材はスーパーの特価デーにまとめ買い。これといった趣味もない。本当にお金を使わない。だから生活費のほとんどはそのまま貯金している。何年も前からそんな生活なので、今では何でも一人でできるようにはなった。炊事洗濯、掃除、朝のゴミ出し、世間一般で主婦がやっていることは、そつなくこなすことができた。

厭《いや》な汗がたっぷり染み込んだシャツを洗濯機に放り込んで部屋着に着替えると和室へ向かう。

十畳の部屋には折り畳んで隅に寄せた布団と二棹《さお》の箪笥《たんす》、そして唐木でできた黒塗りの仏壇がある。

仏壇には香炉やリンどころか位牌《いはい》や遺影もない。

仏具の代わりに着物を着たおかっぱ髪の女の子が仏壇の真ん中に座っている。

市松《いちまつ》人形と呼ばれる日本製の人形だ。

艶《つや》のある黒髪と丸みを帯びた幼顔。着物は赤地に黄金色の蝶《ちょう》と蓮《はす》の模様が鏤《ちりば》められている。古いものらしいが作りたてのように美しい。

この人形は母の形見だった。

澪が生まれてすぐ、母は亡くなった。

なぜか母の写真は一枚もない。どんな人だったのと父に訊ねると、絵にも描けないほどの美人だったと遠い目をする。今でも夢に出てくることがあるが、その時の母には顔がない。目覚めてから忘れてしまうのではなく、顔があるべき箇所に顔がなく、そこだけ消しゴムをかけたように白くなっているのだ。

澪は不思議な記憶を持っていた。

小学校へ入る前の記憶だ。

今ほどではないが父は昔から忙しい人で、家に帰ってくる日は少なかった。

その頃から澪は一人暮らしを経験していた。

保育所や親戚《しんせき》に預けられたこともない。

澪の一日は用意された食事を残さず食べ、食器を台所へ運ぶ。あとは買い与えられた絵本を眠くなるまでずっと読んでいた。

今思うと不思議なのは、その頃は毎日、朝昼晩、食事がテーブルに用意されていた。お腹が空《す》いたなと思うと、出来立ての食事がテーブルの上で湯気を燻《くゆ》らせている。献立も澪が摂《と》るべき栄養をしっかりと考えて作られたものばかりだ。食べ終わってシンクに放り込んだだけの食器は溜《た》まることなく、気がついたら洗われて水切り籠《かご》の中に入っている。冷蔵庫の中にはいつもたくさんの食材が詰め込まれていた。

眠っているあいだ、他の部屋にいるあいだ、誰かが料理を用意し、食器を洗い、食材を買い足してくれているんだと思っていた。でもその〝誰か〟を、澪は一度も見たことがない。父に訊《き》いても、あやふやな言葉が返ってくるだけなので、あまり気にしないようになった。

　絵本を読んでいると時々、洗ったばかりの髪のような甘い香りが鼻先をかすめることがあった。そういう時は、誰かがそばにいるような気がした。不思議と怖いとは思わなかった。むしろ、見守られているような安心感が孤独や不安を春風のように浚《さら》ってくれた。

　いつからか、母がいるのだと思うようになった。

　母は病気か何かで透明になってしまって、目には視えないけれど、いつも側にいて料理を作ってくれたり、食器を洗ってくれたりしているんだと思った。だから自然に、視えない母へ語りかけるようになった。

　その存在感は澪が成長し、身の回りのことを自分でできるようになると希薄になっていった。母への語りかけも今では完全に独り言となってしまったが、その習慣は直そうとも思わない。独り言を続けることで、孤独が心を蝕《むしば》まなかった。

「お母さん、今日はひどい目に遭ったよ。頭のイカれた雲英っていう超ナルシストの男にさ、怪談撲滅委員会とかいうわけのわかんない組織に無理やり入れられたの、ほら」

　仏壇の上にＣＥＧのワッペンを置くと膝《ひざ》を抱えて座る。

「幽霊って、ほんとにいるんだね……驚いた」

思い出すと身体の芯《しん》から震えが蘇《よみがえ》る。

「雲英のやつ……いってることとやってることがぜんぜん矛盾してるよ。霊なんかいないとかいって、しっかりその霊に説教してたじゃん。霊は存在するってことじゃない」

あっ、と澪は震えを払い落とし、立ちあがる。

そうだ。もし、霊が存在するというなら。

「お母さんも幽霊になれるってことだよね」

澪は部屋の入口に置いた盛り塩を廊下へ出し、電気を消した。

トイレで散々味わったからか、いつもより闇に怖さを感じなかった。

「いるなら出てきてよ。わたし、お母さんなら怖くないからさ」

暗い寝室からは、哀しいまでの沈黙が返ってくる。

「何かを鳴らすとか、動かすとか、そういうことでもいいんだよ。ねぇ、お母さん」

もし、ここで何らかのサインがあれば、子供の頃から感じていた存在感は気のせいではないと証明される。自分は常に母に見守られていたのだと確信できる。そうなれば、霊への見方も変わるかもしれない。霊魂の存在は自分にとって脅威ではなく、希望になるかもしれない。

「お母さんは照れ屋で引っ込み思案だったって、お父さんいってたな。あ、そうだ、待ってて」

寝室を出た澪はデジタルカメラを持って戻ってくると、仏壇の前、寝室の隅などを撮影しはじめた。そこに優しい母の姿が写ってくれれば……。母はきれいな長い黒髪で、白いワンピースがとても似合う人だったと父はいっていた。傍にいるなら、きっとその姿で写るに違いなかった。

二十枚ほど撮影し、画像を確認していく。

そう都合よく、写るようなものではないのだろう。母の姿はなかった。

わかっていることだった。もし、霊魂が存在していても、母の霊はとっくに行くべきところへ向かったはずなのだ。

カタン。

廊下から物音がした。

皿がひっくり返って塩が全部零《こぼ》れている。

まさか、とデジカメで廊下を撮った。

澪の勘は当たっていた。

撮影した画像には、さっきまでそこにはなかったものが写り込んでいた。

廊下の白い壁には。

瘡蓋《かさぶた》だらけの真っ赤な顔が、ぽっかり浮かんでいた。

Episode IV

保健室の少年

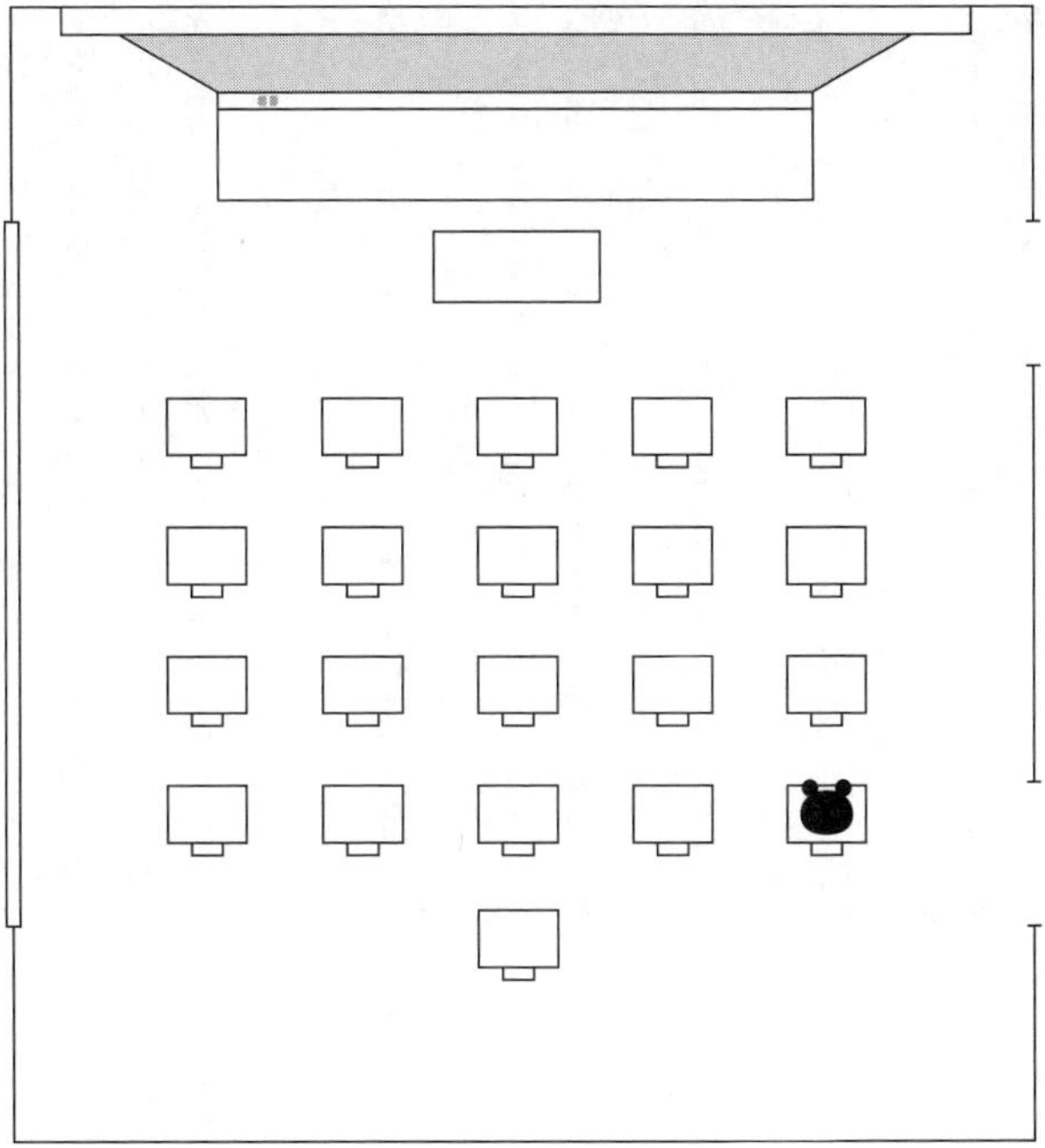

朝の教室は情報の坩堝《るつぼ》だった。昨晩のテレビ番組やネットの話題、教師や御同輩の悪口がくんずほぐれつしている。その中に自分にとって有益な情報はおそらく微塵《みじん》もなく、澪はイヤホンで音楽を聴きながら机に突っ伏して寝たふりをしているのが常だった。

今日は寝たふりではなく、仮眠だった。

昨晩は一秒も眠ることができなかった。そのうえ、精神《こころ》が重傷を負っていた。

あの夜、母の御尊顔を拝もうと写しまくったデジカメの画像に、チゲ鍋《なべ》の如く真っ赤で無残な状態の顔がはっきりと写り込んでいた。

きっと学校から悪霊を持ち帰ってしまったのだ。あれは自殺か他殺で人間への怨《うら》みを溜《た》めこみまくった大怨霊《だいおんりょう》に違いない。

今も家のどこかにいるのだろう。もう家は安住の地ではなくなってしまった。

これもすべて、あの男――雲英のせいだ。

彼があの呪われた校舎の札を剝《は》がし、霊を馬鹿にしたからだ。その横にいた自分がとばっちりを食ってしまったのだ。

もう家には帰れない。金はあるんだ。今日からホテルにでも泊まろうか。でもホテルはホテルでいろいろな怖い噂を聴くし――。

ぽんと肩を叩《たた》かれ、澪は跳ねるように顔を上げた。

富田林だった。

慌ててイヤホンをはずし、「おはよう」というと、富田林は小さく会釈した。

彼女とは昨日から友達になったのだ。

そう。友達だ。自分には友達ができたのだ。

友達は学生生活を潤し、華やかで輝かしい想い出をくれる素晴らしい存在だ。そうだ。ここから自分はまっとうな人生を送るんだ。ここから自分の人生を切り開くんだ。

古井戸の淀《よど》んだ水底に沈むような気持ちに、針ほどの光が降り注ぐ。

「寝不足ですか？」

富田林は自分の目の下を指でさす。

「え……ああ、くまできてる？」

「かなり。寝てないんですか？」

「うん、朝まで眠れなくって」

昨晩、睡魔はしっかり訪れたのだが、瞼《まぶた》を閉じることができなかった。閉じて開けてあの顔があったらと思うと、瞬《まばた》きをすることさえも恐ろしかった。

「ご飯、食べてますか？」

「ごはん？」

「ふらふらしてるから」

「ああ、そういえば昨日は食べてないかも。ちょっと食欲がなくて……」

分厚いレンズ越しに目が細められる。

彼女の目は何か見透かされているようで、別に疚《やま》しいことがなくてもつい目を逸《そ》らしてしまいそうになる。

「……あっ」

昨日借りたＤＶＤのことを思い出した。もちろん鑑賞していない。できるわけがなかった。

ここは今後のためにも、正直にホラーが苦手であることを告白した方がいい。

「あの、借りてた『エクソシス子』だけど……」

「私もなんです」

富田林がほんの少しだけ微笑んだ。

微笑まれてはじめて、彼女に笑みが似合わないことがわかった。妙に作り物っぽい顔になるのだ。とはいっても笑みを見せたのはコンマ数秒のことで、すぐに正確な時計のような寸分の歪《ゆが》みもない平坦《へいたん》な表情になった。この方が彼女らしいような気がした。

「私も初めてあの映画を観た時、本当に面白くて何度も何度も繰り返し観てしまい、気がついたら朝になってました」

「あ、ああ、そうなんだ」

「静子が少しずつラスプーチンの霊に心惹《こころひ》かれていくところが本当に素晴らしくて、グランドキャニオンを背に照れ喜びの吐瀉《としゃ》物百連発をするところなんて、ホラー映画史上五本の指に入る嘔吐《おうと》シーンだと思います。完全に憑依《ひょうい》されきって霊と一心同体になった静子が、ラストでは物語を超え、視聴者に向けてマクンバの呪術《じゅじゅつ》を本気でかけるのも、これまでの映画の概念を壊した画期的な試みだと思います。確かに鑑賞後は私も食欲が失《う》せました」

　そんなアグレッシブな作品だったとは……。

　どうも富田林は澪が寝不足で食欲不振なのは『エクソシス子』の影響だと勘違いしているようだ。

　富田林は自分の鞄《かばん》の中から取り出したＤＶＤを澪の机の上に山積みにする。

「うちからお奨《すす》めを見繕ってきたんで」

『実録・丑《うし》の刻参り』『怨念《おんねん》少女・血みどろ包丁賛歌』『血反吐《へど》のバレンタイン』『生首女の腸啜《はらわたすす》り』『十三日も、金曜日も』『葬儀中だけど棺《ひつぎ》の中の君に恋をしたから』『本当にあったせいで制作会社の社員半数が死亡した呪いのビデオ』。タイトルもジャケットのデザインもアグレッシブな作品ばかりだ。

「おや、大丈夫ですか？」

「……ごめん、ちょっと眩暈《めまい》が」

やはり友達など持つものではない。澪は後悔しつつあった。

「昨日、あれから行ったんですか？」

雲英のところへ、ということだろう。澪は渋い表情で頷《うなず》いた。

「彼は何者なの？　その……前から変な組織に入ってたのかな」

「怪談撲滅委員会」

「そう、それ」

嘆かわしい、という顔で富田林は溜息を吐いた。

「今日も呼ばれているんですか？」

「放課後ね」

わかりました、と富田林は頷いた。

「私が何とかしましょう」

「え……何とかって」

「任せてください」

富田林の眼鏡がキラリと光った気がした。

「ねぇ、【桃色キャミソール】って知ってる？」

「あ、知ってるぅ」「わたしも聴いた」

「あれでしょ、一階トイレの一番奥に入ると、声が聞こえてきてコーディネートしてくれるって話」

「そうそう、『よろしければ桃色のキャミソールをお持ちしましょうか』って」

「すっごい可愛いキャミだって聴いた」「へー」「いいなぁ」

「他にもその人にぴったりの服を勧めてくれるらしいよ」

「自分じゃ似合う服ってわかんないもんね」

「それがセンス超いいんだって」「えー、いいなぁ」

「それにね、気に入ったら『着せて』っていうだけで、その服くれるんだって」

「え、マジで？」「くれんの？」「タダで？」

「多分ね。C組の美佐《みさ》、いるじゃん？　あいつ、あのトイレ行ってから、すげぇイケ女になったって」

「はぁ？　あいつ超ブサ眼鏡じゃん」「髪もちりちりでしょ」「メガネにチリチリ、メガチリだよね」

「朝、廊下ですれちがった時も変わらぬブスだったよ」

「だしょだしょ？　それがさぁ、あいつ、二時限目の授業中、あのトイレに入ったらしいのよ。で、戻ってきたら別人になってたって」

「別人って？」

「超ストレートで茶髪で、お目々ぱっちり」

「ブサ眼鏡じゃなくなってたの？」

「青のカラコン入れてたみたい。君は誰だって先生も驚いてたって」

「やべぇ、わたしもお昼休み行こう」

「ばか、お昼なんて大行列だよ」

「じゃ、美佐みたいに授業抜けていく？」

「あたし、フレコのワンピース欲しいな」

「わたしはSueのヒールパンプス。欲しいっていったらくれるんだよね？」

「ちゃんと似合ってないとダメみたいだけどね」

「メイクとかも教えてくれるって噂じゃん」

「うんうん。コスメとかいいの紹介してくれるって。むくみ取りマッサージとか、けっこー本気で教えてくれるみたいだし」

「バックに超イケてる歌も流れてるって聴いたけど」

「そうそう」

「ガガの新曲だって噂だよ」

授業中、女子たちのこそこそ話が耳に入ってくる。

睡眠をとっていないからか感覚が鋭敏になり、いつもよりはっきりと聞こえてくる。

どうやら本当に【あかいちゃんちゃんこ】は怪談としての機能を失ったようだ。

具体的にどのようなことになったのか状況はわからないが、【あかいちゃんちゃんこ】から【桃色キャミソール】と名前も少女漫画のタイトルのように変更され、入ればワンランク上のオシャレを学べるファッショントイレと化したようだ。今後、女子生徒たちにとっての新たなファッションの聖地になるような予感がする。

しかし、昨日の今日で、もうこれほど影響が出始めているのは驚異的だ。まるで【あかいちゃんちゃんこ】の存在など元からなかったかのように、その話題の中には【あかいちゃんちゃんこ】の「あ」の字も出てこない。

富田林へ視線を向ける。

斜め前の席で彼女は教科書を立て、その陰で何やら作業をしている。

藁《わら》を束ね、針金で結束し……見間違いだと思いたいが、藁人形を拵《こしら》えているようにしか見えない。

まさか、「任せて」とは、藁人形《あれ》で雲英を呪うということなのだろうか。

　しかし、授業中に藁人形製作とは、なんと大胆な……。見ると富田林の周りの生徒たちが彼女を横目にひそひそやっている。黒板前の数学の女教師も強張《こわば》った表情で富田林へちらちら視線を向けている。気付いてはいるが注意できないといったところだろうか。

　窓へ目を向ける。

　雲ひとつない快晴だった。抜けるような青色の下、すべての禍事《まがごと》が凝縮されたような第四校舎《ヨンカン》が佇《たたず》んでいる。生と死が、光と闇が、視界というひとつのファインダーに収まっているのは、とても不条理な光景に感じた。

　放課後のことを考えると死にたくなる。今日は何度も考え、何度も死にたくなっている。今のこれで六十四回目ぐらいだ。澪の怪談撲滅委員会としての本当の活動は今日からなのだ。昨日の帰り際、雲英にこういわれた。「明日は今日のように楽にはいかないぞ」

　何をやらされるのかは知らないが、今日も現場はトイレと聞かされている。今日こそ正気を保っていられるか自信がない。それに無事に終わったとしても家には帰れないのだ。家には〝あれ〟が、あの恐ろしい顔の怨霊《おんりょう》が我が物顔で棲《す》みついてしまっている。もはや、この世に、澪の落ち着ける場所などなかった。

　教師に名前を呼ばれたような気がし、視線を前へ戻した。

数学教師が天井からぶら下がっている。あれ、と目を擦《こす》った。

クラスメイトたちも天井に座っている。みんなは振り返って澪のことを見ていた。

また名前を呼ばれた気がしたが、その声はどんどんと遠のいていった。


ずきん、と後頭部が痛んで目が覚めた。

白い蛍光灯の光が眩《まぶ》しい。目がひりひりし、消毒液のきつい臭いが鼻を衝《つ》く。

見渡せば白、白、白。壁も天井もカーテンも白い。

澪は保健室のベッドに寝かされていた。

授業中に倒れ、運ばれたのだろう。昨日の精神的疲労や今後の不安で心身ともにぼろぼろになっていたのかもしれない。

後頭部に手をやると包帯が巻かれ、額には湿布のようなものが貼られている。目のひりひり感はそのせいのようだ。

壁掛け時計の針は昼休みが半分ほど終わっていることを告げていた。

「おはよ。起きたん？」

幼い子のような中性的な声がした。

仕切りカーテンには隣のベッドで起き上がる人影が映っている。

「もう、お昼やんな？」

「そうだね」

「お腹、空《す》いたなぁ。君、何か持ってへん？」

仕切りカーテンの上から、ひょこっと丸いものが覗《のぞ》いた。

髪も眉《まゆ》も唇もない、ゆで卵のようなのっぺりとした顔だった。

暗い目の収まる丸い眼孔、切れ目のような口、小さな鼻腔《びこう》。その顔色の白さは生者のものではない。

澪は悲鳴を上げるのも忘れてベッドから転げ落ち、這《は》ってこの場を離れようとした。

その背中に、ケタケタと笑いが投げられた。

「そんなびっくりせんでもええやん。これ、かぶりもんや」

顎《あご》の下を摘んでパチンと鳴らした。

よく見ると、白いラバー製のマスクを被《かぶ》っている。手は包帯でぐるぐる巻きで皮膚が露出している箇所はない。

「僕、お肌が弱いんや」

「そうなんだ……ごめん、びっくりしちゃって」

「ええねん、ええねん」

「一年生？」

「そうや、一年保健組の本田《ほんだ》本丸《ほんまる》や」

「保健組？」

「ぼく、身体弱いから、保健室が教室なんや」

ふざけているわけではなく本当のようだった。教室に馴染《なじ》めない不登校生徒の措置として保健室で学習させる保健室登校というものを聴いたことがある。彼の場合は体調の問題なのだろうが。

「わたし、普通科一年の大神澪」

「ほな澪ちゃん、よろしゅう」

仕切りカーテンの上から手を差し出してきた。澪は立ちあがって握手に応《こた》えた。

同い年とは思えないほど小さな手だった。カーテンに映るシルエットから見て、かなり小柄な生徒のようだ。

「あっ、こっち側、見んとってな。パンツ脱ぎ散らかしてんねん」

「あ、う、うん、わかった」

「澪ちゃん、昨日、第四校舎《ヨンカン》いっとったやろ」

澪は「えっ」と目を丸くした。

「なんで知ってるの？」

「たまたまや、たまたま見てたんや」

マスクの奥の目が窓の方を見たのがわかった。黒目の多い、人形のような瞳《ひとみ》だった。

「中に入ったん?」

「うん。っていうか、無理やり行かされたというか……」

「ええなー、ええなー。あん中、おもろいやろ?」

子供が友達の玩具《おもちゃ》を羨《うらや》むような言い方だ。

澪は同意しかね、残念そうに首を横に振った。

「まったく面白いものなんかなかったよ、夢を壊すようで悪いけど」

「そうなん? 外から見てるだけでわくわくするけどな。でも、入っちゃあかんて厳しくいわれてんねん。うるっさい先生がおってな」

「そりゃそうよ。あそこは古くて危険だし、身体が弱いんなら尚更だよ。なに、もしかして本田君はその、心霊スポットとか幽霊とか、そういう怖いものが好きなの? あ、廃墟《はいきょ》マニアとか?」

ラバーマスクがほんの少しだけ撓《たわ》んだ。マスクの中で笑っているようだった。

「どっちもや。廃墟も幽霊も、ほんま大好きや。退廃美ってやつやな。不健全で脆《もろ》いもんが好きやねん」

「ふーん、なら、本田君にとってこの学校は天国なんじゃない? そういうの、たくさんあるでしょ」

「そやなぁ、けど、自由に歩かせてもらえへんからなぁ」

本田は仕切りカーテンの上で頬杖《ほおづえ》を突き、天井を見上げた。

できるものなら立場を交代してあげたい。してもらいたい。

「なぁなぁ、まだ、ばっちい犬おるん？」

「ばっちい犬？」

「あっこに、ずーっと棲みこんどるやろ。いけすかん、くっさいくっさい犬や」

昨日、第四校舎《ヨンカン》の中で出会った犬のことだろう。よほど因縁でもあるのか、語気に嫌悪が滲《にじ》んでいた。

「ああ、いたね。確かに臭いはすごくレベル高かったなぁ」

「そうやろ？　えげつないやろ？」

「吐き古した靴下に明太子を突っ込んだみたいな臭いだったよ」

「きゃはは、おもろい喩《たと》えやな。なんや、澪ちゃんとは初めましてな気がせんな」

ずっと保健室にひとりでいて、話し相手が欲しかったのだろう。病人とは思えないほど饒舌《じょうぜつ》だった。

ノックの音がし、「失礼します」と富田林が入ってきた。

彼女は手に水色のストライプ柄のランチクロスで包んだ弁当箱を持っていた。

「もう起きても大丈夫なんですか？」

「あ、うん、ちょっと頭が痛いけど、もう平気」

「安心しました」

ベッドの横にスツールを引きずってきて、そこに座ると弁当箱を澪へ差し出す。

「え……なに？」

「お弁当です。お腹が空いているでしょう？」

「え？　わたしに？」

「少々用事があって届けるのが遅くなってしまいましたが」

「でも、それはなんだか悪いよ」

「私は事情があって今は食べることができないんです。ですから、食べていただけなかったら捨ててしまうことになります。私が作ったものなので、お口にあうかはわかりませんが」

手作り弁当——自分が男子なら跳びはねて喜ぶようなシチュエーションだ。

「いいの？」

「昨日から食べていないのでしょう？　どうぞ、食べてください」

戸惑いながら「ありがとう」と弁当箱を受け取り、彼女の指に視線を落とす。絆創《ばんそう》膏《こう》だらけだ。

澪の視線に気づいて、富田林は手を隠すようにした。

「金槌《かなづち》で打ってしまって」

「金づ……まさか用事って、さっき作ってた藁《わら》人形を……」

「あ、見てたんですか？」

澪がうなずくと、下唇を噛《か》んで俯《うつむ》いた。頬が少しだけ赤らんでいる。まさか恥ずかしがっているのか。

「こっそり作っていたつもりなんですが。私ったら迂闊《うかつ》です」

「いや、堂々たるものだったよ」

「あの男が大神さんに無茶をいえないよう、しっかり呪詛《じゅそ》をかけておきました。苦しめ、苦しめ、と念じながら」

「……え、今、呪ってきたってこと？」

富田林はコクンと頷《うなず》いた。

女子高生が白昼堂々、呪いの言葉を呟《つぶや》きながら藁人形に釘《くぎ》を打ち込む光景を想像してみた。また眩暈《めまい》がした。

「呪詛の前後は食事をとってはならないんです。飢餓感が呪力を高めるので」

「でも……わたしなんかのために、どうしてそこまで」

友達だから。か細い声で富田林が答えた。

「大神さんは私の、初めての友達だから」

「わたしが……初めて……」

衝撃的なひと言だった。彼女も自分同様、実は孤独に苛《さいな》まれていたのだろうか。

確かに彼女には「お友達になりませんか」と気軽に声をかけづらい雰囲気がある。

「それに」と、富田林はブレザーの胸ポケットから銀色の棒を取り出した。ペンかと思ったが、それは太い釘だった。こんな太さの釘を澪は初めて見た。

「ちょうど取り寄せたばかりの羅紗《らしゃ》五寸があったので、それを試したかったというのもあります。今までは蓬萊《ほうらい》五寸を使っていたんですが、打った時の鳴りがもう少し金属的ではない方がいいなって思っていたんで、先週、思い切って買ってしまったんです。先ほど第四校舎《ヨンカン》に打ち込んできましたが、これが本当にとてもよかった……ここ、見てください。釘周りに刻まれた織物のような溝があるでしょう？　これが衝撃を柔らかくし、芯《しん》から響く音だけが空気に共鳴して、想像以上に鳴りのいい釘でした。今回は実朝《さねとも》流なので効き目が表れるのは二、三時間後だと思いますが」

専門用語らしきものがチラホラ出てきて半分以上意味がわからなかったが、どうも釘の試し打ちが本来の目的だったらしい。それにしても、彼女はいつも藁人形製作キットを持ち歩いているのだろうか。

「あの人に、どんな目に遭わされたんです？」

「……聴いてくれるの？」

「はい。友達ですから」

澪は昨日あったことを、嗚咽《おえつ》に声を詰まらせながら話した。雲英《ヨンカン》が第四校舎の札を豪快に剝《は》がしてしまったこと。強引な組織への勧誘があったこと。『三年零組』のこと。本物の霊に遭遇してしまったこと。女子トイレに閉じ込められてしまったこと。地獄を意味する名前の強力な下剤を飲ますと脅迫されたこと。家に怨霊《おんりょう》を連れ帰ってしまったこと……。

話しているあいだずっと、富田林は神妙な表情で頷いていた。

「今度、お宅にお邪魔してもいいですか？」

「うん……え？　……わたしんちに？」

「家に霊を持ち帰ってしまったんでしょう？　私が祓《はら》って差し上げます」

「祓うって……富田林さんはそんなことまでできるの？」

富田林は自信ありげに頷いた。

「私は霊媒体質なんです。少しなら霊と対話もできますし」

もしそれが本当なら願ってもないことだった。

しかし、見た目は地味でおとなしそうな子なのに、隠しスキルが凄《すさ》まじい。

富田林は壁掛け時計を見るとスツールから立った。

「そろそろ戻ります」

「わたしも落ち着いたら教室に戻るよ。あ、お弁当、ほんとにいいの？」

「そんなにたいしたものではないので……どうぞ」

お大事に、と頭を下げると保健室を出ていった。

澪はほっこりと温かい気持ちになっていた。

——富田林さんか。下の名前は何だろう。訊《き》き忘れたな。話してみると物凄《ものすご》く不思議で個性的な子だ。わたしなんかが友達でいいのかな。

「友達か」

何度口にしても素敵な響きだ。これで放課後の委員会活動と家のチゲ鍋《なべ》女がなくなれば、どれだけ楽しい学生生活になっただろう。

包みを開いて蓋《ふた》を開けると、卵焼き、きんぴらごぼう、アスパラのベーコン巻き、鶏肉《とりにく》そぼろ、お弁当らしいお弁当だった。腹が仔鼠《こねずみ》のようにキューと鳴いた。

「あ、本田君も食べる？」

返事がない。仕切りカーテンには彼の影がない。

そっと覗《のぞ》きこむと。

そこにはベッドなどなく、薬品の入った棚だけが置かれていた。

Episode V

活動初日

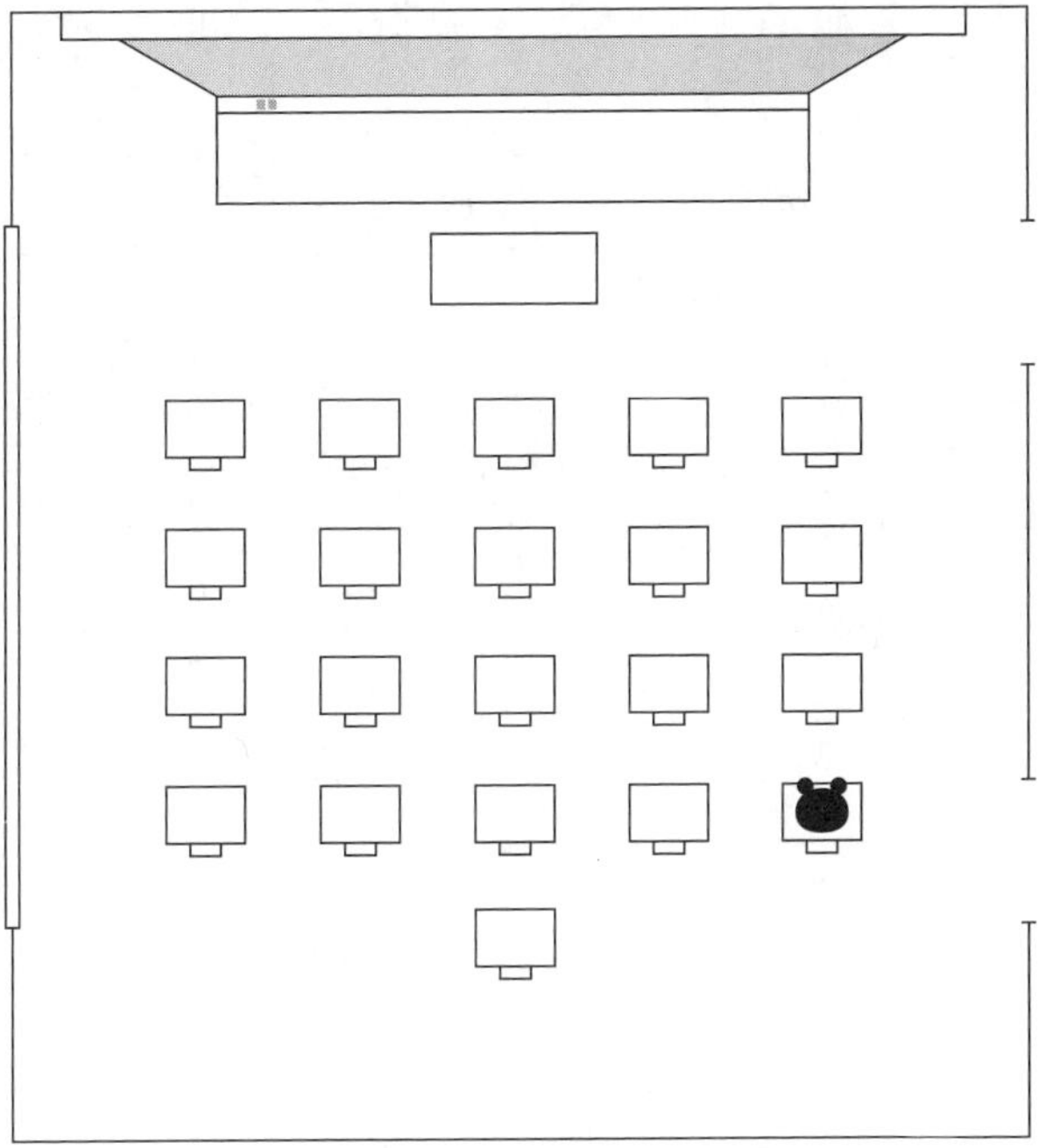

「その方はどなた？」

『三年零組』へやってきた澪の第一声だった。

傾いた午後の日差しが影を嵌《は》め込むモノトーンの教室。教卓のど真ん前の席で、竹《たけ》箒《ぼうき》のような脚を机に投げ出した雲英がブリックパックのコーヒー牛乳を飲んでいる。廊下側最後列の席では熊のぬいぐるみが首を傾いで机に影を落とし、窓側中央の席にはお下げ髪の女子生徒が俯き様に座っていた。

ブリックパックを潰《つぶ》して後ろへ放ると、雲英は澪へ顔を向けた。

「今日は早いじゃないか。いい心がけ」そこで言葉を止め、眉間《みけん》に皺《しわ》を刻む。「なにがあった？　髪が伸びてるぞ」

「その方はどなた？」

「顔色もはんぺんみたいだ。腹が痛いなら正露丸でも飲め」

「そ、の、か、た、は、ど、な、た？」

澪の視線に促されて窓側中央へと顔を向けた雲英は、肩を竦《すく》めると首を横に振った。

そんな彼の様子を見た澪は、へなへなとその場に座り込んだ。

窓側中央の席に座るお下げ髪の女子生徒。彼女のことを雲英は見ていない。いや、視えていない。

態のぬいぐるみに上手《うま》いこと隠れている男子生徒と同じだ。それはつまり、彼女も死人であることを示している。

わざわざ確認するまでもない。澪は扉を開けてすぐに窓際で俯《うつむ》く女子生徒の存在に気付き、そしてその瞬間、生者ではないと感じていたのだ。

まず彼女はセーラー服を着ている。この学校の女子の学生服は紺色のブレザーにリボンタイ、タータン・チェックのスカートと決められている。少なくとも彼女は現在の白首第四の生徒ではないということだ。

それだけでも澪には充分なのだが、彼女はいかにもな雰囲気を全身から醸し出していた。瘤《こぶ》を背負ったような異常なほどの猫背。そこだけ色褪《いろあ》せたような全体の希薄さ。今にも崩れて解《ほど》けそうなほどに頼りない、像を結ぶ輪郭。まるで違う時代の写真を切り抜いて貼りつけたような、この空間の中ではぽっかりと浮いてしまった存在感。

そして、その異様な面立ち。

完全に血色が失《う》せて生気のない白い顔は、鑢《やすり》で削ったように凹凸がなく、表情を作るのには難がありそうだ。黒ずんだ瞼《まぶた》が載った焦点の合わない曇った目はなにも映していないのは明らかで、鼻梁《びりょう》は腐り落ちたように失われ、縦長の穴だけが二つある。半開きの口からは乾ききった黄色い歯が僅《わず》かに覗き、その奥には底知れない闇が蟠《わだかま》って彼女が永遠に言葉を失っていることがわかる。その表情からは彼女が呼吸をし、心臓を動かし、血を通わせている人間だとは到底思えない。

「また何か視えるとかいいだすんじゃないだろうな」

「視えるよ」

「ふーん、なにが視える」

「……お下げの女の子。視えない？」

「視えんな。それよりなんだ、そんなところに座り込んで。そこがお前の席か？　腰が抜けてるのか？」

さっきから何度も立ちあがろうとしているが、腰から下の神経が一本も反応しない。

「うん……抜けてるみたい」

「ったく、来るなりそれかよ」あからさまにウンザリした顔を見せた。「これだからビビりは……おい、まだまだ伸びてるぞ」

澪の視界はどんどん暗く、狭くなっていた。恐怖心を餌に成長した毛髪が自分の顔を侵食し、覆い尽くそうとしているのだ。いちいち前髪を掻《か》き分けねば視界を確保することも難しくなってきた。

「見ていてうっとうしい。さっさと切れ」

犬猫でも追い払うように手を振る雲英へ、澪は恨めし気な視線を送りつける。

これだから霊は厭《いや》なのだ。視える者と視えない者がいる。そのせいで会話に齟齬《そご》が生じてしまう。視える者がいくらいると訴えても、視えない者は絶対に信じない。視たという事実は夢、幻、嘘で片付けられてしまう。哀しいかな、この世は視えない者の方が圧倒的にまともな扱いを受け、視える者は圧倒的に嘘つき、変人呼ばわりされるのだ。

「いや、ちょっとまって。なんで？」

「なんだ」

「なんで視えないの？」

煙たそうに雲英は顔をしかめた。

「トイレでは視えてたじゃない。今はなんで視えないの？」

「視えた視えないって、いったいなんの話だ」

「幽霊」

短い沈黙があり、

「それは、俺がってことか？」

「そうだよ。昨日、女子トイレでは視えてたでしょ。でも、この教室の幽霊は」

雲英の角ばった肩越しに視える陰鬱《いんうつ》な俯き姿から目を逸《そ》らすと、今度は視界の端に熊のぬいぐるみが入る。位置が少しずれたのか、熊の肘《ひじ》のところから学生服の黒い袖《そで》が覗いて見えていた。澪はブルリと身震いした。

「……この教室の幽霊《ひと》たちは君には視えてない。そうなんでしょ？　熊のぬいぐるみの子も、お下げの子も……それはどうして？」

雲英はどんどん煙たい顔になっていく。まるで燻製《くんせい》になっていくみたいに。

「俺が幽霊を視ただと？」

「うん。え、なにその反応」

「お前がなにをいってるのか本気でわからん。俺は幽霊なんぞ、これまで一度も」

「やめてよ！」両手で耳を塞《ふさ》ぐように頭を抱えた澪は瞳《ひとみ》を震わせて叫んでいた。「やめて……視てないなんていわないでよ」

「なんなんだよ」

雲英は酔っ払いに絡まれたような顔をした。

「昨日、一緒に視たじゃない……幽霊を、ううん、正確には幽霊の所持品だけど……扉の向こうからそっと出てくる血の滴る鉈《なた》……わたしたち、この目で視たよね？」

救いを求めて縋《すが》りつく手をすげなく払い落すような、そんな目で雲英は澪を見下ろしていた。

「嘘でしょ……どうして視てないなんていうの？　視たよね？　いや、視たよ！　だって君それ見て『そいつで俺になにするんだ』って訊《き》いてたもの」

「俺が誰に何を訊いたって？」

「だから、君が【あかいちゃんちゃんこ】の幽霊に」

わからん、と雲英は目を閉じて首を振った。

「あの時、あの便所には俺とお前以外に誰もいなかった」

「そうだよ。生きてる人はね」

「生きてない奴もだ。お前以外の奴と話した覚えなどない」

十秒から十五秒ほど呆然《ぼうぜん》と雲英を見つめた。

「……脳ミソ大丈夫？　昨日のことだよ？」

ああ、と雲英は染みと影で黒ずんだ天井を仰いだ。

「昨日はいろいろあったな」

「あったどころじゃないよ……満漢全席《まんかんぜんせき》の盛りだくさんだったよ！」

両の平手で床をバンと叩《たた》くと白い砂埃《すなぼこり》がパッと舞い、天井からも糸が垂れるように砂が落ちてきた。

「なに？　なんなの？　まさか忘れたの？　寝たら忘れる人？　記憶喪失？　昨日あれから頭でも打った？　それとも雲英君の中ではもうあれなの？　あの程度はイスカンダル並みに遠い過去にされちゃうくらい、記憶に留《とど》めるに足らない日常レベルってことなの？　思い出の一頁にもなっていないの？　君のメモリアルは宇宙規模なの？」

「おい」

「君にとっちゃあ小指の先の鼻糞《はなくそ》にしがみつくトリノフンダマシ程度にちっぽけでどーでもいー過去なのかもしれないけど、わたしにとって昨日の出来事は生涯忘れることのできないそれはショッキングかつショッキングなものだったんだよ！　どんなにショックだったか喩《たと》えましょうか？　死んだと思った祖父《じい》さんが世界最高齢ボディービルダーになって帰ってきたとか、家の庭でつちのことチュパカブラの愛の巣を発見したとか、近所の川にムー大陸やルルイエが浮上して人類文明の終焉《しゅうえん》キターとか、マリア像の目から血の涙、鼻から牛乳、膝《ひざ》の皿からフジツボが」

雲英の可哀想な人を見るような視線に気づいた澪は言葉を断った。

「お前、さっきからなにをいってるんだ？」

——ほんとだ、わたし、なにをいってるんだ。

脳が誤作動を起こしかけているようだ。でもそれは無理からぬことだった。こんな状況の中では、まともでなんていられない。昨日まで何百枚もの札を使って完全横漏れガードで封印されていた教室の中、幽霊が耳をそばだてているかもしれぬこの状況で「幽霊がいるいない」の議論をしているなんて普通じゃない。

「とにかく忘れたとか、そういう嘘をいうのはやめて。ほんとやめて。昨日、君は【あかいちゃんちゃんこ】の幽霊を説き伏せて見せた。えっと、『変換』だっけ？　それはいい？　これは認めてくれる？　覚えてないなんていわないで。この目で見てたんだから。君が幽霊相手にガチでブチ切れてたのを」

　そして、思いっきり服のセンスや歌にいちゃもんをつけていたのも。

「誰も忘れたなんていっちゃいない。『変換』をお前にやってみせた。それは覚えているとも。俺はただ、お前の『幽霊を視た』ってところに首を傾げているだけだ。あの時、俺はなにも視ていないし、なにも聴いてもいなかった」

「はあ？」

　明け方のカラスみたいな声が出た。

「ましてや、その場にいもしない相手を説き伏せるなんてこと、できるわけがないだろ。誰を説いて伏せたって？　あの場に俺とお前以外、誰がいたっていうんだ。幽霊？　寝言は寝てからいえ」

「本気でいってるの？」

「冗談だとでも？」

　表情から言葉の真偽を窺《うかが》おうと雲英の仏頂面をじっと見上げた。窓からの逆光で彫刻のように深く影の刻まれた顔は版画のように微動だにしない。本気だ。

「……じゃあ、昨日、トイレの中でやっていたあれはなんだったの？　何かの儀式？　独り言？　一人芝居《パフォーマンス》？　あの時の君はわたしにじゃなく、扉の向こうの相手とそれは濃厚なトークを繰り広げていたんだよ？」

「あれは」

一瞬、雲英の目が泳いだのを澪は見逃さなかった。

「――ノイズキャンセリングみたいなものだ。邪魔くさい幻聴を逆相の音声で相殺していたんだ」

「無理がある。すっごい無理がある。なに、ノイズなんとかって。今考えたんじゃない？」

「知らないのか？　ノイズキャンセリングっていうのは」

「なんでそんな苦しい言い訳するの？　君はそんなに霊の存在を否定したいの？」

馬鹿馬鹿しい、そう呟《つぶや》くと雲英は溜《た》め息を吐いた。

「なんなんだよ、お前は。俺に『私は幽霊を視た！』とでもいってほしいのか？」

「視ているのに視てないっていうのはやめてほしいの。わたしがおかしい人みたいじゃない」

「幻覚は脳の誤作動だ。別に幻覚を見たからっておかしい奴だとは思わない。ただその幻覚を盲信するヤツはどうかしていると思うがな」

「全部を幻覚だって決めつけないでよ」

「ならお前は目の前に現れたものをすべて信じろっていうのか？　夜空に白い光が浮

かんでいるのを見たら、『あっ、今あの葉巻型宇宙船の中でアブダクションされたオーストラリア人が謎のマイクロチップを脳に埋め込まれているベントラーベントラー』って本気で思いこむタイプのアレな奴になれっていうのか？」

澪は言葉を返す代わりに唇を噛《か》んだ。

「昨日視たものを俺はすべて幻だと認識している。もちろん聴こえた音や声も」

「あれを幻聴だっていうの？」

「ああ。完全にな」

「あんなにはっきり聞こえていたのに？」

「そうだ。幻聴だからってはっきり聞こえないということはない。はっきり聞こえる幻聴もある。それもみんな受け取り側の問題だ。すべて、ここで作られているものなんだからな」こめかみを指でとんとんと突く。「霊も然《しか》り。あんなもの、この世に存在しない、しちゃいけないものだ。この世に存在しないものでも人間は脳《ここ》で生み出すことができるんだ」

「納得いかない」澪は首をぶんぶんと横に振った。元の長さから二十センチほど伸びた髪がでんでん太鼓のように頬や首筋をぺしぺしと叩く。

「昨日のあれが、みんな幻？　空耳？　それって変じゃない？」

「なにが変なんだ」

「幻覚だってわかってて君はあんな大立ち回りをして見せたの？　どうして？　なんのために？　無意味じゃない。幻なら相手になんてしないで、そのままほっとけばいい話でしょ？」

「職務だからだ」

雲英は毅然《きぜん》とした態度で言い放った。

「説明したよな、感覚遮断性幻聴。怪談発生源となる場は、その特異な環境により人間の感覚を遮断し、通常よりも幻聴や幻視を起こさせやすい場《フィールド》になっていると。暗く、ひと気がなく、鬱々《うつうつ》とした雰囲気が漂っている物騒な噂のある場所では、普段は気にも留めない時計の針の音や滴下音といった些細《ささい》な音がはっきりと意味のあるものとして聞こえ、吹き込む温《ぬる》い風や揺れる木の葉、蛍光灯の瞬きが霊の起こした現象だと信じ込みやすくなる。そういう幻覚を起こさせるお膳立《ぜんだ》てが初めから揃っているんだから、何かを視て、聴いて当然なんだ。そんな場に閉じ込められた者たちが同じものを幻視し、同じ声を聞くのはけっして珍しいことではない。なぜなら、同じ前情報を持ち、同じ恐怖のイメージを抱いている状態だからだ。俺たちに起こったこともそれだ。三人で映画館に行って同じ映画を鑑賞すれば、三人とも同じ映像と音声とストーリーを体験するだろう？　それと同じことなんだ」

そういうことじゃない、そういうことじゃないんだと澪は首を振り続けた。

「聴け。【あかいちゃんちゃんこ】は不気味な歌声を聴いたところから物語が始まる。それはつまり、その歌声さえ聴かなければ何も始まらない理屈だ――これも話したな――だからあの怪談の場合、その幻聴の発生確率をゼロにするのが手っ取り早く簡潔な方法なんだ。しかし、お前にCEGの活動を理解させる必要があったために昨日は幻聴そのものに変化を及ぼして作用する『変換』をやってみせた」

「それも昨日聴いたよ」

「この先は話していない。『変換』は怪談そのものより、おもに怪談の聴き手の脳に作用させるスキルだ」　雲英は自分の頭頂部をとんとんと指でつつく。「人間の脳は物事を記憶する際、それを幾つかの符号《コード》に変換する。その符号《コード》を思い出すことで、それに関連する出来事も芋づる式に記憶の中から引き出せるんだ。その符号《コード》が怪談撲滅に利用できると考えた当委員会の研究チームは、ある実験を試みた」

訊《き》いてもいないことを、雲英は念仏のような低い声で語りはじめた。

　まず霊の存在を信じる十代から三十代のめでたい男女十名をホールに集めた。壇上には日本でも指折りの怪談師が一人。彼にはテッパンの怪談《もちネタ》を一話だけ語ってもらった。その際、照明や音響、室温などをストーリーに合わせた演出にする。ドライアイスや臭いも使った。そうして充分に怖がらせた後、全員の脳波を調べた。それから各々に個室を与え、翌日の二十三時までの二十四時間をその部屋で過ごしてもらう。その間は外出を禁じ、誰とも会話をさせない。部屋には、テレビも電話もネットもない。窓も時計もないから時間もわからない。部屋のスピーカーから不定期に音楽、音声を流し、必要があれば研究員が音声のみで指示を出した。壁に取り付けられたモニターには海や夜景など、おもに風景映像を映しておく。音楽や映像の内容は全員同じものにした。照明や室温は各状況に合わせて調整していった。

このような環境に置かれた十人の被験体の脳波を不定期にチェックをしていった。怪談を聴いた直後の左脳は、物騒な単語が符号化《コード》されて鱗《うろこ》のように表面を覆った状態になっていた。恐怖に対してとても過敏な状態で、僅《わず》かな音や室温の変化にも敏感な反応を見せていた。しかしそれも時間の経過とともに記憶の奥底へと沈んでいった。流れていた音楽や映像のほとんどが恐怖とはかけ離れた内容であったこと、そして時間の経過により緊張状態が緩和されたことで恐怖心が遠のいていったのだ。

ところが、ある状況下では沈んでいた符号《コード》が一瞬で再浮上することがわかった。

その状況は故意に研究チームが作り出した。例えば、音楽の中に不鮮明な音声を混入させ、映像の中に一瞬だけ不気味な顔が映るように仕組んだ。これらは、彼らが聴いた怪談の内容を彷彿《ほうふつ》させるようなものだった。音声、映像だけでなく、照明、温度、湿度、臭いなども操作し、それらしい雰囲気を作った。すると彼らの脳は記憶の深層部から泡のように怪談の符号《コード》を浮き上がらせた。その状態の彼らはなにを聞かせても、なにを見せても霊現象だと錯覚し、極度の興奮・緊張状態に陥った。ある二十代女性は満月の映像を見て、暗闇に浮かぶ黄色い顔に視えたといい、ある三十代男性は鈴虫の音色が老婆の呟きに聞こえたと訴えた。

「怪談【あかいちゃんちゃんこ】でもっとも記憶に焼き付けられるシーンはどこだ？『赤いちゃんちゃんこ着せましょか』という不気味な詞と韻律の歌が聞こえてくる場《ところ》だろ？　この怪談は物語の中で同じ節、韻律、言葉を繰り返すことによって、聴き手の脳に符号《コード》という名の爆弾を仕掛ける。脳に『赤いちゃんちゃんこ着せましょか』という型の溝が刻まれると考えろ。

その型は普段は鳴りを潜めているが、特定の条件下——例えば一人でトイレに入った時など——で浮上する。今にもその歌声が聞こえてくるんじゃないか、いやだなぁ、こわいなぁ、という緊張状態にあるってことだ。そんな時にどこからともなく不明瞭《ふめいりょう》で不気味な音声が聞こえてみろ。どうなると思う？　聴いた者は無自覚に、その音声を脳の型に押し込むんだ。するとなにが起こるか……聞こえてきた音声が実際は『コロッケ食べたい』という声だったとしても、そいつには『赤いちゃんちゃんこ着せましょか』としか聞こえない。一度型にはまったものは、なかなか形を変えられない。

何度聞いても『赤いちゃんちゃんこ着せましょか』としか聞きとれなくなってしまう。だから、聞こえるはずのない声が聞こえる——そんな現象が起こるようになるんだ。

逆にいえば、『コロッケ食べたい』という型で脳に刻まれていたのなら、いくら『赤いちゃんちゃんこ〜』と歌われても、そうは聴き取れないかもしれない。

幻聴相手に執拗《しつよう》な口撃《こうげき》を繰り返す俺を、お前は不自然に捉《とら》えていたかもしれん。しかし、自身の脳に仕掛けられた符号《コード》の型を一旦《いったん》破壊し、誰が聞いても怖くない型へと造り変えるために、あれは必要なことだったんだ。あえて幻聴と向き合い、あたかも対話しているように応じ、攻撃し、ひっくり返し、自分の脳に刻まれた型を恐怖から遠いものへと『変換』するんだ。どうだ、理解できたか」

理解できるわけがない。雲英は重要な部分をまったく素通りしている。脳の誤作動で幻覚や幻聴が起こるというのは、わかる。それを『変換』して脳の情報の入れ替えをするというのも、まあわからなくもない。しかし、それで怪談が無力化され、別のものへと形を変える流れの部分がまったくもってわからない。わからないやらチラチラ視界に入る女子生徒の顔が怖いやらザワザワくすぐる髪がうっとうしいやらで澪は苛立《いらだ》ち、疲れてしまった。

雲英の低く陰鬱《いんうつ》な声は、あれもひとつの技《スキル》だなと感じた。あの声で長々と小難しいことを語られていると、思考が掻《か》き回されて押し込められて言いたいことが何だったのかわからなくなり、言葉を返すことも考えることも面倒くさくなる。【あかいちゃんちゃんこ】もきっと同じだったに違いない。言い負けて折れたのだ。

「そもそも幽霊なんてものはまったくもって矛盾した存在で――」

「そっか、嘘なんだ」

草っ原を踏んだら飛び出したバッタのように、自然に口から出ていた。

雲英は、くいっと片眉《かたまゆ》を上げた。

「どういう意味だ」

「嘘なんでしょ。視えてるのに視えてないふりしてるんでしょ？」

「お前はそんなに、俺に幽霊を視て欲しいのか？」

「君は昨日、わたしに向かって同志っていったよね。それって君もわたしと同じで怖がりってことだよね。違う？　君も怖がりだから現実を直視しないで逃げてるんじゃない？　視て視ぬふりをして誤魔化してるんだ。でしょ？」

雲英は答えず、黙って澪の口元を見ていた。怖がりといわれて怒っているのかと思ったが、そういう表情ではない。次にどんな言葉が放たれるのか、慎重に観察するような、そんな目だった。

「それで自分を誤魔化しきれるの？　確かに一時的な救済措置にはなるかもしれないけど、そんなの最終的な解決にはならないよ。だっているんだもん。昨日のトイレにもいたし、そこの熊さんの陰にも窓際の席にもいるんだもん。幻ならすぐに消えなくちゃいけないのに……消えないで、ずっといるのは幻じゃなくて本物だよ。ねぇ、本当は雲英君もわかってるんでしょ？　幻じゃないって。視て聴いて感じているのに、霊感がない風を装ってるだけなんでしょ？　本当は幽霊は存在するんでしょ？　昨日、君は怪談じゃなくて幽霊とやりあってたんでしょ？　怪談撲滅委員会は本当は幽霊撲滅委員会なんでしょ？」

「おい……お前、さっきから髪が」

「わかってる！　今は多分、毎秒〇・五ミリ増毛中！　そりゃだって怖いもの！　こんなの自分でいってて嫌だもの！　幽霊の存在を認めろだなんて、あっちに味方してるみたいで嫌だよ！　こんなことで仲間だなんて親しまれても困るよ！　心外だよ！　なつかれたら泣くよ！　でもわたしは君みたいに何もかもを幻になんてできない。だって……」

窓際へチラリと視線を振る。いる。座っている。

「うわぁぁん、いるもの、いるんだもの。もう一回ちゃんと見てよ。ほらっ！　あの席に座ってるでしょ！　視えない？　よく見れば視えるはずだよ！　視たら認めてよ！　俺にも視えるって！　幽霊はいるって！　そうやって、わたしだけが視えてる感を出すのはいい加減にやめて！　そういうのがわたし、いちばん怖いんだから！」

「とどのつまり、わたしだけ視えるなんてズルいってことか」

木彫りのような表情を崩した雲英は、反りかえるほど椅子に背をもたせかけると呆《あき》れかえった声でいった。

「無茶をいうな。どれだけ懇願されても、泣きつかれても、存在しないものを視ることはできない。今のお前に視えているものはお前の脳ミソが作りだした、お前のためだけに単館上映されているホラー映画だ。しかも、かなりB級のな。かねて第四校舎《ヨンカン》へ抱いていた恐怖心を下地とした脚本、校舎内の厭《いや》な雰囲気、暗闇、孤立感、不安、大量の札、俺から聞かされた怪談といった数々の演出、それらが相まって完成した駄作映画が脳内でエンドレスに上映されてるんだ」

哀れむような言い方だった。

「お前の脳は物騒な符号《コード》の海でアップアップと溺《おぼ》れているんだよ。俺は幽霊の存在はおろか死後の世界というものをこれっぽっちも信じない。人は死ねばそこで終わると思っている。ゲームオーバー。その後なんてねぇってな。だから俺は死んだ者には興味がない。死んだら霊になる？　馬鹿らしい。死にかけてる奴がそう夢見るぶんには構わんが、それを押し付けられるのは腹が立つ。幽霊、祟《たた》り、呪いなんて存在したら辻褄《つじつま》の合わなくなることが、この世の中にはゴマンとあるじゃねえか。仮に死んだはずのオトミさんがそのへんをうろうろ歩き回っていたとしても、だからどうしたって話だ。そうとも。俺にとって幽霊なんぞ、それぐらいのものなんだ。なにより、幽霊は怪談とは無関係だからな。俺は怪談以外のことはどうでもいい。怪談は幻じゃない。実害が出ている。死を歪曲化《わいきょくか》し侮辱している、禁じられるべき遊戯だ。生者の悪意によって生まれた害悪だ。死人には関係ないことなんだよ。

ＣＥＧは怪談撲滅を目標に掲げた組織だ。会則にも実在の霊に関するものはひとつもない。我々は霊の有無にまで関知している暇はないんだ」

淡々と語る雲英を澪は呆然《ぼうぜん》と見上げた。本心なのだろうか。霊の存在をそこまで完全否定するなら、怪談など脅威ではないはずだ。完全な作り話だと捨て置けばいい。しかし、彼は怪談に対する異常ともいえる嫌悪を見せている。この嫌悪の源泉はなんなのだろう。

どうも引っかかる。やはり、雲英はどこかで嘘をついている。何かを隠し、誤魔化そうとしている。澪にはそんな気がしてならなかった。

しかし、それよりもなによりも、澪にとっての目下の問題は教室に存在している二体の幽霊だ。

雲英は霊を否定してはいるが、昨日トイレで視て聴いたことまでは否定していない。それが霊ではなく幻なんだと言い張っているだけだ。仮に本当に幻だと思っているとしても、それは認識の違いというだけで収まる話だ。ところが教室の二体に関しては視認さえもできていないという。幻としてさえも認識していないのだ。それは教室の二体は自分にのみ視えている存在であるということを示している。

雲英には視えず、自分にだけ視える。

雲英には視せず、自分にだけ視せる。

そこにはどんな理由、意味、思惑があるのか。

他人には感じられず、自分のみが視える聞こえるというシチュエーションは心霊系ホラーではけっして珍しくはないが、これほどまでに陰険で悍《おぞ》ましい霊現象は他にないだろう。救いを求めても笑われるだけで誰も手を差しのべてはくれず、孤立した状況へと追い込まれて精神を擦り減らしてしまう。なにより霊の標的が明確だ。生気の宿らない薄暗い瞳《ひとみ》は、ピンポイントで自分に向けられているのだ。霊は何かを伝えたい相手にとり憑《つ》き、「かまって」「ここだよ」「視えてるんだろ」と寄り添い、悍ましい顔を近づけてくる。この手の霊は大抵が「優しそうだから」「受け入れてくれそうだから」と擦り寄ってくる甘ったれか、誰かと人違いしているうっかりさんか、「幸せそうに生きてやがって」というニート的な逆恨みを抱いているかだ。いずれにしても迷惑極まりない。彼ら彼女らは他者に視えていないのをいいことに昼間だろうが授業中だろうがハチ公前だろうが常夏の海水浴場だろうが、時も場所も選ばず、どこまでもついてきて覗《のぞ》きこみ、語り掛けてくる、実にたちの悪い悪霊なのだ。

教室の二体は黙ってこの場に座っているだけで一見おとなしいが——その沈黙もい

つまでもつかはわからない。この霊たちは自分になにを要求しているのか、してくるのか、想像すればするほど恐ろしく、こうして狂わないように保ち続けている精神もよれよれと疲弊していき、頭の毛穴が熱く疼《うず》きだす。理性の箍《たが》がはずれてしまわぬよう、どれだけ耐え忍んでいても、お前はこんなに恐怖を感じているのだと嘲笑《あざわら》うように黒髪が目の前で蜷局《とぐろ》を巻く。

床に置いた手の甲に熱い滴が落ちる。

澪は自分が涙を流していることに気がついた。

——どうしてこんな目に遭うんだろう。

すっかり視える側の人間になってしまった。視えてはいけないものが視え、存在しないはずの生徒と保健室で楽しく会話を弾ませ、永久に安寧の地でなければならぬはずの自宅で超弩級《ちょうどきゅう》の心霊写真を撮影してしまう……。子供の頃は超能力や魔法といった特殊能力にそれは憧《あこが》れたものだが、かくして自分はもっとも望まぬ力——霊感を得てしまったのだ。

「今度は泣いてるのか。忙しい奴だな」

「だって。だってさ」

「わかったわかった。洟《はな》も出てんぞ、汚ねぇなぁ。じゃあ、どうする。また、ぬいぐるみでも置いておくか？　これ以上、お前のビビりに付き合ってたんじゃ日が暮れちまう」

見かねたようにいう雲英に澪はこくんと頷《うなず》いた。

「……お願い。今この瞬間にも気を失いそう」

こうしているあいだにも髪は蛇花火のように伸び、肩口に溜《た》まって両肩に鬘《かつら》を載せたようになり、そこから蔓《つる》のように伸びて腕に絡まりながら指先まで到達しようとしていた。その禍々《まがまが》しい様相に、我が髪ながら怖気《おぞけ》立った。

「で、どこにいるんだ、そのお下げちゃんは」

「窓際、前から三番目。ねぇ、本っ当に視えないの？」

「お前もくどいな」

視えねぇよ、と席を立つと、雲英は教室の後方へスタスタ歩き、スチールロッカーから手足の長い薄汚れたピンク色のうさぎを取り出して引きずってきた。それをお下げの女子生徒の座る席へ置くと「これでいいか」と訊《き》いてきた。

「あの、もうちょっと首をこう、項垂《うなだ》れさせてくれる？　……それだと、うさぎの顔から人面がモロに突き出て余計に怖いことになってるから」

「ったく、自分でやれよ。ほら、これでどうだ」

雲英がうさぎの首をガクンと項垂れさすと、女子生徒は完全にぬいぐるみの中に埋没した。

「あ、うん、大丈夫みたい」

「もう、ぬいぐるみはないからな。次からは持参しろよ。俺がこのサイズの人形を買うのにどれだけ苦労したと思ってるんだ」

「え？　それ、雲英君の所有物だったの？」

「当たり前だろ。こんな物が端《はな》から教室にあったと思うか？　こいつは俺がＣＥＧに入りたての頃に使っていた仕事道具だ」

そういってうさぎの頭をぐりぐりと撫《な》でる。うさぎの頭が前後左右に揺れるたびに人面がはみ出てしまいそうで、あまり乱暴に撫でないでほしいなと澪は思った。

「それより、いつまでそうしてるんだ」

うさぎを撫でながら澪の方を見ずに訊いてきた。

澪は藁《わら》になったような足腰を鞭打《むちう》ち、手近な壁や机に手をついて身体を支えながらどうにかして立ちあがろうと試みる。うさぎに視線を向けないようにしながら。

「でも、どうして今日になって増えてるんだろ」

「お前の脳ミソに訊けよ」

そうだ、と雲英はうさぎから澪へ視線を移す。

「すっかり確認を忘れていたぜ」そういうやヅカヅカと踵《かかと》を鳴らして近づき、まだ足取りのおぼつかない澪のブレザーの襟を両手で掴《つか》んだかと思うと乱暴に開いた。

短い悲鳴を上げた澪は腕を振り払って胸元を隠し、雲英を睨《にら》みつける。

「なにするのよ！」

「お前の決意を確認したんだ。受け止めたぜ」

満足げな笑みを浮かべる雲英を睨んだまま澪は襟を開く。内ポケットの上の裏地に『CEG』のワッペンが縫い付けられている。サーッと血の気が引いていく。まったく付けた覚えがない。ワッペンは昨日、母の仏壇に置いて、そのままにしてあったはずだ。

ぱちぱちぱち。乾いた拍手が贈られる。

「これで正式にCEGのメンバーとなったわけだ。おめでとう」

澪は腕をぶんぶん振り回して拍手を払い散らす。

「おめでたくない！　なにがおめでたいもんか！　ぜんぜんおめでたくない……そうよ。今日はわたし、君に苦情をいいに来たんだから！」

「なんだよ、活動初日から穏やかじゃないな」

降参するように両手を上げた雲英は興を削《そ》がれたような顔をしてみせた。

「君のせいで……わたしは安住の地を失ったの」

「なんの話だ」

「うちに悪霊が棲《す》みついちゃったのよ！」

——沈黙。

雲英は、やれやれという顔で溜め息を吐いた。

「やっと今日の本題に入れると思ったのにな」

腕時計を見た雲英は手近な机に座ると内ポケットからスニッカーズを取り出し、包装を剝《む》きだした。その態度に立腹した澪は、鞄《かばん》の中からデジタルカメラを取り出すと、雲英の鼻先に突きだす。

「いるいないの御託はもう充分。君が話すと長くなる。今度はわたしの番よ」

スニッカーズを一気に半分ほど頰張った雲英は、口の端にチョコをつけながらカメラに目を細めた。

「信じないと思って証拠を持ってきたの。はい、見て」

カメラを受け取った雲英はファインダーを覗くと「高そうなカメラだな」と呟《つぶや》く。

「見てよ。一枚目に写ってるから」

「なにが写ってる」

「真っ赤な顔。はっきりとね。見ればすぐにわかるよ」

チラリと澪へ視線を寄せる。

「怖いか？」

「怖いかって？　そんなのあたりきしゃりきよ！　それはもう恨めし気で血みどろで、

向上心のなさそうな、本当に救われない感じの無残な顔がはっきりと写り込んでいるの……きっと【あかいちゃんちゃんこ】に殺された人の霊に違いないよ」

　昨日見た画像を思い出し、自分で話しながら気が遠くなってくる。

　カメラの液晶モニターを見る雲英の目は、早朝ラッシュ時の満員車両に揺られるサラリーマンのような、いわゆる死んだ目をしていた。

「信霊派《しんれいは》ってのは本当にその手の写真が好きだな。で、どれがそうだって？　ああ、もしかしてこいつか？　……なんだよ、こいつは。顔でもなんでもねぇじゃねぇか。馬鹿らしい、肩透かしだ。こんなもん見間違いだろ」

「は？　ちょ、ちょっと、なにか別の見てない？　廊下の写真だよ？」

　液晶モニターを覗きこむと、そこには血みどろの人面が満面の笑みを浮かべていた。

「ぎゃあっ、それだってば！」強光に目を焼かれたようにグンッと仰《の》け反った。「写ってるでしょ！　がっつり！　センターに！　馬鹿じゃないの！　しかも昨日見た時と表情が変わってるし！　顔の角度も！　より鮮明だし！　まさか、刻々と変化をしているんじゃ……ぎゃあああああ」

「うるっせぇなあ。あ？　もしかして、この赤いやつか？　なんだ、壁にキムチでも投げつけた跡かと思ったぜ」

「どこの風習よ！」

「確かに顔に見ようと思えばそう見えなくもないが、こんなもん二重露出か、フラッシュとかシャッター速度がどうかなって写っただけだろ」

「なんなの、そのアバウトな鑑定は……」

澪はわなわなと唇を震わせた。こんなに壮絶な一枚を見ても、まだこんな口を利けるとは……。

「お前こそ、こんな画像で悪霊だなんだと騒ぐな。きょうび、ほん怖の吾郎さんだってもう少しマシな鑑定するぞ」

「なんの話？」

「第一、心霊写真なんて今どき流行《はや》らねぇだろ。全盛期《ピーク》は昭和四十年代から平成初期くらいまでだよ。『2時のワイドショー』の心霊写真特集、中岡俊哉《なかおかとしや》の『恐怖の心霊写真集』、盛り上がったのはそこぐらいだ。とっくにブームは終わってるんだよ。今はガキだってこの手の画像を簡単に作れちまう時代だぜ？　信憑性《しんぴょうせい》なんて皆無だよ、皆無。夏になりゃあ『恐怖！　呪いの心霊動画三十連発』なんて番組をよくテレビで見かけたが、あんなのもみんな制作側が作ったCGだ。スタッフが鼻ほじりながら適当に作った動画や画像を、へんなところに疣《いぼ》だかホクロのあるクソインチキ霊能ババアがあーだこーだいって茶ぁ濁そうっていう詐欺みたいな番組なんだ。くそ忌々《いまいま》しいからCEGがみんな片付けてやったがな。職を失った霊能ババアは今ごろビルの清掃のバイトをしてるぜ」

「そんな話はいいからなんとかしてよ！　このままじゃわたし、路上生活まっしぐらだよ！」

「わかったよ」残りのスニッカーズにかぶりついた雲英は席を立つと、黒板にチョークで《∵》《三つの点》を打った。「お前にはこれが、なにに見える？」

「え……なに、わかんない」

　不安げな視線で黒板と雲英を交互に見る。

「顔に見えないか」

∵……顔……顔……。

「……あー、うん、まあ、そういわれると。それがなに？」

　雲英は三つの点を丸で囲うと、そこに耳やら鼻やら髪やらを書き足していき、人間の顔らしきものにしていった。雲英の画力が小学校低学年並であることがわかった。

「三つの点があれば、それだけで顔として認識、錯覚してしまう。人間はそういう不便で都合のいい脳を持っている」澪のデジカメで勝手に教室内をパシャパシャと撮りはじめる。「最近のカメラは顔認識なんてもんができていて驚くが、人間の脳はそれどころじゃない。まったく顔じゃないものも過剰にそれと認識してしまう余計な機能があるんだ。信霊派のヤツラは特に重症でな。葉っぱの影、窓の汚れ、壁のしみ、岩肌の窪《くぼ》みが顔に見えてしょうがないんだ。こうなるともう病気だ。奴らに山とか森とか、ちょっとごちゃっとした写真を渡してみろ。棟方志功《むなかたしこう》ばりに鼻先をおっつけて、ここに顔がある、ここにも顔がある、ここにもここにもと心霊フェイス探しをおっぱじめる。本当にオツムが可哀想なヤツラなんだ。そういやあ、少し前にオーブってのが流行ったのを知ってるか？」

澪は首を横に振ろうとしたが、縦に振った。その手の本もテレビも見ていないので最近の専門用語はわからないが、そういえばオーブに関してはバラエティ番組の視聴中に不意打ち状態で見せられたことがあったのだ。画像を見た当初、澪はＵＦＯだと勘違いしていたが、それがのちに心霊画像だと聞かされて「フ〇ック！」と絶叫したのを覚えている。

「ぼんやりとした白い球体、発光体が画像に写り込むってやつだ。あれは霊魂が写り込んだものなんだそうだが、あんなものが霊魂って人間様の魂はどんだけちっぽけなんだって話だよ。どう見たってあんなもん埃《ほこり》か虫だろ。第一、オーブなんてそんなもん、昔からあったか？　写真で撮られていたか？　ここ数年で聞くようになっただろ？　俺はオーブって聞くと世代的にドラクエⅢのイメージが強いんだよ。アイテムだよ、オーブは。きらきらした宝の玉だよ。霊のイメージなんてこれっぽっちもねぇよ。どうしてオーブなんてもんが心霊写真として扱われるようになったと思う？　俺はこう思うんだ。もう昔みたいに『顔に見えるもの』が撮れなくなってるんだってな。最近のカメラの精度は高いだろ。以前までは輪郭が捉《とら》えきれず、ぼやけて不鮮明に見えていたものが、今じゃきれいにはっきり撮れちまう。小さくてなんだかわからんものも、拡大すればそれがなにか確認できちまう。顔に見えていたものが実はただの壁の染みや服の皺《しわ》だってわかっちまうんだ。

だから、時代はオーブなんだよ。別に顔や手に視えなくてもいいからな。でもよ、あんな玉っころ、写真に写ったところで怖いか？　あれで怖がってたら卓球なんてできないぞ。説得力もないだろ。死んだ家族や恋人があんな玉っころになり下がったなんて聞かされたらどうだよ？　俺ならブチ切れるぜ。なのにだ。今の世の中にはもう心霊写真と呼べるものは、あんな玉っころか、ＣＧで頑張って拵《こしら》えましたってものしかないんだよ。それはもう、心霊写真というオカルトジャンルが終焉《しゅうえん》を迎えている証拠なんじゃないのか？　そもそも」

「ちょっとストップストップ！」

両手を上げて雲英の前に立ちはだかり、この後も延々と続くであろう語りを遮った。

「そうやって話をはぐらかさないでよ！」

「なにをいう、人聞きの悪い。お前がなんとかしろというから貴重な時間を使って恐怖を取り除いてやってるんじゃないか」

「それはたいへんありがたいけど、君の考えは否定派寄りすぎるよ。他は作り物かも知らないけど、わたしのそれは間違いなく本物だよ！　よく見て。三つの点どころか髪も顔の輪郭も眉毛《まゆげ》も鼻の穴も口の中の歯列まではっきり見えてる」

「これは本物だ。これはCGではない。あの時は私たち以外は誰もいなかった。ここは切り立った崖《がけ》で人が立てるような場所じゃなかった——信霊派のクソったれどもは、みんなそういいたがるんだ」

訳知り顔で語る雲英の手からデジカメを奪い取ると鞄《かばん》に突っ込む。

「盛っておいた塩が皿ごとひっくり返されたんだよ？　これはどういうこと？　神聖な塩を嫌がってちゃぶ台返ししたんだよ？　そんなの完全に悪霊の所業じゃない！　どうしたらいいの？　さあさあ、どうしてくれるの？　おかげで昨日は一睡もできなかったんだよ……物音がするたびに心臓にダイナマイト仕掛けられたような気分でさ……自分の住む家まで幽霊屋敷になって……わたし、これからどこで生活したらいいの？　ねぇ、わたしの言葉を信じてよ。君が信じてくれないと誰がわたしをこの窮地から救ってくれるの？　怪談撲滅なんて眠たいことといってないで、目の前の霊をなんとかしてよ！　わたしんちから悪霊を追い払ってよ！　これは本気の相談なの」

「鼠でもいるんだろ。掃除して毒饅頭《まんじゅう》でもそのへんに転がしときゃ、そんなことはなくなる」

だめだ。この男にはなにをいっても無駄だ。頭がパックリ割れて脳みそチラ見せしてる幽霊が目の前に現れても重症人だとか変わった髪飾りだとかすっとぼけたことを言うのだろう。

やはり今夜からはホテル泊まりに決定だ。貯金はあっという間に減るだろうが、こういう時にこそ使うべき金だろう。家の方はそのうち強力な霊媒師を探して祓《はら》ってもらうしかない。

「しょうがねぇな。わかったよ、俺が何とかしてやる」

「……もういいよ。君にはなにも期待しない」

「そういうな。同志のお悩みなんだ。なんとかしてやる。こう見えて俺にも救済精神ってもんがあるんだぜ？　二十四時間テレビみたいな寒々しい、どっちらけのやつじゃない。ようはお前んちのキムチ雑炊を追っ払ってやりゃいいんだろ？」

澪はほんの僅《わず》かだが表情に明るさを滲《にじ》ませ、顔を上げた。

「ほんと？　あの顔を追い払ってくれるの？」

「ああ。だからお前はこの学校の怪談撲滅に協力しろ」

それは拒否したい。そもそも家に何かを連れてきてしまったのは、この委員会の活動が原因なのだ。雲英にここへ連れてこられなければ、あんな物騒なトイレへ行かなければ、起きなかったことなのだ。雲英いわく、あの【あかいちゃんちゃんこ】の難易度は雑魚《ざこ》レベル。今後、どんな恐ろしい怪談を相手にさせられるかわかったものではない。それなのに。

「悩むことか？　お前にとって損のまったくない話だと思うぜ。そりゃ初めはションベンちびるくらい怖くてたまらんだろうよ。でもその恐怖の対象はこれまでお前を苦しめ、悩ませてきた癌なんだぜ？　今のうちに取り除かなければ、お前の人生にどんどん関わって侵食していくぞ。

怪談を無力化するノウハウを、大神、お前が身につければ、怪談などまったく脅威ではなくなる。家にいる鼠だろうが地縛霊だろうが、自分の力でなんとでもできるようになる。お前の日常を脅かしてきたものは、次に出会う時にはまったくの別物となっているんだ。もう、当委員会《CEG》の活動を見て、その効果をわかっているはずだぜ」

「効果……ああ、【桃色キャミソール】？　なんかすごいことになってるね」

「あの便所には妖精《ようせい》が棲《す》んでいて、悩める乙女のファッションチェックをしてくれるってことになっているらしいな」

女子高生や女性警察官を鉈《なた》で斬り殺して血みどろのちゃんちゃんこを着せていた凶悪な悪霊が、今ではカリスマファッションコーディネーターの妖精《フェアリー》とは、引きこもりが生徒会長になるくらい目覚ましい転身だ。

「もう、どこを切っても怪談じゃない。あれだけ疎まれていた便所も、今や人気ラーメン店以上の行列だ」

これがけっして大げさな表現じゃないのだから、すごいことだ。休憩時間に恐る恐る様子を見にいってみたところ、整理券が配られるほどの長蛇の列になっていた。

「いったい、あれから、あのトイレに何が起こったの？」

「それは、俺たちの与《あずか》り知らないことだ」口元のチョコを拳《こぶし》で拭《ぬぐ》う。「そういうことは上層部の人間が知っていればいいことだ」

上層部――それはどんな人たちだろう。その人たちはどうやって組織の上層へと登っていったのだろうか。無数の心霊スポットを壊滅させたとか、著名な怪談を無力化したとか、怪談に纏《まつ》わる偉業を成し遂げた人たちなのだろうか。

「昨日、お前と別れてからすぐCEGに報告し、監査員に来てもらった」

「監査員？」

「怪談再発率を監査してもらったんだ。入ったばかりの奴がたまに雑な仕事をして、根っこを残してしまうことがある。すると無力化したはずが再び怪談化することもあるんだ。安心しろ。【あかいちゃんちゃんこ】は再発率ゼロパーセントと認定されたよ」

「ゼロって、もう怖い話にはならないってこと？」

「ならない。監査員がそういう結果を出したんなら、それは確実だ。白首第四では二度と【あかいちゃんちゃんこ】は語られないだろう」

CEG——聞けば聞くほど謎の組織だ。知れば知るほど、そんな馬鹿げた組織が本当に存在しているのかと疑いたくなる。すべては、この雲英の狂言なのではないかと。

「でも不思議。みんな、【あかいちゃんちゃんこ】なんて怪談、初めからなかったみたいな感じだった。昨日の今日なのに。それが、すごく不思議なの」

「なかったみたいじゃなく、なかったんだよ」

雲英は獰猛《どうもう》な笑みに顔を歪《ゆが》めた。狼が自慢の牙《きば》を見せ、目の前の鹿を脅しているみたいな顔だ。

「無力化されたことで、その怪談は元からなかったことになるんだ。ようは人々の記憶から飛んでしまうわけだな。もし誰かの記憶が残っていれば、怪談はそこから再発する可能性が高い。記憶残留者がその口で怪談を広めちまうからだ。だから因子は根こそぎ駆除する必要がある。俺はそれを完璧《かんぺき》にやった。だから、白首第四に【あかいちゃんちゃんこ】なんて怪談は存在しなかった、あの便所は昔から【桃色キャミソール】という妖精がいる……そういうことになっているんだ」

「それってまさか、記憶の改ざんってこと？　君たちの組織ってそんな宇宙人みたいなこともするんだ」

「CEGが意図してやってることじゃあないがな。怪談を無力化したことで起こる何らかの作用が自然に働きかけるようなんだ。怪談そのもののメカニズム、回路、法則の中に、そういう仕組みがあるのかもしれん。消えちまった怪談を記憶に留《とど》めていられるのは、その怪談と直接関わった俺たちCEGくらいだ」

かなり疑わしく聞こえる話だが、その変異を目の当たりにしている澪は信じざるを得なかった。

それとは別に澪には昨日からずっと気になっていることがあった。

「わたしのことは、どうやって知ったの？」

雲英の表情がスッと事務的になった。

そろそろお役御免で傾きつつある陽光が、ダイレクトに教室内に射し込んで光の触れない部分の影を黒く塗り重ねていく。その中央に雲英の姿があった。

「君のお眼鏡にかなったからパートナーに決めたようなことをいってたけど、本当は誰かにいわれたから、わたしをCEGに勧誘したんでしょ？」

「ほう、どうしてそう思う」

「そんなに大きな組織なら、君の一存で勝手に組織に入れるなんてできないはずだもの。上からの指示があってわたしに近づいたんでしょ？　ねぇ、その指示を出した人は、どうしてわたしのことを知ってるの？」

むう、そう唸《うな》ると、雲英は重たげに口を開いた。

「別に……いうなといわれていないから、それについては答えてやる。この学校にはCEGの幹部が一人、教師として潜り込んでいる。その人から、お前とパートナーを組めという指示が出たんだ」

「誰なの？　その人は、どうしてわたしを選んだの？」

「どうしてお前なのかは知らん。俺はそこまで知らなくてもいい立場だからな。その人が誰なのか、お前もまだ知らなくていい。会う必要があれば、その時に向こうから現れるか、何らかの指示が届く」

「どんな人？」

「すごい人だ」

高みを望むような目と口ぶりから、雲英はその人物を尊敬しているようだった。

「お前のことを小さい頃から知っているんだそうだ」

「わたしのことを？」

小さい頃の自分を知っている大人は、それほどいないはずだ。幼稚園の先生、同園に通う一部の園児たちの母親、毎年、お年玉をくれた近所に住む老夫婦、あとは血縁関係くらいだ。その血縁関係も、可能性としては〇《ゼロ》に等しい。大神家は親戚《しんせき》づきあいがなく、約一名を除いては顔も名前も知らない。

その約一名は、自分を怪談嫌いにさせた張本人ともいえる叔父《おじ》さんだ。

バースデーに分厚い怪談本をプレゼントし、それをご丁寧に半年かけて読み聞かせてくれた人――。

雲英はふらりと教室の戸口に立つと、廊下へ首を伸ばす。

「お喋《しゃべ》りは終わりだ。明るいうちに今日やるべきことを済ませなければならない」

「雲英君、わたし、やっぱり気がすすまない」

雲英がふり向いた。顔の左半分が齧《かじ》り取られたように廊下から入り込む闇に染まっていた。その闇から眼光だけ浮かんで澪を射竦《いすく》めていた。

「今さらなにをいいやがる」

「なんでわたしがこんな目に遭うのか、納得できてないもの。わたしはわたしなりに平穏な高校生活を送って無事に卒業できるよう、いろいろと考えていたんだもん。それがある日、急に壊されて……とんでもないことに巻き込まれてる。お願い。その幹部の人に会わせて」

「却下だ」有無を言わせぬ返答。「必要があれば向こうからお前に会いに来る。そういったろ。俺はそれまで、お前にCEGの活動内容と理念を理解させ、経験を積ませなくてはならない」

「それは、そっちの勝手な事情でしょ」

「これは俺の憶測だが」

影の中からの視線が、腰まで伸びた澪の髪を舐《な》めるように見つめる。

「お前が選ばれたのは、恐怖を感じると髪が伸びるという、その特殊な体質と関係があると俺は踏んでいる。それならば、こちらの勝手というわけでもないんじゃないか」

「どういう意味？」

再び雲英は廊下に視線を戻すと背を向けたまま「いくぞ」といって教室を出た。あっという間に闇が雲英の四角い背中を抱きこんだ。

「待ってよ。どういうことなの？」

澪は背中を見失わないように後を追う。

「わたしのこの体質がなんなの？　君たちの組織にどう関わりがあるの？」

雲英はなにも答えなかった。おそらく、答えられる言葉を持っていないのだろう。

外のくすんだ光が壁や天井に滲《し》み込む廊下。枯葉や砂埃《すなぼこり》、天井から降り積もった建材の欠片《かけら》などを踏みしめながら、先を歩く雲英の背中についていく。今日はどこへ連れていかれるのだろう。

すんすん。すんすん。

雲英が鼻を鳴らした。

澪も臭いに気づいていた。

するめを納豆で和えたような、明太子が木乃伊《ミイラ》になったような、なんともいえぬ異臭の破片が微《かす》かに残っている。昨日の犬の臭いに間違いなかった。

「大神、お前昨日、犬がどうのっていってたが、今日も見たか？」

「え、ううん、見てないけど」

「糞忌々《くそいまいま》しいケダモノめ。いいか、見かけても無視しろ。撫《な》でたり、餌をやったり、教室へ連れてきたりは絶対にするな。犬は甘やかすと調子に乗ってどこまでも付いてくる悪霊よりも図太くて愚図で醜悪な生き物だ。この臭い、反吐《へど》が出るぜ」

どうも相当な犬嫌いらしい。

「ああ、そうそう」

雲英が後ろへ何かを放り投げた。澪の足もとに落ちたそれは藁《わら》人形だった。胸には達筆で『雲英　天誅《てんちゅう》』と書かれた紙が巻き付けられ、そこに太い釘《くぎ》が深々と突き刺さっている。

「こんなものが第四校舎《こ》《こ》の外壁に打ち込んであったんだが、お前か？」

背中で聞かれた。声から怒りは感じられなかったが、それが逆に怖い。

「し、知らないよ、そんな怖いこと、わたしがやるわけないじゃない」

「だな、そんな度胸、お前にはない。さてはあのガリ勉眼鏡だな。うん、そうだ。こんな陰険で卑怯《ひきょう》な真似をする奴は、あの根暗女しかいない。くそ、覚えてろよ、あの女……」

それから雲英はずっと、物騒な独り言を繰り返し零《こぼ》していた。

EpisodeVI

赤字のななしくん

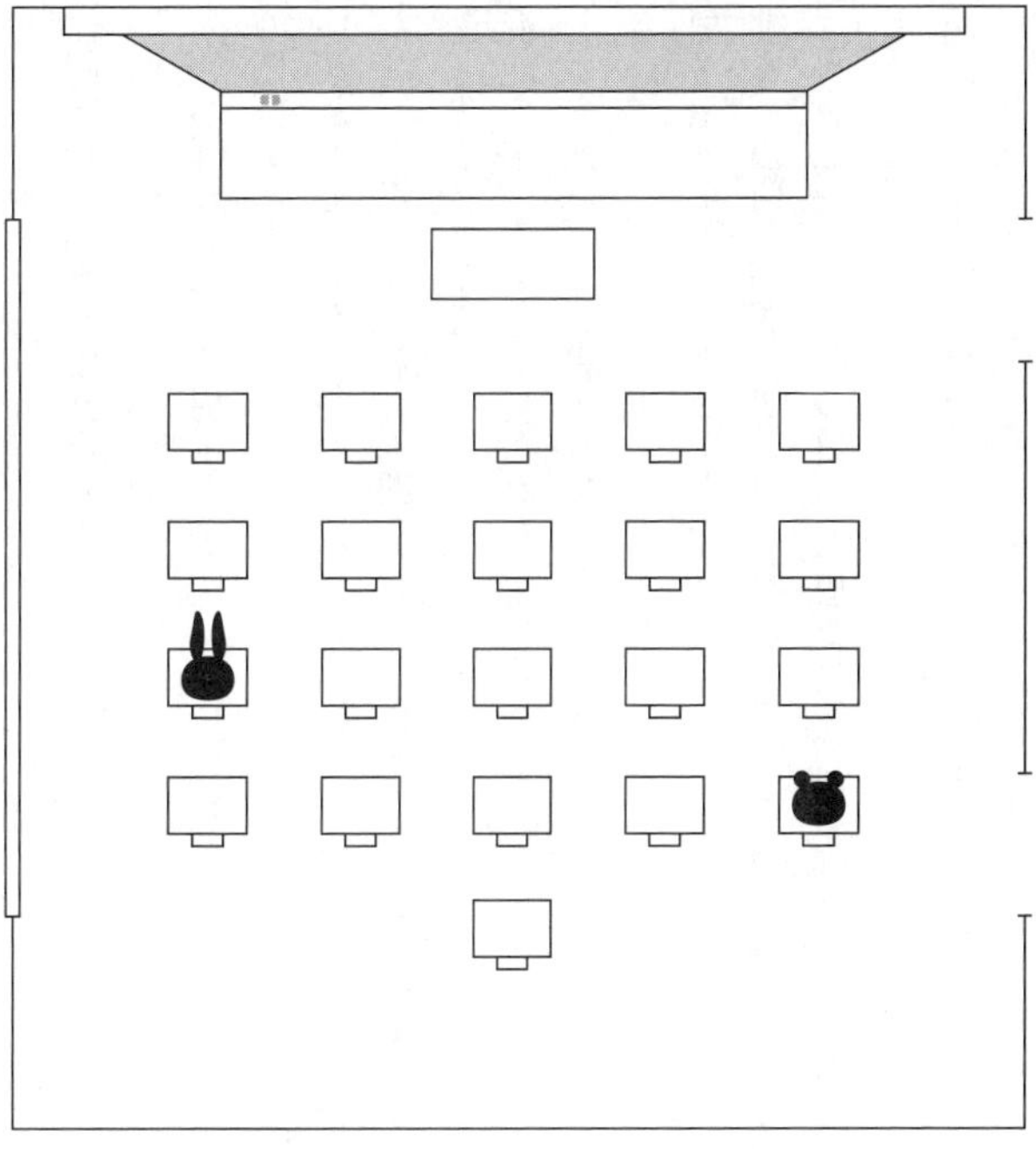

これは白首第四で実際に起こった出来事である。

第三校舎の二階、廊下のいちばん奥にある男子トイレ。

そこには落書きだらけの個室がある。

書かれていることは、いずれも他愛もない戯言《ざれごと》。悪口、告げ口、下品な絵と下劣な表現、嘘八百、意味不明な詩、ちんけな悪意と馬鹿な妄想、憎悪、そういったものが文字の形で雑多、猥雑《わいざつ》に絡まり合っている。

壁を埋め尽くす文字の混沌《こんとん》の中、赤い色で書かれたものを見つけることができる。

か細い筆致で書かれたその一文は、こう書かれている。

『ともだちになってください』

今から数十年前、ある男子生徒が書いたものだという。

男子生徒は小柄で線が細く、色白で病弱。伏し目がちで気も弱く、蚊の羽音のように声が小さい。だから誰にも意識されず、誰の目にも留まらない。教師さえも、彼の存在をしばしば忘れてしまうほどだ。

その存在感のなさのためか、男子生徒には友達と呼べる者がひとりもいなかった。できなかった。

だから、いつもひとりでいた。

文化祭、体育祭といった、みんなが一丸となって力を合わせる行事では、その「みんな」の中に入れない。班決めをすると必ず最後に余り、自分を押し付け合う光景を見せられる。体育の準備運動はパートナーがなく、いつも教師と組まされる。全生徒参加の駅伝大会では、彼がゴールする前に閉会式が行われた。よく聞く言葉は「ごめん、いたんだ」。

席は決まっていちばん後ろ、隣のいない余り席。クラスにとって余分で半端。いるかいないかわからない、幽霊よりも幽霊のような希薄な存在。

そんな孤独な学生生活に耐えられなかったのだろう。

男子生徒は夏休み中に学校のトイレで首を吊《つ》り、十六年の短い人生に自ら終止符を打った。

『ともだちになってください』

これは死ぬ直前に男子生徒が遺書代わりに書いた言葉だといわれている。

彼はなぜ、最期の言葉を遺《のこ》すのに赤色を選んだのか。

たまたま、手に取った鉛筆が赤色だったのか。

それとも、自分に気づいてほしくて、少しでも目立つ色をと考えたのか。

あるいは自分を孤立させた者たちに対する怨《うら》みの色か。

自分を死にまで追い詰めた孤独の苦しみを表す、血の色なのか。

誰も理由を知らぬまま、知ろうとせぬまま、赤い遺言はそのまま残された。


彼の死からひと月ほど経った頃、校内で奇妙な噂が囁《ささや》かれだした。

——赤い書きこみの近くに青色でメッセージを書くと、返事が来る。

この噂が広まると、興味本位で書く生徒たちが出はじめた。

死んだ男子生徒を哀れむ言葉や『友達になろう』といった優しい言葉も書きこまれたが、それはほんの僅《わず》かで、多くは悪意のある書き込みだった。男子生徒を愚弄《ぐろう》する言葉、男子生徒の霊になりすました不快な言葉もあった。

誰ともなしに死んだ男子生徒は【ななしくん＝名無しくん】と呼ばれ、彼が最期を迎えた場所へ不謹慎な遊びに興ずる生徒たちがひっきりなしに訪れるようになった。

賑《にぎ》わう一方、問題のトイレを避ける生徒たちも増えていた。

そうした生徒たちは、噂の〝続き〟を恐れていた。

——赤い書きこみの近くに青色でメッセージを書くと、返事が来る。これに返事を返さないと自殺した男子生徒が現れ、連れていかれる。

「ななしくんの幽霊を見た」「呪いの言葉が書き足されている」「血で書かれていた」「返事を書いた生徒が首吊り死体で見つかった」

日を追うごとに噂は怪談めいたものになっていく。

噂は生徒たちのみならず教師や保護者らにまで波及した。

しかしそれも一年、二年と時が経つと次第に飽きられ、廃れ、忘れられ、誰も語らなくなっていった。


ある年の夏のことだった。

放課後、件《くだん》の個室トイレを男子生徒が使用した。仮にAくんとしておこう。

黄ばむのを通り越して焼けた写真のように橙《だいだい》に変色した壁には、自分が生まれる前からあるような古い落書きが犇《ひし》めき合っている。Aくんにとっては見慣れた光景だった。

用を足しながら、壁の落書きを読む。特別おもしろいものでもない。誰かの書きこみに対し、誰かが応じる。それに対し、他の誰かが書きこみ、また別の誰かが応じる。

そんな応酬で枝分かれする文字の線路を目で追いかけているだけだ。

もう何度も読んでいるし、新たに書きこまれることもないので新鮮味はないが、なんとなく目でなぞってしまう。

初めて見る落書きに目が留まった。

ともだちになってください

それは赤い鉛筆で、たどたどしく書かれている。

こんな落書き、あっただろうか。

最近になって誰かが書いたものか。それにしては擦《かす》れ具合、色褪《いろあ》せの感じが古そうに見える。

ふと思い立ち、Aくんは鞄《かばん》から筆箱を取り出すと、両端がそれぞれ赤色と青色になっている鉛筆を握った。赤ばかりを使うので、ほぼ青色の鉛筆だ。

青色の方で赤い落書きの横に、こう書き込む。

『ともだちになりましょう』

——あれ？　こんなの、あったっけ。

自分の書いた字の横に、豆粒ほどの赤黒い染みが浮き出ている。

なんだろうと顔を寄せると、その染みが、すっと下へ伸びた。

下へ伸びたら、横に線が走り、そこに重なって線が蜷局《とぐろ》を巻く。

文字だ。文字が書かれている。

それはまるで、見えない何者かが指についたものを壁になすりつけるように、一線《ひとせん》ずつ現れた。

あいにいくよ

文字からは一斉に赤い雨が降った。

うわあああああああああっ
Aくんは叫んだ瞬間、腰がストンと抜けた。

体勢を崩して床についた手が、壁から滴り流れた赤いものに触れた。それは生暖かく、生臭い。血だ。また絶叫をあげる。

腰の抜けた状態のまま、這《は》ってでも逃げようとAくんは扉に取りついたが、向こうから押さえつけられているようにぴくりとも動かない。

ドンドンドン！　壊れるほど扉を叩《たた》いた。

ドンドンドン「だれかぁぁぁ！」ドンドンドン「だれかきてくれよぉぉ！」ドンドンドン「わあああ！」ドンドンドンドンドンドン「だれかぁぁぁ！　助けてぇぇ！うわあああああああ！」

必死になって助けを呼んだ。何度も何度も。校内にいる誰かに緊急事態を知らせるため、絞れるかぎりの声をふり絞って。

一向に誰かが助けに来てくれる様子も気配もない。

このままでは、何かが会いに来てしまう。

「お願いします、お願いします、来ないでください、来ないでください」

今度は泣きながら懇願した。

懇願しながら、自分の手が握りしめている青色の鉛筆に目がいく。

——そうだ、返事だ。

Aくんは壁に爪を立てながら立ち上がると、血の文字の横に『こないで』と書いた。

すぐに返事が来た。

あいにいくよ

「うわあああっ、くるなくるなくるなくるな、くるなくるなくるなくるなぁぁっ」

鉛筆を持つ手がひきつけを起こしたように激しく震え、もう片方の手でそれを押さえつけながら壁に返事を書きこむ。

『あいにこないでください』

あいにいくよ
『おねがい　くるな』

あいにいく

『やだ　くるな　くるな　くるな』

いまいくよ

『やだやだやだやだ』

いく

『おねがいくるなこないでくるなくるな』

Aくんは泣きながら返事を書き続けた。書く手を止めたら、来てしまうと思った。

震えた手が何度も鉛筆を取り落としそうになった。

そうして必死に懇願し続けたが――。

きたよ

これまでで、いちばん太く、はっきりとした文字が目の前に現れた。

個室内の空気が変わった。

重く、陰鬱《いんうつ》で、生き物の口の中のように温《ぬる》く湿気《しっけ》ていた。

背後に視線を感じる。

見ちゃだめだ。見ない方がいい。わかっているのに目がそちらへ向こうとしている。

ガチガチと歯を鳴らしながら振り返った。

暗い天井から下りる一本の細引きで繫《つな》がったものが、ゆっくりと揺れている。

男子学生がぶら下がっていた。

袖《そで》や裾《すそ》がぼろぼろにほつれ、蜘蛛《くも》の巣や埃《ほこり》で白く色褪せた学生服。目は充血して赤黒く濁り、顔や手の肌は蒼褪《あおざ》め、色が失《う》せた唇の隙間から覗《のぞ》く前歯は欠けていた。縄が深く食い込んだ首は皮膚が重みでピザのチーズのように引き伸ばされている。

ずっとそこにあったように朽ち廃れ、数日が経過したように無残に蕩《とろ》け、たった今、ぶら下がったように生々しい生《せい》の残滓《ざんし》がこびりつく、そんな時の隔たりのちぐはぐな死体が、すぐ傍で風もないのに揺れている。

Aくんは腰の抜けていたのも忘れ、猿のような絶叫をあげながら扉に体当たりしていた。弾《はじ》かれたように扉は開き、そこから転《まろ》び出たAくんはトイレを飛び出すと脇目もふらず、学校から家まで走って逃げた。


翌日、Aくんは学校へ来なかった。

その翌日も、そのまた翌日も。

Aくんが来なくなって三日目の朝。担任教師は生徒たちに、なにか事情を知らないかと訊《たず》ねた。学校に連絡はなく、家に電話をかけても誰も出ないのだという。

「謎の失踪《しっそう》?」「あいつ生きてんのか?」「誰かイジメてねぇだろうな」

冗談をこぼす生徒。本気で心配する生徒。無関心な生徒。

そんな中、Aくんの身を誰よりも心配しているクラスメイトがいた。

Aくんと交際をしていたBさんという女子生徒だ。

Aくんが学校に来なくなる前日、Bさんは彼と一緒に帰るはずだった。

放課後、校門の前で待ち合わせていたが彼はなかなか現れず、三十分ほど待ってやっと、校庭を走ってくる姿が見えた。文句のひとつでもいってやろうかと不機嫌な顔を作っていると、Aくんは彼女に目もくれず、ものすごい形相で校門を出ると走り去ってしまった。追いかけて大声で呼びかけても、Aくんは一度も振り向かなかった。

帰ってから電話もかけたが、誰も出ない。

「どうしちゃったんだろう」

ざわつく教室の中、Bさんは独りごちた。

あの日のAくんは、ただ事ではない様子だった。

授業が終わるまでは、いつもの元気な彼だった。授業終了から三十分ほどのあいだに、彼に何かがあったのだ。

Bさんはその日、学校帰りにAくんの家を訪ねることにした。

学校から近い住宅街にAくんの自宅はあった。

新聞受けには今日の朝刊と夕刊だろうか、挿さりっぱなしになっている。

窓はカーテンが閉じられ、中からはまったく、ひと気を感じられない。

Bさんは緊張しながらインターホンを押した。

反応がない。もう一度押す。

やはり、反応はない。

——留守なのかな。

電話に誰も出ないのは、家に人がいないからだろう。親戚《しんせき》に不幸でもあって、急遽《きゅうきょ》、家族で葬儀にでも出ているのか。だとしてもどうして、学校になんの連絡も入れないのか。

Bさんは薄暗い不安を胸にインターホンを押し続けた。

ドアの向こうに耳をそばだててもみたが物音ひとつしない。

諦《あきら》めて帰ろうと背を向けると、後ろでガチャリと音がした。

僅《わず》かに開いた玄関扉から、乱れ髪のやつれた女性がBさんを覗いていた。

「あ、あの、私、Aくんのクラスの者なんですけど」

女性はAくんの母親だった。

母親は眠たげな眼で薄く笑みを浮かべると「どうぞ」とBさんを中へ通した。

玄関は饐《す》えたような臭いが立ち込め、黒いゴミ袋が大量に積まれている。靴脱ぎ場にはAくんの上履きがひっくり返って靴底を見せていた。Aくんはあの時、靴も履き替えずに帰ったのだ。

リビングは衣服が脱ぎ散らかされ、汚れたティッシュや破れた紙片、処方箋《しょほうせん》の紙などが散乱している。カウンターキッチンのシンクの中には洗っていない食器が山となって小蠅をたからせていた。

Aくんの部屋まで案内されたBさんは、部屋の扉の前に立ち止まり、息を呑《の》んだ。扉が青いクレヨンのようなもので乱暴に塗りたくられている。よく見ると塗り潰《つぶ》しているのではなく、立錐《りっすい》の余地もないほど文字が書き重ねられていた。

こんこん。

恐る恐る扉をノックし、

「Aくん、私、Bだよ」

返事はない。

かり。かりかり。かりかりかり。

部屋の中から、爪で壁を掻《か》くような音が聞こえてくる。

「開けるよ」

意を決してノブを回し、そっと扉を開けると、鉛筆やクレヨン特有の臭いがBさんの鼻を衝《つ》いた。

部屋は暗かった。電気は消え、カーテンは閉め切られている。
壁でなにかがもぞもぞと動いている。
Aくんだ。
彼は毛布を頭からかぶり、一心不乱に何かを壁に書いていた。
かりかりかり。かりかりかり。
この音は、彼が壁に書いている音だった。
「なにしてるの、みんな心配してるよ」
近づこうとしたBさんは、なにか硬い物を踏んで足を上げた。
短くなった鉛筆だった。
「ねぇ、Aくん、どうしたの？　それ、なにしてるの？」
かりかりかり。かりかりかり。
「無視しないでよ。こっち見てよ。ねぇ……こわいから」
かりかりかり。かりかりかり。
いくら呼びかけても反応がない。
Bさんは手探りで電気の紐《ひも》を探すと「つけるよ」といって引っぱった。
ひぃあああああああああ
白い光が部屋に注がれると、Aくんは両手で顔を覆い、甲高い絶叫をあげた。

Bさんは凍りついた。

部屋の壁が、赤い文字と青い文字でびっしり埋め尽くされている。

青い字はいずれも『ゆるして』と書かれ、赤い字のほうは内容が支離滅裂で意味がわからない。

足元には短くなった青色の鉛筆が何百本と散らばっている。

Aくんは地面を這《は》うようにして短くなった青色の鉛筆を摑《つか》むと『ゆるして』『ゆるして』と書きはじめる。

——学校を休んで、ずっとこれを書いていたの？

げらげらげらげら。

リビングの方から、母親の笑い声が聞こえてきた。

そのゾッとするような声と、目の前で増殖していく青い謝罪の言葉に耐えられなくなったBさんは、逃げるようにAくんの家を飛び出していた。

日が暮れかかり影が伸びはじめた道を、Bさんは泣きながら歩いていた。

げらげらと笑いながらAくんのお母さんが後ろから追いかけてきたら。そんな恐ろしい想像が、数分に一度、思いだしたようにBさんをふり返らせた。

商店街に入ると幾分か気持ちも落ち着き、Aくんの部屋の光景を思い返そうとした。

初めて見た時から感じた、奇妙な感覚。

壁を埋める赤と青。その割合は同じなのに、足元には短くなった青色の鉛筆しか散らばっていなかった。

赤色の鉛筆は、あの部屋に一本もなかったのだ。

そこにBさんは強い違和感を覚えていた。

翌日、Bさんとクラスメイトは、担任教師の口からAくんの訃報《ふほう》を聞くことになった。

Aくんは自分の部屋で首を吊《つ》った。

遺書はなかったという。


それからほどなく、こんな噂が校内で囁《ささや》かれるようになった。

第三校舎の二階、廊下のいちばん奥にある男子トイレ。

その個室の一つは、放課後になると壁に青色の字で『くるな』という字が現れる。

壁一面に、びっしりと。

その中のどれでもいい。近くに赤色でメッセージを書くと。

青い字はすべて血のような赤色になり、『くるぞ』に変わる。

その後、背後にAくんが、ぶら下がる。

「白首第四、二つ目の便所怪談【赤字のななしくん】は、ここから始まった」

たった今語られた怪談の舞台——第三校舎、二階男子トイレの個室内に澪たちはいた。

まさか二日連続、トイレの中で怪談を聞かされるハメになるとは思わなかった。男子トイレになんて入るのは中学時代の不慮の事故の時以来だ。こんな場所、好んで入るものではない。

さりげなく男子トイレに入っていく雲英を見て、慌てて踵《きびす》を返したのだが遅かった。即座に襟首を掴まれ、必死の抵抗も空しく引きずられながら個室へと連れ込まれた。そしていきなり、雲英の怪談ワンマンショーが始まったのだ。

聞かされた怪談も最悪だが、聴く環境もまた最悪だ。

どうして男子はこうもトイレを汚く使うのだろう。その不衛生さは女子トイレの比ではない。

まずアンモニア臭がきつい。これは仕方のないことだが、芳香剤と混じって嗅《か》いではいけない系の化学薬品の臭いとなって室内に充満している。

便器は洋式で、一度も掃除をされていないのか地獄絵巻に描かれる獄炎のごとき色の水垢《みずあか》に侵されている。切れかけのトイレットペーパーはペロンと垂らした長い舌先を床に付け、その床はなにかの液体が浸潤し、溶けたペーパーが灰色のヘドロとなってあちこちにへばりついている。

隣の個室との仕切り板や扉、窓側の漆喰《しっくい》の壁は落書きで埋め尽くされていた。いずれも駅や公園の公衆トイレで見かけるような低俗な落書きばかりだ。

そのような劣悪な環境の中、止め処《ど》なく溢《あふ》れる恐怖心を肥やしに際限なく伸び続ける髪を、ジョキジョキ切りながら怪談を聞かされていたのだ。

うら若き女子高生の放課後の過ごし方として大いに間違っている。だからこんな苦情も口から出る。

「雲英君さ、いわせてもらうけど少しは考えてほしいな。わたし、これでも女なの。花も恥じらうとはいわないけど、『マーガレット』や『花とゆめ』なんかで、主人公が素敵な男子と素敵な恋をしているシーンなんかを読んで、人並みに憧《あこが》れちゃったりすることもあるわけ。自分でいうのもなんだけど、そんなピュアな女性を二日連続でトイレにエスコートって、ちょっと扱いがひどすぎない？」

「しょうもない。エスコートってツラか。それより見ろ」

乙女の訴えを「しょうもない」の一言で一蹴《いっしゅう》した上、顔にまでケチをつけた男を歯《は》噛《が》みしながら睨《にら》みつける。

「見るのは俺じゃない。壁だ」

「わかってます」

壁には赤い字で「オマエヲノロウ」「うしろをみろ」「死ネ」といった物騒な文面が見られる。明らかに、ななしくんになりすまして書いたものだとわかる。怖がらせてやろうという幼稚な意図が見え見えなのだ。わざわざ血が滴るような装飾を文字にほどこし、いかにも怨念《おんねん》がましい筆致にして少しでも怖く見せようという稚拙な努力の跡が見られるが、さすがの澪もこれは逆効果だった。

そんな成りすましとやり取りしている者もいるが、三、四回のやり取りの後、「バーカ」「死ね」で終わっている。

「どうよ、この中にななしくんの赤い遺言はありそうか？　あるいは、この中の一人でも、ななしくんと文通できたやつがいると思うか？」

「ない……と思う。これじゃ、本物があっても、どれがそうなのかわからないし」

「だろ？　こんなもんなんだよ」雲英は得意げな笑みを浮かべた。「もし【赤字のななしくん】の噂が本物なら、こいつら全員、これだぜ」

そういって自分の首を絞める真似をし、舌を出す。

「やめなよ、不謹慎」

「別にいいじゃねぇか。作り話なんだから」

「君がそう思うのは自由だけど、わたしは違う考えだから」

雲英はアメリカ人がするように肩を竦《すく》めた。

「怪談はすべて実話、幽霊は実在する、か？　おいおい、こいつも【あかいちゃんちゃんこ】の時と同じだぜ？　語られるはずのないAくんの視点が克明に描写されてる時点でおかしいと思わなかったのか？」

「その部分は後付けかもしれないけど、それだけで全部が作り話とはならないでしょ。それにすべてが実話だとはいってない。学校の怪談なんてほとんどが、ただの噂、都市伝説だと思う。でも、この学校はなにか違うの。嘘だっていわれる方が嘘くさい。作り話っていわれるほうが本物っぽい。校長は第四校舎《ヨンカン》になにもないっていったけど、実際、お札がいっぱい貼ってあった。その奥に三年零組があった。幽霊もいた。わたしたち生徒は、なんだか誤魔化されてる気がするの。【あかいちゃんちゃんこ】だって、わたしにとっては実話、本物。君がなんといおうとね。それに火のない所に煙は立たないでしょ。こんな怪談が生まれるってことは、きっと、このトイレには何かがあったんだよ」

雲英は退屈そうな顔していた。

「ずいぶんと死んじまった奴に優しいんだな」

「優しくなんてしてない。やめてよ！　霊がわたしを頼ってきちゃうでしょ」

腹を抱えて大笑いした雲英は、内ポケットから取り出した物を澪へ差し出す。

青色の鉛筆だった。

「相手してやれよ」

落書きだらけの壁へ顎《あご》をしゃくる。

「なにいってるの。いやに決まってるじゃない」

「なにいってる。お前は霊の存在を信じてるんだろ？　【赤字のななしくん】を信じるんだろ？　なら、友達のいない可哀想なななしくんへ向けて、親愛を込めたメッセージでも送ってやったらいいじゃねぇか」

「それとこれとは別だよ。雲英君が書けばいいでしょ」

「俺がやったんじゃ意味がねぇんだよ」

一瞬だが、雲英の視線が鋭くなった。

「昨日は教えてやるつもりでやって見せたが、お前自身が強くならなければパートナーにした意味がない。お前自身の力で怪談を克服しなきゃだめなんだ」

「克服なんて無理だよ。昨日今日で克服できたらこんな臆病《おくびょう》になんてなってないよ。これは物心ついた頃からの性格なんだから」

「挑戦《やり》もしないで結論を出すな。いいか、お前には怪談に背を向けて逃げる道は、もうない。ここにCEGの名があるかぎりな」拳《こぶし》で澪の胸をとんと小突く。「よって今日、俺は横で見ているだけにする」

「えぇぇぇ！　やだよそんなの」

「ガキみたいなことをいうな。いいな。俺は口出しもしなければ、手助けもしない」

処刑台に立たせるような発言に、澪ははらはらと血色を剝落《はくらく》させた。

「だめ。次は死ぬ……ひどすぎる。まだ二日目なのに」

「大丈夫だ。結果はわかってる。返事なんか来るわきゃない。安心して一筆したためろ」

「返事がきたらどうするの？　どうなるの？　わたしどうなっちゃうの？」

まるで犬のように雲英は口の中が全部見えるぐらいの大欠伸《あくび》をした。

「試しにやってみろよ。こんなもん、どこかの馬鹿がクソしてる最中に考えついた馬鹿な落書きから生まれた連想ゲームみたいなもんだ。馬鹿が馬鹿ヅラで馬鹿な話に仕立て上げて、それが馬鹿のあいだに広まって馬鹿みたいな尾ひれがついてできた馬鹿怪談なんだからな。ただの落書きにメッセージを書いたら死人から返事が来るなんて、そんな馬鹿げたことはあるわけねぇってお前が身をもって証明してやれよ、馬鹿」

馬鹿馬鹿馬鹿いわれ過ぎて頭が痛くなってきた。

「もし幽霊が出たら……助けてくれるの？」

澪の耳を掠《かす》め、ドンと壁が鳴る。雲英が壁に手をついたのだ。今回もトキメク方の壁ドンではない。どちらかといえば恐喝されている感じの壁ドンだ。

雲英は「よく聞け」と声のトーンを落とした。ガンの告知のように、低く感情の遠い声だった。

「返事が来たらどうしよう、幽霊が出たら助けてほしい、そういうことはもう二度と口にするな。なぜならお前はCEGなんだ。CEGは霊が存在しようがしまいが関係ない。お前は近所の山田《やまだ》さんに鼻白髪が生えるようになったことを気にするのか？しないだろ。それぐらいCEGと霊は無関係なんだ。人に恐怖心を植え付ける害悪、そのすべてをこの世から根絶することだけが目的だと、あと何千回、何万回、何億回いえばお前は理解してくれるんだ？」

「……わかった。じゃあ、もうやらない。この場で委員会を脱退する。脱退理由は意見の相違かな。もしわたしがそういったら、どうなるの？」

「そうだな」雲英は視線を天井の隅へ向けた。「CEGは裏切者に容赦しないからな。どうなるかと訊《き》いたが、それが俺個人への質問だというのなら、俺はなにもしない。だからお前はどうもならない。しかし、組織は違う。お前のとった行動を、きっとこう受け止める。裏切りと。なんならスパイと考えるかもしれない。実はCEGには対抗組織があってな。そうなるとCEGも黙っちゃいないだろうな。まず、お前の住む地域、宿泊先、移動先のテレビ・ラジオの放送はすべて、心霊番組になるだろうな。CEGの資料室には、過去に取り締まって差し押さえた映像が膨大なデータとして管理、保管されている。そこから厳選されたものが放送されるだろう。その際、頭の悪いグラビアアイドルが廃墟《はいきょ》に入ってきゃあきゃあ騒いでいるだけのしょーもないシーンはカット、似非《えせ》霊能者の出てくるシーンもみんなカット、中盤で必ずといっていいほど入る海外の悪魔憑《つ》きのVTRも全カット。身の毛がよだちトラウマ必至な映像のみを集めて再編集、なんならCEG選《え》りすぐりの未公開動画や画像を追加して、心臓に休む暇など一秒も与えぬ恐怖の決定版をお送りするだろう。しかも、二十四時間いつでも最凶最悪の番組を視聴してもらうため、電源オフ状態のテレビは勝手にオンになるよう仕組まれる。

ポストや新聞受けには毎日、心霊写真と『恐●新聞』を配達される。不幸の手紙もいくだろうな。それからお前の自宅周辺はすべて買収され、霊園や火葬場に建て替えられ、大神家の庭を自殺の名所や丑《うし》の刻参りのメッカになるよう、ネットで情報操作もされるだろう。安定した睡眠も与えるつもりはないだろうな。常に異音や不気味な声を壁越し、天井越し、畳越し、布団越しに聞かせるサービスが提供され、それでも熟睡しようものなら合法的に取り寄せた死体を添い寝させるだろう。逃げ場を探しても無駄だ。お前の行く先々で幽霊をスタンバらせて心臓をいちいち脅かしてくる。安心しろ。本物じゃない。ホラー映像規制で職を失った、幽霊やらせりゃ日本一って女優をCEGは拘束中だ。免罪・解放を条件に、彼女の百二十パーセントの幽霊を引き出し、お前の心臓に恐怖の杭《くい》を打ち込もうとするだろうな」

「ちくしょう！」

雲英《えんぎ》の手から泣きながら鉛筆を奪い取った。

「書きゃいいんでしょ書きゃあ！」

「いい子だ。なぁに、昨日より楽なもんだ。ちょちょいと『ななしくんわたしと友だちになりましょう』って一筆したため、小一時間くらいしゃがんで小便でもして待ってりゃいいんだからな」

「あんたの前でやるわけないでしょ！　変態！」

「とにかく書け。何も起きないことがわかるから。今日のミッションは、それで終わりだ。後の始末は俺がやってやる。いいなぁ、お前は楽で」

これまでのことを踏まえて考えれば、今日もこれから霊的な何かが起きることは確実だといえよう。そこはもう覚悟を決めるしかない。比較的、落書きの少ない場所を選んで『ななしくんわたしと友だちになりましょう』と書きながら雲英に訊《たず》ねた。

「じゃあ、これは教えてくれる？　もし昨日のように幻聴が聞こえたり、幻覚が見えたら？」

「そんなもの、幻覚に応じた対応をその場で考えて、それを実行すりゃいいじゃねぇか」

「もう少し詳しく」

「だから、それはその場で考えるんだよ。どんな幻覚、幻聴が起こるのか、その時になってみなければわからないだろ。状況によって、とるべき行動はまったく変わるんだ。昨日、俺がやったことをそのままここでやったところで意味はない。でもまあ基本は何かが視えたり聞こえたりしたら、その言動を小馬鹿にし、嘲笑《ちょうしょう》し、はぐらかし、怪談が望む着地点とは百八十度反対のところに落とすんだ」

「望む着地点と、反対のところに落とす……」

確かに【あかいちゃんちゃんこ】は【桃色キャミソール】なんて呼ばれることを望んでいなかったと思うが、あれは百八十度反対といえるのだろうか。

自分の脳に作用する『変換』で、どうして怪談が無力化されるのか、その理由を雲英はいわないが、結局のところあれは対幽霊の話術《トークスキル》なのだろう。幽霊が怖がらせてくるタイミングを狂わし、雰囲気を壊し、脅したり持ち上げたり説得したりと、会話で相手の指針を逆方向に転換させることが『変換』なのだろう。

「『番長・皿屋敷銀次郎《さらやしきぎんじろう》の青春』は知っているか？」

「もちろん」

澪は頷《うなず》いた。『キャッツ』や『ライオンキング』に並ぶ、ひじょうに有名な大衆演劇だ。原作は『ファーブル昆虫記』や『ズッコケ三人組』などと一緒に小学校の推薦図書に選ばれており、澪も図書室で借りて読んだことがある。毎年、ドラマ化やアニメ化をされ、そのたびにどの芸能人がどの役をやるのかでマスコミや世間を賑《にぎ》わす。こんな内容だ。不良高校生たちのカリスマ、皿屋敷銀次郎が関東最凶の不良校・陰不《インフ》壊妻之《エルノ》高校に入ってから日本一の番長になっていくまでの、汗臭さと偏差値の低さ満点の今どきないくらいベタなヤンキーサクセスストーリー。漢字の少ない圧倒的リーダビリティ。台詞《せりふ》は『んだらぁ』『やんのかこら』『出べそなめんな』の三パターンのみ。その読みやすさが老若男女に愛され続けている。

「あれは元は怪談だ」

「えっ！」

澪は仰天した。

「もはやストーリーも主人公も原型がないが、数年前まで、あの痛快な娯楽作品は『番町《ばんちょう》皿屋敷』という題名の怪談だった」

「番長・皿屋敷……タイトル短かったんだね」

「ざっくり説明するとこういう怪談だ。江戸時代とかそれくらいの昔に、若い娘がバイト先で高い皿を割っちまって、怒った雇い主に殺されて井戸に捨てられちまう。その後、井戸から『一枚、二枚』と皿を数える哀しげな声が聞こえ……そういう陰々鬱《うつ》々とした中身の薄っぺらな話だ。これは、もっともメディアで使われているスタンダードなバージョンで、同じ話でもところどころディテールの変わっているものもある。そのすべてを俺の大先輩が豪快にぶっ壊したことによって、現在知られている『番長・皿屋敷銀次郎の青春』になったんだ。原作はもちろん、その大先輩が書いたビフォーからアフターまでに、いったいなにがあったのか。

「でも銀次郎はいいよね。主人公なのに出べそなところとか」

「うむ。そのコンプレックスを武器にしてのし上がっていくストーリーも成長ものとしては王道すぎるが爽快《そうかい》だったな。元の陰気くせぇ話と違ってポジティブなエネルギーに満ち溢《あふ》れている。これが、伝説の怪談撲滅人の伝説的な仕事だ。どうだ、驚いたか」

確かに今のは結構、衝撃だった。

「ここまでやれとはいわない。これは元の怪談をベースにホラーポイントを書き換える『変換』と違い、いったん完全に破壊して一から作り替えている。だから物語を生みだす発想力、構成力、演出力が必要になる。それに作り替えるだけではだめだ。元の怪談と同じくらいの知名度を保てるような内容にしなけりゃならない」

「知名度を保つ必要なんてあるの？」

「ある。これは国や国民にとって、もっとも望ましい怪談無力化のやり方なんだ。『東海道四谷《よつや》怪談』『真景累ヶ淵《かさねがふち》』『牡丹灯籠《ぼたんどうろう》』といった著名な怪談は、ムカつくことに映像化、舞台化、書籍化、伝承地の観光地化といった形で地域に金を巡らせている現実もある。海外へも輸出され、日本の怪談はワールドワイドな展開を見せていた。だから、ただ破壊してしまえば日本や伝承地域は貴重な財源のひとつを失うことになるんだ。CEGは著名な怪談を無力化する際、同等の働きをする後釜《あとがま》を用意する必要がある。例えば人気アイドルグループのひとりが引退した後に、還暦の婆さんを加入させたらファンが暴動を起こすだろ？　だから失ったもの以上、最低でも同等のものを用意できなければ、俺たちはただの破壊者になってしまうんだよ。そして、それを守り続けてきたからこそ、我々CEGは活動を支持されている。

今はそこまで考えなくてもいいが、お前の行動一つがCEGの信用を揺るがすこともあるということは肝に銘じておけ。今のお前はまず、強くなること。現場の空気に慣れることだ。自分の臆病《おくびょう》な部分を経験によって鍛え上げなきゃならん。なにが起きても耐えて我慢をする、その精神を育てるんだ。とはいっても、お前は不安なんだよな。ならば、もし自分じゃどうにもできないほどの恐怖と対峙《たいじ》した時、俺が今から言うことをやってみろ」

「なになに？　必殺技とかあるの？」

澪は前のめりになって訊《き》いた。しかし、雲英は愚者を見る目で首を横に振った。

「そんなものあるか。今のお前がやれることは、せいぜい妄想くらいだ」

「もう、そう？」

「お前はまだ『変換』を使って自身を幻覚や幻聴から守ることは難しいだろう。だから、もし恐ろしくなってどうしようもなくなった時、そういうあり得ないものが視え、聴こえだした時は、一旦《いったん》外へ向けられた感覚をすべて閉ざし、頭の中を黄色やピンクのお花畑に変えてしまうんだ」

「それ、現実逃避っていうんじゃないの」

期待した自分が可哀想になった。

「恐ろしい幻像が頭の中に棲みつく余裕を作らせないんだ。お前にとってポジティブな思考で頭の中を一杯にするんだよ。夢や理想、願望、欲望、お前が涎垂《よだれ》らして憧《あこが》れている漫画やドラマのヒロインのシチュエーションを妄想するんだ。あるだろ？　絶望的に男っ気の無いお前にも、いっちょまえに夢や理想ってヤツが。そいつで頭をいっぱいにして、余計な感情が生まれる隙を与えなければいいんだよ」

「さらっと最低な発言をしたよね」

「お前のことだから、それでも何かを視たり聴いたりして怯《おび》えるだろう。なら、敵を懐柔しろ。怖い幻は、お前にとって都合のいい幻にしてしまえばいい。自分が主人公のドラマを作ると思って脚本を考えてみるんだ。そして、お前を脅かし、苦しめる幻を、そのドラマに巻き込め。演出のひとつにしてしまえ。それをやれば幽霊なんぞ一発で怖くなくなるぞ。コツは身の程をわきまえずに、高い理想の妄想を繰り広げることだ。現実から遠ければ遠いほど、トランス状態のように陶酔できる。自分にとって都合のいい『大神祭《おおがみまつり》』『大神フェスティバル』みたいなストーリーを妄想するんだ。妄想の中ではダイナミックなキャラメイキングをしろ。明朗快活、眉目秀麗《びもくしゅうれい》、スタイル抜群の大胆不敵なスーパーヒロインになれ。ティファニーで朝飯を食え、プラダを着たグレーターデーモンになれ、キャッツアイの四人目になれ、ボンド女になれ」

最後のは多分ボンドガールだと思うが、接着剤の怪人みたいな感じになってしまった。

「よし、流血大サービスだ」

「出血でしょ。なに？」

「お前が泣いて大喜びしそうな妄想ストーリーを俺が考えてやろう」

うわぁ、と澪は顔を引き攣《つ》らせた。絶対にロクでもないストーリーを紡がれる。

「舞台は日本でも外国でも金星でも猿の惑星でも好きなところを選べ。その世界に君臨する並ぶ者なき女王、それがお前だ。そうだな、せっかくだから世界一のモテ女ってことにしてやろう。その美貌《びぼう》はオリュンポスや八百万《やおよろず》の神も羨《うらや》み、ベヒモスやリヴァイアサンがうっとり目を細めるほど。世界中の貴族やハンサム王子どもに求婚されている——なんて設定でどうだ？　女王の日課は、求婚に押し寄せた貴族や王子どもを半裸にして宮廷の横にずらりと並べ、夫候補を選抜していくことだ。審査基準はとても厳しい。顔やスタイルはジュノンボーイ以上。中途半端な色男は四肢を切断して砂漠に転がす。そのSっ気も人気のひとつだ。また女王の特殊な性癖が審査通過を難しくしている。顎はちゃんと割れているか、ワキの臭いは好みの野性臭か、下着はブラジリアン・ストリング・メッシュタイプか、足の臭いは」

「もういいです！」

澪は雲英の妄想にストップをかけた。

「よしんばお化けが怖くなったとしても、自分が怖くなりそうだよ！」

「なんだよ、お前が日頃、胸に抱いていそうな願望でストーリーを拵《こしら》えてやったんじゃないか」

雲英は口を尖《とが》らせて不満を口にする。どうも人格的な部分を彼に激しく誤解されているようだ。

「その配慮はひじょうにありがたいけど、怖いものを視るかもって緊迫した状況で、そんな濃ゆい妄想できるような脳ミソ、わたしは持ってないよ。っていうか、今の妄想のどこに怖い幻《ゆうれい》を絡められるのよ」

その時、澪の耳は捉《とら》えた。

遠くから近づいてくる、地面を素早く掻《か》くような音を。

この音はなに？　そんな質問をする余裕もなかった。音は廊下から、あっという間にトイレの中へ入ってきたかと思うと扉の前でぴたりと止まった。そして、音は「はぁ、はぁ」という荒い息遣いに変わる。

生徒や教師――いや、人でさえない。

息を殺しながら雲英を見た。彼は額に汗を浮かせている。

なにより、それにゾッとした。なにが起きても冷静に対応し、ムカつくぐらいの余裕を見せていた彼が、戦慄《せんりつ》の表情を見せ、汗を垂らしているのだ。それは雲英をも恐れさせる何かが起きているということだ。

「どうしてだ」

「……え。なにが」

「どうして、この校舎にいるんだ……こいつの塒《ねぐら》は第四校舎《ヨンカン》のはずだろ」

雲英の言葉の意味は、この後すぐにやってきた異臭でわかった。

この独特の臭い――嗅《か》いだ鼻が月面宙返りをするような、炙《あぶ》り明太子を汗ばんだ力士が腋《わき》で擂《す》り潰《つぶ》したような、二週間洗わずに履き続けた靴下にそら豆を入れて糠《ぬか》に三日間漬け込んで、それをまた履いて夢の島を旅して帰ってきたような――。

荒い呼吸が近くなった。

扉の下の僅《わず》かな隙間から、揚げパンのようなものが入ってきていた。

その揚げパンは剝《む》いた甘栗のようなものを上に載せ、横からピンク色の舌を垂らして「はぁはぁ」と呼吸をしている。

犬の鼻面だった。

ダンッと大きな音がして、見ると雲英が背中を壁に押し付けて大きく開いた瞳《ひとみ》を震わせている。額の汗は滴となって彼の角々しい頬を伝い、顎《あご》の下で玉になって連なっていた。

「どうしたの」

「そいつを追い払え」

「え？　そいつって」

「さっさとそいつを追い払えっていってるんだ！」

扉の下の鼻面を指さしている。

「もしかして、犬……怖いの？」

雲英は忌々《いまいま》しげに眉間《みけん》に皺《しわ》を刻んで澪を睨《にら》むと「怖くはない」と低く答えた。

「怖くはないが、好きじゃない。嫌いなんだ」

「別に噛《か》まないよ」

「噛むとかそういうことじゃない！　見た目から臭いから性格からなにからなにまで、俺の全部がその生き物を全否定しているんだ。どうしてこんなケダモノが愛玩《あいがん》動物として飼われているのか、まったく理解ができん。見ろ、だらしなく涎をだらだら垂らして締まりのない口……あの涎は卒倒するほど臭いにきまってる。まったく、不潔極まりない醜悪な生き物だ」

「ふぅーん、可愛いのに。よしよし」

撫《な》でる澪の手を舐《な》めようと舌が暴れだし、鼻面がぐいぐい中に押し込まれる。

「ほらほら、そこからは無理だって。鼻が痛くなっちゃうよ」

「いいか、開けるなよ」

努めて平静を保とうとしているようだが、声が震えている。

「大丈夫だって。もうお年寄りだから、すごくおとなしいよ」

「犬は犬だ！　むしろ年寄りの方が犬歴を重ね、より犬レベルを上げて犬らしい犬になっていやがる」

澪は愉快で仕方がなかった。今は完全に立場が逆転している。あんなに偉そうで余裕ぶっていた雲英の、こんなに情けない表情を見られる日が来るなんて。

鼻面がすっと引っ込むと、扉をかりかりと掻きはじめる。

雲英の角ばった顔から血の気がすっかり失せ、石膏《せっこう》像のように見える。

「なにをしてやがるんだ……」

「中に入りたがってるみたい」

「開けるなよ」

「でも、開けてあげないと、きっと上から飛び込んでくるよ。雲英君の上に飛び乗るかも」

雲英の目が扉の上に向けられた。そこは霊が覗《のぞ》きこむ定位置だが、おそらく雲英の頭の中では霊が犬に入れ替えられたイメージが生み出されているのだろう。

「開けろ……開けて、すぐに追っ払え」

「いいの？　じゃあ開けるよ」閂《かんぬき》に手を伸ばす。

「待て！　俺がいいといったらだ。俺のタイミングで開けろ。開けたらすぐに閉めろ。追っ払ったらよく手を洗え。わかったか……よし、開けろ」

壁に貼りついている雲英を横目にクスリと笑い、閂をはずす。かりかりと掻いている外の犬に「開けるよ」と声をかけてから扉をそっと押す。

扉がゆっくり開くと、そこに犬の姿はない。

居並ぶ小便器を擦り硝子《ガラス》の窓からさし込む西日が照らしつけているだけだった。

きょろきょろと周りを見渡す。開ける間際までは扉をかりかりと掻いていた。立ち去る足音は聴こえなかったし、犬とはいえ、老いた身では一瞬で姿が見えなくなるほど速く走れるとも思えない。

――まさか、あの犬まで幽霊とかいうんじゃ……。

蒼褪《あおざ》める澪の横を、雲英がすっと抜けて出ていく。

「あれ……どこ行くの？」

「帰るんだよ」

「ああ、そう」澪も出ようとすると、額を手で押さえつけられた。

「どこへ行く」

「え、だって帰るんでしょ？」

「俺だけだ。お前はやるべきことがあるだろ」そういって澪の手の鉛筆に視線を落とす。

「冗談よしてよ」

額を摑《つか》んでいる手を弾《はじ》く。

「横で見てるっていったよね。なに自分だけ帰るとかふざけたことといってるの？」

犬の件で少し強気になった澪は語調を尖らせて攻撃した。

雲英は自分の胸に手を当て、眉間に皺を刻んでいた。

「悪いな。さっきから胸がチクチクと痛むんだ」

「仮病ね。犬が怖いから尻捲《しりまく》って逃げるんでしょ？」

ハッ、と空気が抜けるように雲英は笑った。

「犬が恐い？　俺が？　馬鹿も休み休みいえ。この俺が犬畜生なんぞに怯《おび》えるか」

「じゃあ、帰らないで、いてよ」

「だから胸が痛いんだよ。いてててて」

わざとらしく歯を食いしばり、片目をつぶって痛みを訴える。そんな目の前の男に澪の怒りが爆発した。

「はあ？　胸がなに？　痛い？　知らないよ。知りませんよ。持病の癪《しゃく》？　恋でもしたの？　そんなことといったら、わたしはさっきからずっと頭が痛いよ。なんたって今日、授業中に卒倒して頭を強《したた》かにぶつけたからね。君が気づかないふりしてるのか興味がないのか知らないけど、はい、大神澪、包帯巻いてまーす。頭に包帯巻いてるのは見えてました？　さっきから巻いてるよ。伸びた髪で見えなかった？　はい、じゃあ、見て。これ、怪我してるよね？　どう見ても怪我だよね。確認するの怖いから見てないけど、きっと血も出たと思うよ。これを見た君からはなにかないの？　あれ、ないの？　普通はあるよね？　心配する言葉とか、今日は活動を止めようとか。怯えきって怪我までしている、そんなか弱い女性を労《いた》わる気持ちが君には微塵《みじん》もないの？こんな可哀想な子を南極に裸で置き去りにするような真似をするの？　それって心はあるの？　君はサイボーグかアンドロイドなの？　モビルスーツ？　初号機？　プロトタイプ？　あのね、機械は胸は痛くなりませんよ。胸が痛いから帰る？　なに舐めたこといってんのよこのやろう！」

いってやった。どうだ、いってやったぞ。

雲英の顔を見ると、やはり怒りを表情に浮き彫りにさせていた。

「お前いま、随分と俺を馬鹿にしてくれたな。その喧嘩《けんか》、買ってやるよ。覚えてろよ。吐いた唾《つば》、飲むんじゃねぇぞ」チンピラのような顔つきで凄《すご》んできたが、それもすぐに歪《ゆが》む。「くっそ、痛《こい》みがなけりゃあ、こんな小娘に舐められやしないのにな……いでででで、ちっくしょう」

前屈《まえかが》みになって忌々しげに歯を食いしばる。

あれ、本当に痛いのかな。そう思わせるくらい真に迫る表情だった。

澪はハッと顔を上げた。

――まさか、今ごろ富田林の呪いが効きだしたのでは……。

だとしたら、なんて最悪のタイミングだ。

「そういうわけだから先に帰らせてもらうぜ」

澪に背を向けると廊下の方へと踏み出す。

「待ってよ！」

「あ、そうそう」一歩戻って、澪の耳元でぼそりと忠告する。「くれぐれも逃げ出すような真似はするなよ。お前はもう書いちまったんだ。ななしくんへのメッセージをな」

重要なことであるかのように、雲英はゆっくり、ねっとり、重たげに忠告を続ける。

「そのままほっぽらかしで帰ったら、きっとよくない幻覚を見ると思うぜ。お前が最も望まぬ形で現れる、最低最悪の幻覚をだ」

「ならなんで書かせたのよ！」

「なにを今さら。それが今日の活動だろう？　いいな、後で監査が入る。そこでお前がしっかり仕事をしたかどうかがわかる。くれぐれも組織にとっての裏切者にだけにはなるなよ。裏切りと放棄の先には後悔しかないぞ」

澪の敗北。一時でも勝てた気になった自分が馬鹿だった。愚かだった。こっちの手持ちの駒は犬だけ。向こうは巨大な組織だ。スケールが違う。端《はな》から勝ち目などなかったのだ。

「それからもう一つ忠告だ。なるべく、髪が伸びないように耐えろ」

「そんなの自分で抑制できたら苦労しない」

「そうか、なら仕方がないが、とりあえず教えておいてやる。髪は人の念を絡めやすいことから、古くから呪詛《じゅそ》の媒体として使われてきた。最高の呪具なんだそうだ。だからなのか、霊的なものをよく引き付ける、なんて話もよく聞く。お前の髪が伸びれば伸びるほど、そういう幻覚をたくさん呼び寄せてしまう可能性は高いってことだ。せいぜい、気をつけろよ」

雲英の声が耳から遠のいた。

「ちょ！　ちょっと待って！」

「人が来ると面倒だ。鍵《かぎ》は閉めておけよ」

ドンと個室《なか》に押し込まれ、勢いよく扉を閉められた。

澪は扉の前で呆然《ぼうぜん》と立ちつくしながら、遠のく足音を聴いていた。

なんて身勝手で残酷な男だ。罵倒《ばとう》の仕返しのつもりか、最後にいわなくていいことを残していってしまった。

富田林の呪いが悪化して死んでしまえばいいのに、と物騒なことを考えていると、蛍光灯がジジ、ジィィ、パチンと明滅した。

一瞬の闇が去った後、個室内の壁が真っ白になった。

知恵の輪のように複雑に絡まり合って押し合い圧《へ》し合いしていた落書きは忽然《こつぜん》と消え、壁はふやけた人間の肌のような、のっぺりとした白色に塗り換えられていた。その病的な白色の中に自分の書いた『ななしくんわたしと友だちになりましょう』の青い字だけが残されている。まるで白い大海にぽつんと浮かぶ孤島を俯瞰《ふかん》しているような光景だった。

脳内で警鐘が打ち鳴らされる。逃げ出したくとも身体が動かない。目の前の壁から視線をはずせなかった。

澪の書いたメッセージの横に複数の赤い点が浮かびだした。裂傷からぷくぷくと生みだされる血の玉のようなそれは、点と点が繋《つな》がって線となり、その線は壁を伝って蔓《つる》植物のように這《は》い、死にかけに遺《のこ》したダイイングメッセージのような、弱々しく、か細い文字になった。

あソびたい

「でたぁぁぁっ!!」

硬直状態から解かれ、爆発したように跳び上がって扉に取りすがる。

押しても引いても扉はガタリとも音を立てない。見ると閂型《かんぬきがた》の鍵は掛かっていない。なんらかの力が働いて扉が開かなくなっているのだ。

これはホラーでは定番のご都合シチュエーション『退路塞《ふさ》ぎ』だ。登場人物(被害者)を襲う不幸の第一段階。怪異の一番手。まずは孤立させ、パニックを誘い、絶望に叩《たた》きこむための仕掛け。この状況に落とされた登場人物はなす術《すべ》がなくなる。鍵は当然開かない、防弾かというほど窓硝子が割れない、扉も窓も消えて今までなかった壁ができているなど、ある程度の強引で理不尽な手段も許されるホラー界の暗黙の了解。噂では聞いていたが、ここまで理不尽で不可抗力で恐怖心を煽《あお》り、焚《た》きつけるものだとは思わなかった。

こうなっては脱出は難しい。今は諦《あきら》めて別の手段を考える他ない。扉の上にスペースがあるが、あそこはこの空間で最も危険で忌避すべき場所。トイレで遭遇する幽霊は軒並み、あそこから覗《のぞ》きこむ。下手をすれば、覗きこもうとする幽霊とかち合う可能性もある。それに腰の抜けかけている今の状況では、あそこまで這い登《のぼ》ることなど不可能だった。

「だぁれかぁぁっ！　たぁすけてくださぁぁぁいいいいっ!!　たぁすけて、たぁすけてぇぇぇぇ！」

祈りを握りしめた拳《こぶし》で扉を叩いた。

放課後とはいえ、まだ五時にもなっていない。校内には生徒や教師が残っているはずだった。この命を燃やす叫びを聞いて駆けつけてくれた生徒とは、きっと一生の友達になれる。その人を自分は心の友と呼び、この友情という宝を大切に守りながら生きるのだ。友が悩むときは自分も隣で一緒に悩み、友が泣くときは一緒に泣く。友の人生を誰よりも近い場所で応援し、喜びのときも悲しみのときも共にあろう。そして、いっしょに歳をとっていこう。もし、友が現世から先立つ時が来たら、毎日空を見上げ、宇宙に無限に広がる星の一つとなった友を想って、自作の詩を捧《ささ》げよう。

駆けつけてくれたのが素敵な男子であったならば……彼に恋をしよう。

黄金色の夕日射し込む放課後の教室で「好きです」と告白するのだ。彼がもし頷《うなず》いてくれたなら、その瞬間から情けない自分とは決別する。彼に釣り合うような女になるために自分磨きの日々。化粧の仕方も覚えるし、ファッション誌だって読む。少し恥ずかしいけど、下着だってもう少しマシなものにする。誰もが羨《うらや》むカップルになるために。そしていつの日か彼にプロポーズの言葉を贈られる。

「澪、僕に毎朝、ビーフストロガノフを作ってくれないか」

毎朝ガノフじゃ胃にもたれそうだけど頑張って作っちゃいますよ。

救ってくれるのが生徒とは限らない。教師という可能性もじゅうぶんにある。なぜなら、教師とは常に生徒の将来のことを考え、優しさと厳しさをもって指導し、未来へはばたく翼を与えてくれる、そんな素晴らしい人たちだからだ。苦しみ、悩む生徒に手を差しのべてくれる聖職者だからだ。ならば、今から救いの手を差しのべに来てくれる教師を、わたしは生涯の師と仰ごう。いつか自分が有名人になり、テレビや雑誌の取材で「尊敬する人は？」と質問を向けられたら、その時は迷わずその師の名を口にするのだ。「はい！　〇〇先生です！」と。だから――。

「ダレか来てぇぇぇぇぇっ!!」

返ってくるのは残酷なほどの静寂。自分の叫び声も反響しない。叫んだそばから、自分の声が沈黙の化け物に飲み込まれてかき消されているようだった。

扉に両拳を押しつけたまま、澪はずりずりと頽《くずお》れる。額から尋常ではない量の汗が流れて唇まで塩気を届ける。なぜなのだ。誰よりもこんな事態を忌避していたはずなのに、なぜ、自分がこんな目に……。

そんなことはわかりきったことだ。雲英だ。あの唐変木がすべての元凶だ。あの男のせいで、自分はこんな悲惨な目に遭わされているのだ。しかし、雲英め……。オバQかってほど犬を怖がる超ヘタレ男のくせに、泣き縋《すが》る女子を笑いながら恐怖の坩堝《るつぼ》に叩き落として自分はそそくさと帰りやがった。覚えていろだと？　お前こそ覚えていろよ。百一匹プラス七匹で、煩悩の数の犬をけしかけてやる。

十六歳の乙女の胸で燃え盛る激しい憎悪の炎は、頭上から聞こえてきた軋《きし》むような音であっという間に鎮火した。

戦々恐々としながらゆっくり見上げた天井には、音の鳴りそうなものは見当たらない。あるのはパイプのようなものが通っていたと思《おぼ》しき形跡だけで、ポスターを剝《は》がした跡のように他の壁よりも白くなっている。ななしくんは、そこにあったものに縄を掛け、ぶら下がったのだろうか。

すると今度は、すぐ近くで壁を蹴《け》るような音がした。心臓が胸を突き破って飛び出しそうになった。その乱暴な衝撃音は四方の壁から鳴りだし、音に囲まれた澪はしゃがみこんで、泣きながら両手で耳を押さえた。

頭上の軋む音、四方の壁を蹴る乱暴な音。これは、ななしくんが死んでいく時に奏でられた音なのだろうか。その時の光景を脳が勝手に想像し、勝手に映像として流し、澪に見せてきた。

夏休み。クラスメイトたちが友達と一緒に海水浴に行ったり、河原でバーベキューをしたり、家に集まってゲームをしたり、家族と旅行に行ったり、恋人とデートをしたり、映画やショッピングを楽しんだりしている頃。ななしくんはひとり、学校の薄汚いトイレの中で自分の人生について考えていた。

そして、充分に時間をかけて考えた結果、やはり生き続けることは無駄なのだと自身の人生に判断を下し、用意した縄を天井のパイプにかけ、首を吊《つ》った。

ところが想像していたよりも苦しいことに気付いた彼は、顔を真っ赤にして首に喰《く》いこむ縄をはずそうと必死にもがいた。一度締まった縄はそう簡単にはほどけない。足をばたばたと暴れさせながら、ななしくんは個室トイレの中を壊れた振り子のように大きく跳ね揺れた。助けを呼んだかもしれない。でも声は出なかっただろう。なら、彼にできることなんて、それほど多くはなかったはずだ。首を掻き毟《むし》り、爪のあいだに皮膚片や血を爪垢《つめあか》のように溜《た》めていくこと。身悶《みもだ》え、足掻《あが》き、足で壁を蹴ること。息を吸おうと喘《あえ》いで、大きく開けた口の端から泡と舌をこぼすこと。痙攣《けいれん》すること。誰にも届くわけのない心の声で叫ぶこと。苦しい。苦しい。こんなはずじゃなかった。こんなつもりじゃなかった。こんなに苦しいのなら死にたくない。死にたくない。どうして自分がこんな目に遭うの。どうして自分だけ不幸なの。苦しいの。助けて。タスケテ。オカアサン。

ギシギシ、ドンッ、ドンッ、ギシギシ、ドンッ、ドンッ。

この軋む音と壁の衝撃音は、ななしくんが最期に聴いた音なのだ。

想像すると、目に見えずとも視えてくる。

今、この狭い個室の中、苦しみもがく男子生徒が激しく揺れている。

澪は自らが生み出した想像で、瞬く間に恐怖の虜《とりこ》となったが、髪は伸びなかった。

それはまだ、自分の精神が冷静な判断を下せるという証拠だった。

最悪の事態を避けるためにも、慎重に思考を働かせ、選択しなければならない。判断をひとつ誤れば、この怪談の新たな被害者として学校で語り継がれることになってしまう。

澪の目は足元に落ちている青色の鉛筆を捉《とら》える。

ここですべきことは――。

鉛筆を拾うと壁へ視線を戻す。蚯蚓《みみず》がのたくるような赤い言葉は、今にも滴りそうな鮮やかさで澪の返事を待っているようだった。

『あそびたい』――たったひと言。このシンプルな要求に、どう返すべきか、考えねばならない。

彼のしたい『あそび』、生前にしたかった『あそび』とは、なんなのか。

ななしくんが自殺したのは夏休み。クラスメイトが一年で最も遊び呆《ほう》けている時だ。なら時期的に海水浴やバーベキューだろうか。しかし、タイプ的にアウトドアを好むような感じでもない。一緒にマリオカートやモンハンをしてもいいが、ゲームは常習性があるので廃人ならぬ廃霊になる恐れがあり、そうなると意地でも成仏しなさそうな気がする。

高校生らしい遊びを考えようと思ったが、自分が高校生のしている遊びをほとんど知らないことに気づいた。しかも、相手は男の子だ。想像がつかない。

クラスの女子は頻繁にカラオケに行っているようだが、彼を誘うのも何か違うし、自分も行ったことがない。第一、首を吊った状態では喉《のど》が絞まってろくに声など出ないだろう。

遊びの誘いイコール死への誘いということもじゅうぶん考えられる。それに相手の要求をストレートに受け入れるのも与《くみ》し易い相手と思われて危険かもしれない。

そうだ。雲英は「怪談が望む着地点とは百八十度反対のところに落とせ」といった。

望み通りにする必要はないのだ。

では、『あそびたい』への無難な返しとはなんだろう。壁の前で鉛筆を構えたまま悩みに悩み抜く。この一筆が今後の運命を左右するかと思うと、なかなか芯先《しんさき》を壁につけることができない。

何も糞《くそ》まじめに受け答えする必要もないのだ。

雲英は相手を小馬鹿にしまくっていた。ここは相手の要求を真っ向から無視し、しれっと話題を逸《そ》らしてしまおう。

『やあ、ななしくん！　げんきだった？　わたしはげんき!!』

すぐに返事がきた。

しんでるよ

はい、ごもっともでございます。

澪は早速、自分がやらかしたことに気づいた。死人に元気もくそもない。圧倒的に元気ではないはずだ。そんな相手に軽いノリで健康度合いを訊《たず》ね、あまつさえ自身の健やかさを「!」を二つもつけてアピールするなど、最大の皮肉であり侮辱、そして無謀な行為だ。喩えるなら、たった今ケジメをとったばかりのその筋の人の前で、ゆるキャラ「こゆびちゃん」がロジャーラビット・ステップで踊るようなものだ。命知らずにもほどがある。

汗がどしゃぶりのように降り注いで足元に水溜《みずたま》りを作り、濡《ぬ》れたシャツとスカートが身体にべったりと貼りついて不快だったが、こんな状況でも一抹の救いがあった。どういうわけか、いまだ髪の毛が伸びていないのだ。散々伸ばしたから今日の出荷分は尽きてしまったのか、それとも雲英の物騒な情報を聞いたことにより自然にロックが掛かったか……。

目の前の壁に、ゆっくりと赤い字が刻まれる。

どこにいルの

たいへんだ。

彼は自分に会いに来ようとしている。

どこから来るのかは知らないが、わざわざ御足労いただくわけにはいかない。

やはり、首を吊った状態で来るのだろうか。怪談ではそうだった。

首を吊って死んだ者は物凄《ものすご》い表情になると聞く。そんな死に顔をいきなり眼前に突きつけられようものなら、かなりの高確率で心肺停止、運が良くても精神崩壊は免れない。霊の接近は断固阻止せねばならないが……この質問をどう捉えるかである。

『どこにいるの』とは、どういうことなのか。

相手には自分の姿が視えていないということか。死者と生者は違う次元に生きている。同じ場所にいても互いに視えていないのかもしれない。それならば、自分の居場所をわざわざ親切に教えてやる必要はない。かといって、アゼルバイジャンとか冥王《めいおう》星《せい》とか、遥《はる》か彼方《かなた》の場所を書き示したとして、馬鹿正直にそっちへ向かってくれるだろうか。たとえ騙《だま》せたとしても相手は霊である。一瞬で移動し、自分がいないことを知ったら激怒して一瞬で戻ってくる。それに相手は知っていて、わざと自分を泳がせている可能性もある。自分が嘘つきかどうかを試しているのだ。嘘つきの友達には制裁が加えられるだろう。

最善の選択は、相手の怒りを買わぬよう、正直に今いる場所を伝え、自分なりの誠意を見せるべきなのではないか。

どちらを選んでも後悔する結果になりそうだった。

嘘をつかず、しかし真実は伝えず、相手の質問をはぐらかしても機嫌を損ねない返しを思いつけば……。

誤作動か、追い詰められた精神の自動治癒《セルフセラピー》か、焦りで真っ白になった頭の中をいつも聞いている歌が繰り返し流れ始めた。

僕はずっとそばにいるよ　君の心の中に　いつまでも
僕はずっとそばにいるよ　君の心の中に――これだと思った。

最近、澪がはまっているフォークデュオ【もぎたてオレンジーズ】のデビュータイトル『君の涙はシャンデリア』の一節だ。

どこまでも美しく、どこまでも優しい詩的《ポエティック》な歌詞。「僕」の居場所が「君の心の中」という漠然とし過ぎる曖昧《あいまい》な位置情報。「どこにいるの」という問いかけに「どこにもいない」といっているのと同義だが、捉え方次第では相手が涙して喜んでくれる可能性もある。実際、澪も、まだ見ぬ心の友との友情物語を夢見て何度も涙したものだ。

もし「ふざけるな」と返ってきたら即謝罪だが、心を打たれて感動してくれるようなピュアな相手なら、まだ逃げ道はあるし、なんなら本当の友達になれるかもしれない。

壁に芯先を付けたと同時に、個室内に鳴り響いていた壁を蹴《け》るような音がぴたりと止んだ。

明らかに空気が変わったのがわかる。

数秒間の厭《いや》な沈黙の後、扉に赤い字が浮き出てくる。

みつけた

澪の隣に、勢いよく何かがぶら下がった。

音はほとんどしなかった。僅《わず》かな衣擦《きぬず》れと何かが傍をかすめる風。

視界の端で、揺れている。

すぐ傍に、ぶら下がっているのだ。

ななしくんが。

堰《せき》を切ったように恐怖が濁流となって溢《あふ》れだす。まだ髪は伸びない。どうやら完全に枯渇しているらしい。それでも伸ばしたくて仕方がないのか、頭皮の毛穴がヅクヅクと熱く疼《うず》いている。もしこれ以上の恐怖を味わえば、睫《まつげ》毛や爪を伸ばしかねない。

絶対に直視しないよう、まっすぐ壁に視線を向けたまま硬直していた。視界に入れれば、自分は恐怖に支配されて精神《こころ》が壊れてしまうかもしれない。

室内に強烈な異臭が立ち込めていく。初めて嗅《か》ぐ臭いだったが、澪はこれが死臭なのだとわかった。

自分との距離はおそらく二十センチもない。すぐ傍にいるのに自分の呼吸の音しか聞こえない。息をしないものに、すぐ傍でジッと見つめられているのは耐え難い。いつ抱き付いてくるかと思うと生きた心地がしない。

鉛筆を握る腕の震えを抑え、壁に『ごめん』と書く。

『ごめん　やっぱり　きみのともだちにはなれない』

やってしまった。これこそ、嘘つきと糾弾され、殺されてもおかしくない。けれども、変に誤魔化して後で取り返しのつかないことになるより、正直に本心を伝える方が気持ちが楽だ。こうなれば本心で返事を書き続けて彼の良心に訴えかけるしかない。

『ここからわたしをかえして　おねがい』

その文《センテンス》の末尾の一文字を知っているように、書き終えるかどうかというタイミングで返事が書きこまれる。

なんで　かエる

『こわいの　きみがすごくこわい　このトイレがすごくこわい　かえりたい　かえりたいよ』

水の滴る音がした。

この静寂の中だからこそ捉えられた、小さな滴の弾《はじ》ける音が。

その音の意味を考える間もなく、壁に赤い文字が現れる。

　ともだち　ほしかった

『ごめんね　ごめんね』

　ひとり　さびしイ

ぽた、ぽた、ぽた、ぽた。滴下音の間隔が早くなる。

——ななしくん、泣いてるんだ。

壁に書かれた言葉は、ななしくんの心の叫びなのだ。

死が決して自分に安息を与えるものではないことを、彼も知っていたはずだ。死は無になること。自分がいなくなること。それでも自分が存在していたことを誰かが記憶に留《とど》めていてくれれば、完全な無にはならない。でも、その人が忘れてしまえば、自分は完全に無になる。いなかったことになる。

そうとわかっていたのに、こんな選択をせねばならないほどの孤独とは、どれほど苦しいものなのか。死後に訪れる孤独は、どんなに辛《つら》くて、怖くて、寒くて、心を凍《い》てつかせるものなのか。

名無し――それは男子生徒の名前ではない。白首第四の生徒も教師も、誰も彼の名前は知らないから名無しなのだ。

ななしくんは生きている時も、死んだ後も、ずっと独りだった。狭く暗いトイレの中、【名無し】とよばれて誰にも本当の名前を呼んでもらえず、自分が誰であったかも思い出されることもなく、死という永劫《えいごう》に解けぬ氷塊の中に閉ざされた彼は、怪談の中でしか存在できなくなってしまったのだ。

澪は自分のした愚かな行為を恥じた。

逆巻いていた恐怖は鎮火し、代わりに胸の奥に同情という灯がともりはじめた。

ともだチ　ナてくださイ

「……ななしくん」

心が揺らいだ。

こんな純粋な子が、悪い霊であるわけがない。

彼の望みに応《こた》えてあげたい。彼を救いたいという気持ちがあった。

怪談は初めから怪談だったわけじゃない。

孤独な生徒がいたことは事実かもしれない。その生徒が自死したことも事実かもしれない。死の間際に残した赤い遺書は実在するかもしれない。彼の孤独な想いと霊魂は、このトイレに留《とど》まり続けていたかもしれない。けれども、そこに怪談なんてものはなかった。

誰かが面白半分で、彼の悲劇を怪談【赤字のななしくん】として語り始めたのだ。ななしくん本人からすればまったく身に覚えのないことだったかもしれない。それでも、誰かに語られることで、自分の存在を思い出してもらえることは嬉《うれ》しかっただろう。だから、怪談側へ自分を寄せていったのではないだろうか。悪霊と呼ばれて恐れられても、人に認知してもらえることが嬉しかったのではないのか。そして、いつか本当に友達と呼べる存在ができると信じ、期待して待ち続けていたのではないか。

すべて、想像の域を出ないが、怪談が誰かの哀しい物語の上に紡がれているのは事実だ。悲恋、未練、絶望、後悔――怪談の下地のほとんどが悲劇だ。そこに悲劇が存在していたからこそ、怪談は生まれる。怪談は怖い以前に哀しいものなのだ。

雲英は悲劇を喜劇に変えるといった。それが怪談を壊すことだと。

自分にも、できるだろうか。

ななしくんに起こった悲劇を、哀しみを、喜劇へと変えることが。

彼をじめついた暗い場所に潜む悪霊ではなく、陽の当たる世界の主人公とすることが自分にできるだろうか。物騒な怪談が語られ、忌み嫌われていた【あかいちゃんちゃんこ】のトイレが、109《マルキユー》並みの人気スポットとなったように、ななしくんを生徒たちから受け入れてもらえるような存在にできるだろうか。

鼠のように胸の奥底に身を潜める勇気を引きずり出し、隣でぶら下がっている彼に身体ごと向いた。

少しでもショックを軽減させるよう、足下から見上げていく。

吐瀉《としゃ》物や尿を染み込ませ、黄ばんで汚れた上履き。埃《ほこり》にまみれ、金釦《きんぼたん》が取れかかった学生服。学帽を目深にかぶった土気色の細面。澪をまっすぐ見つめる、真っ赤に充血した目。

ななしくんの顔は幽霊のものではなく、死体そのものの表情を貼りつけていた。

鎮火したはずの恐怖心が再燃する。

毛穴から五臓六腑《ごぞうろっぷ》が噴き出しそうだった。全身の震えの震源地である心臓《むね》を押さえながら、努めて冷静を装って「ななしくん」と呼ぶ。

「残念だけど、やっぱり君とは友達にはなれない」

トイレの蛍光灯が消えた。

完全な闇は下りてはくれなかった。扉の上と下から僅《わず》かに外光が射し込み、個室内は仄暗《ほのぐら》い。だから、目の前にぶら下がる彼と、彼の充血した視線は澪の視界から消えてくれなかった。その視線を受け止めるように澪は目をそらさず、まっすぐに彼を見つめた。

「ま、待ってよ。嘘をついたわけじゃないの。わたしもね、ずっと孤独だったんだ。すごく臆病《おくびょう》でさ、怖い思いをしたくないから、いろんなものから逃げて回って、そうやって生きてたら友達もできなくなっちゃって……だからね、君と友達になりたいって気持ちも本心からのものなの。嘘じゃない。でも……でも、わたしたちにはとても残念な隔たりがあるの。君はもう、死んでいる人だってこと。わたしは、まだ生きているってこと。死んでる人と生きている人は、友達にはなれないんだよ」

ぎしっ、と大きく軋《きし》む音がし、ななしくんが距離を縮めてきた。

もし彼が生きていたなら、肌に息を感じていたであろう距離まで。

「早まらないでっ、ここでわたしを連れて行っても意味がないよ。だって……だって、君はこれまで、自分が連れて行った人と友達になれた？　なれてないでしょ？　それって、同じ死人になったからって友達になれるわけじゃないってことじゃない？　相手が死んでも、君がひとりってことに変わりはないのよ。だから、君に友達ができない理由は、生きているとか死んでいるってことに原因があるわけじゃないと思うの。

あっ、そうだ」

閃《ひらめ》いたようにパチンと手を叩《たた》く。

「じゃあさ、わたしにひとつ提案をさせてくれない？」

澪を凝視し続けている。興味を抱いてはいるようだ。だからこそ彼を失望、落胆させるようなことは絶対にいえなかった。

澪は両の拳《こぶし》を握りしめる。

「イメチェンよ」

ななしくんは、かくんと首をかしげた。

「イメージチェンジ、イメージを変えるの。今の君はその、言いにくいんだけど……ちょっと怖すぎると思うの。だって、首を吊《つ》っちゃってるでしょ？　ううん、しょうがないよ。だって、そうやって君は死んじゃったんだもの。でも、その首に繋《つな》がってる縄……なんとかならないかな。思い入れのあるアイテムだったら悪いんだけど、それがあるないでだいぶ君の印象も変わると思うんだけど」

軋む音をさせ、ななしくんが静かに揺れ始めた。

「そ、そう、それ、それだよ。普通の人はそうやって揺れたりしないでしょ？　そんなの誰が見ても怖いよ。まず現れ方が怖いよね。さっきも急に上からブランでしょ。あれじゃ、友達になるとか以前に相手を心臓麻痺《まひ》で殺しちゃうよ。いきなり出てこないでさ、もっと事前連絡が欲しいの。あ、でも、『ボク、ななしくん、今××にいるの』なんていちいち報告はいらないよ。あれ別の幽霊だし。

そうね、プロレスの入場ソングみたいなのを流すとかしたらどう？　今から行くよって感じがすごく出るじゃない。こっちの方も心構えができるしさ。あと幽霊って井戸から出たり、テレビから這《は》い出てきたり、四つん這いやブリッジで追っかけてきたりするけど、登場シーン、そんなに凝らなくてもよくない？　そんな全力で怖がらせる必要ある？　それともそうしなきゃ出られないルールみたいなものがあるのかな？　怖がらせたらポイントがつくとか。

君の場合、やっぱりネックなのはその首吊り縄よね。首だけにネックとかいってる場合じゃないよ。縄とかじゃなくて、もっと違うものに下がったらどうかな。例えば電車の吊革《つりかわ》とか。サラリーマンのお父さんたちが君に共感してくれるかもよ。あの人たちも孤独だから……。あ、ハンモックとかいいよね。誰でも一度はあれで寝ることに憧《あこが》れるんだよねぇ。実際は慣れないと寝辛いみたいだし、今どきそんなもの使って寝てる人って少ないと思うけど、なんか悠々自適に暮らしてますって余裕が出ていいんじゃない。幽霊って死んでからも苦労してますってイメージがあるけど、それも、いっぺんに変わるんじゃないかな。あとちょっと古いけど、ぶら下がり健康器とかもいいよね。死んでるのに健康に気を遣ってるのってちょっと斬新《ざんしん》で素敵だと思うよ。百歳のお爺《じい》さんが筋トレの後に青汁呷《あお》ってたら素敵でしょ？　もし首元が寂しいと思ったら蝶ネクタイとか、冬はマフラーを巻くとか。ヨン様が巻いてるようなやつね。

あ、もう古いか。

どうかな。それなら怖くないと思うの。怖くないって重要だよ。だって友達になりたい相手まで怖がらせちゃったら意味がないもの。それに幽霊イコール怖いなんて、もう古いと思うんだよね。なんだか幽霊がおどろおどろしくて恐ろしいものってイメージが定着しすぎてない？　なにも君たちまで世間のイメージに引っ張られることはないんだよ。ダンディー系とか癒《いや》し系とか萌《も》え系とかオネエ系とか、いろいろいてもいいじゃない。みんなちがってみんないい。つまずいたっていいじゃない。ゆうれいだもの。わたし思うんだけど幽霊って姿勢だと思うのよね。猫背で俯《うつむ》いてるみたいなのが多いでしょ？　その陰気さも古臭いしさ、背筋をこうピンと伸ばして、胸を張ったらいいと思うのよ。なにも死んだことに引け目を感じることとなんてない。むしろ未知の領域にひと足先に足を踏み入れたわけなんだから、ちょっとドヤ顔したっていいくらいじゃない？　そうだ。ちょっと鍛えてみたらどう？　幽霊だからってガリガリくんじゃなきゃいけないってこともないんだしさ。もうこの際、腹筋とか作ってみたら？　腹、六つに割っちゃおうよ。大丈夫だって。若いから筋肉は付きやすいよ。それから君たち幽霊は顔色が悪いのもマイナスになってるよね。どうにか不健康なイメージを払拭《ふっしょく》したいもんよね。こうなったらさ、もう日サロ行っちゃう？　日焼けサロン。わたし、あんまり詳しくないけどさ、うちのクラスの子たちがよく行ってるのよ。

海に行かなくてもカッコよく焼けるからいいんじゃない？　お腹割って、日に焼いて、板チョコボディなんてどう？　でも、幽霊は焼けないかなぁ。ま、何事もチャレンジだからね。

あと、何より大切なのは、やっぱり笑顔だよね。君たちって顔を伏せているか、上目づかいで人を見たりとかしがちじゃない？　笑ったとしても、ニタァッて粘っこく笑うでしょ？　笑ってる顔にザックリ割れた傷とか夥《おびただ》しい流血とかオプションも怖いのよ。もっと見る人が幸せになるような笑顔のほうがいいよ。そりゃまあさ……自殺しちゃうくらいだから幸せなことも笑えるほど楽しいこともないと思うけど……そこはもう妄想でいいと思うんだ。ベタなのでいくならサマージャンボで三億円当たるとか、今ならロト6《シックス》かな。あっ、可愛い彼女ができる妄想とかもいいんじゃない？」

はたと気づく。

自分だけ盛り上がって喋《しゃべ》っていたが、ななしくんは途中からまったくの無反応だ。

少し調子に乗り過ぎてしまったかもしれない。

反省していると、遠くからお経を唱えているような低い声が近づいてくる。

蛍光灯が激しく明滅し、その一瞬で、ななしくんが変貌《へんぼう》を遂げていた。

はだけた学ランから覗《のぞ》く腹はザックリ六つに割れて〝中身〟が覗き、火葬場から逃げ出したような真っ黒焦げの顔は白目を剝《む》いて薄ら笑いを浮かべ、そんな彼は死後硬直のように背筋や腕をピンと伸ばし切り、ぶら下がり健康器にぶら下がっていた。

澪のコーディネートは、ななしくんをより一層不気味でわけのわからない姿へと変えただけだった。

「だあぁぁっ、やっぱ無理無理無理無理ムリムリ！　ごめんごめんごめん！　戻して戻して戻して！」

なんて素直な霊なのだろう。お経のような声は入場ソングだったようだ。

三度《みたび》暴れ出した心臓の鼓動と恐怖心を一旦《いったん》鎮めようと、澪は便器に座っていた。

陽が落ち、薄く青みがかったグレーに染まる個室の中、ななしくんは元の姿に戻り、静かに下がっている。

「君って、生前はどんな男の子だったのかな」

沈黙に耐えられず、沈黙を返されるのを承知で訊いた。

「今の君は怖くて正直、友達にはなれそうもないけど、生きていた頃の君と出会えていたら、仲良くなれてたかもね。だって君、なんかいい人なんだもん」

と、ななしくんの姿が霞《かす》みだす。

「なに、どうしたの」

暗い天井から吊り下がる彼は、過去の映像のような古めかしい写り方になっていく。

そうなっていくとともに別の大きな変化も見せていた。様相が逆再生のように変化していくのだ。

落ち窪《くぼ》んだ眼窩《がんか》がシリコンを注入《いれ》たように膨らみ、乾いた唇が捲《めく》れ上がった皮を畳んで潤いと艶《つや》を取り戻していく。

少しだけ目にかかる前髪。深く閉じた瞼《まぶた》に添えられた薄い眉毛《まゆげ》。細くまっすぐな鼻筋。浮いた頬骨。透けるような肌の色。色も輪郭も幽《かす》かではあったが、そこにある姿は辛うじて死者のものではなかった。

「それが生前の君？　……え、うそ」

——やだ、けっこう、かっこいいじゃない。

世でいうところのイケメンというものではない。背も高くはないし、少し痩《や》せすぎかもしれない。おとなしい性格で影が薄かったというのもたいへんわかる。でも文学青年のような知性を感じさせる面立ちは、けっして悪くないと思った。

自分がこういうタイプの男性に惹《ひ》かれるのだと澪は初めて知った。

壁に赤い言葉が浮き出る。

とこロで

「『ところで』？」

どウして　おんなノこ

どうして、男子トイレに女子がいるのか、今頃になって気になったようだ。

「あの、これには抜き差しならない事情があってね……その、変態とかじゃないから。あ、もし嫌なら出ていくけど」

便座を立つと扉がドンと鳴らされた。

けっして乱暴な音ではない。出ていかないで。そういわれているんだと思った。

「そうだよね。君は寂しかったんだもんね。わかった」

便座に戻ると、眠っているような顔のななしくんの顔を見上げる。

不思議だ。

さっきまで心臓が爆裂四散するほど恐怖に捉われていたのに、今は落ち着いている。目の前に幽霊が、首を吊《つ》った男子生徒がいるというのにだ。数分前の自分には信じられないことだった。

「ねぇ、もう幽霊、やめたら？」

随分と無責任な発言が口から出た。

「わたし、死んだことないからわからないけど、人は生まれ変わることができるって思ってるんだ。転生っていうんだっけ？　それができるのなら早く、新しい人生を見つけてスタートさせた方がいいと思うな。幽霊なんてやってても楽しいことなんてないんでしょ？　それは見ててわかるもん。そうだよ、幽霊なんてやめちゃったらいい。そしたらさ、学校のみんなに『ななしくん、幽霊やめたってよ』っていってあげる。いいじゃない。生まれ変わったら、きっと友達もできるよ。君の時代がどうだったのかはわからないけど、今は君みたいな寡黙なタイプ、わりとモテるんだよ。君のように身体も心もナヨってしてる男の子は弟みたいに可愛がられるの。草食系男子なんて言葉もあるしね。それに君、わたしにいわれてもあんまり嬉《うれ》しくないと思うけど、なかなかかっこいいよ」

ななしくんが、ゆっくりと回って背中を向けた。

「わたし、怒らせるようなことといっちゃった？　あ、もしかして」

――照れた？

生前は友達がひとりもいなかったのだ。女子への免疫などあるはずもない。個室で女子と二人きりというシチュエーションに緊張しているのかもしれない。

相手が死人とはいえ、自分が女性として意識されていることが、澪には少しだけ嬉しかった。

ななしくんを怪談の呪縛《じゅばく》から解放してあげたい。

でも、自分になにができる？　彼の友達になってあげる？　ううん、無理。なってあげたい。けど、まだ彼が怖い。

鞄《かばん》に下がるデバさんをギュッと両手で握り潰《つぶ》す。前脚がバンザイするかのように上がる。

デバさんくらい小さくて愛らしかったら、いつも鞄から下げてあげるのに。

はっと顔を上げる。

そうだ、妄想だ。

雲英はいっていた。怖い幻は自分にとって都合のいい幻にしろと。自分が主人公の妄想ドラマに巻き込めと。もしそれが上手《うま》くいけば、ななしくんのことが怖くなくなれば、彼と友達になれるかもしれない。願いが成就したななしくんは、怪談でなくなるかもしれない。

妄想《ドラマ》のために、澪は目を閉じた。


ななしくんは、澪の説得で幽霊をやめることにした。

次はもう少し健全で明るい人間に生まれ変わって、再び澪の前に現れることを約束し、彼は長く住んだ古巣《トイレ》を離れた。

その魂が学校を離れ、天国へ向かうために空を昇っている時、偶然にも交通事故の瞬間を見てしまう。

自転車に乗っていた少年が、後ろから来た暴走車にはねられてしまった。

車は止まることなく走り去り、すでに魂が離れてしまった少年は道路に仰向《あおむ》けで倒れている。

ななしくんは少年の傍に降り立った。

少年の顔は生前の自分とどことなく似ていた。

縁を感じたななしくんは、彼の冥福《めいふく》を祈り、そっと手を合わせた。

すると、身体を引っ張られるような感じがした。

ななしくんの霊魂は、なぜか目の前の少年の肉体に引き寄せられていた。

合わせた手が崩れ、溶けた蠟《ろう》のように滴り、少年の鼻に吸い込まれていく。

なにが起きようとしているのか、ななしくんは思考する間もなく、少年の抜け殻の中に吸い込まれていった。

ななしくんは病院のベッドで目覚める。

ベッドの横には、自分の手を握って泣きながら喜ぶ中年の男女。

状況が理解できた。

ななしくんは事故で死んだ少年の肉体に宿ったまま蘇《よみがえ》ったのだ。

泣いて喜ぶ大人たちは少年の親だろう。

まさか、こんなに早く、こんな形で生まれ変わるなんて——。

嬉しくもあったが複雑でもあった。

本当の少年は死んでしまっている。両親はそれを知らない。少年を轢《ひ》いた車はいずれ捕まるだろうが、致死罪にはならないのだ。

ななしくんは両親に抱かれながら、死んだ少年に謝った。


こうしてななしくんの第二の人生が始まった。

ななしくんは亡くなった少年として高校へ通うことになった。少年も白首第四の生徒だった。

ななしくんは記憶喪失ということになり、周囲の人がいろいろフォローをし、優しい声をかけてくれた。

こんなに人から話しかけられ、意識され、目に留められ、優しくされたことなどなかった。似ている顔でも、まったく違った人生を少年が送っていたのだなと思うと、自分はその幸せを奪ったようで時折、罪悪感が波のように押し寄せた。

そんなある日、廊下でばったりと再会する。

お互い、「あっ」と声をあげた。

あの時の子だ。

あの時——第三校舎の二階の男子トイレで、生者と死者として出会った、あの時の。

すぐ会いに行くつもりだった。でも、会っても自分の状況を上手く説明できない。

きっと少年の人生を横取りしたと思われる。また、怖がられてしまう。だから、会いにはいけなかったのだ。

「あの、どこかで会ったこと、あります？」

そんな彼女の声を振り切るように、ななしくんはその場を走り去った。

下駄箱で、校門で、合同授業で、顔を合わせるたび、二人は意識し合い始める。

昼休み、いつものように図書室で読む本を探していたななしくんは、机で読書をしている澪の姿を見つける。

そっと隣に座り、「やあ」と声をかける。

澪は「どうも」と返す。

告白した。自分があの時の幽霊なのだと。こうして生まれ変わった経緯も、すべて。

話すことで怖がられるかもしれない。それでも、話したかった。話して怖がられるなら、それはもうしかたがないと思った。

「やっぱりそうだったんだ」

彼がななしくんであることを、澪は薄々感づいていた。「おかえり」そう祝福してくれた彼女の顔に、塵《ちり》ほども恐れは見られなかった。

二人は友達になった。

なんでも話すことのできる本当の友達。真の友達に。

澪は幽霊が苦手になった経緯や、これまでの暗い学生生活について語った。

ななしくんは生前の自分のこと、死後の自分のことについて語った。

交わされた会話の内容は、この二人にしか信じることのできない秘密だった。

ある日の学校帰り、ななしくんは澪に家へ招かれた。

手料理を振舞ってくれた。

初めて作ったというマカロニグラタンは、少し味が薄めだった。

「なんかまずいね。ごめんね」

「ううん、そんなことないよ。すごく美味《おい》しい」

「うそ、もっと塩を振った方が」

塩を取ろうと伸ばした澪の手に、ななしくんの手が触れた。

「このままでいいよ」

ななしくんは「あっ」と声をあげ、慌てて手を引っ込める。

「ごめん」

赤らむ頬を隠すように顔を伏せて、グラタンを必死に口に掻《か》きこんだ。


「じゃあ、そろそろ帰るね。今日はごちそうさま」

鞄《かばん》を肩にかけ、玄関へ向かおうとするななしくんの腕を澪が摑《つか》む。

「見せたかったものがあるの」

「見せたかったもの？」

「うん、来て」そういって、ななしくんを引っぱっていく。

連れてこられたのは澪の部屋だった。

「見て」

ベッドの脇の壁に、青い文字が書かれている。

『ななしくんわたしと友だちになりましょう』

「これは」

ななしくんは壁に近づき、繊細な硝子《ガラス》細工に触れるよう、そっと指先で字をなぞる。

「あの日の約束、やっと果たせた。わたし、ずっと君を待ってたんだよ」

「……ありがとう。でも、こんなところに書いて怒られないの？」

「この家、古くってさ」澪は部屋を見渡した。「来月、全部の部屋の壁紙を貼り替えるの。だから平気。貼り替える前に見せられて良かった」

ななしくんは、自分の鞄の中から筆入れを取りだした。

「ぼくも、書いてもいい？」

「うん。いいけど」

ななしくんは青い言葉の横に赤い色鉛筆で、こう書いた。

『ぼくと　つきあってください』

それを見た澪は口元を押さえ、大粒の涙をぼろぼろとこぼした。

そして、小さく頷《うなず》いた。

「はい」


それから二人の交際が始まった。

数日後の日曜日。

交際して初めてのデートは、街のメインストリート沿いにある図書館だった。

いつものように、いつもの会話をして、二人はいつもと同じ時間を過ごした。いつもより時間の流れが早く感じた。あっという間に日が暮れた。

公園のブランコに揺られながら、ホットケーキの上のバターと蜂蜜《はちみつ》のようにゆっくり蕩《とろ》けていく夕日を二人で眺めていた。

「今日は楽しかった」

澪はころころと笑っていった。

「うん、楽しかったね」

「今日がもう終わっちゃうなんて、ちょっと寂しいね」

「そうだね」

澪はブランコから飛び降りる。

「そろそろ帰るね」

ななしくんは満面の笑みを見せて、頷いた。

「うん、また明日《あした》、学校で」

「じゃね」

くるりと背中を見せた澪は「あのさ」と背中で呟《つぶや》く。

「ここってやっぱり、キ、キスとかして別れるものなのかな」

ななしくんは笑みのまま固まった。

「だって、は、初デートじゃない……その、記念っていうか」

ゆっくり振り返った澪は、少しだけ顎《あご》を上げると目を閉じた。固く結ばれている唇は震えていた。

幽霊だった時はあんなに沈黙していた心臓が、今はバクバクと激しく打ち鳴らされている。

大きく深呼吸し、ななしくんは——。


瞼《まぶた》を開くと、ななしくんの土気色の顔が目の前にあった。

黒ずんだ瞼を閉じ、乾いて表皮の剥離《はくり》した大鋸屑《おがくず》をまぶしたような唇を尖《とが》らせている。その唇は間もなく、澪の唇へと到達しようとしていた。

「ちょ、ちょっと、なにしてるの！」

両手でドンと押した。

激しく押し返されたななしくんは音をたてて壁にぶつかると、大きく円を描くように揺れた。揺れながら「なんで？」という顔をしている。

「い、今、キスしようとした？　なにしてるのよ？　油断も隙もありゃしない！」

壁には、ななしくんの不満が書きこまれた。

　　きみがさそっタ

「はあ!?」

　すると、ななしくんは遠心力を利用して、左サイドから澪へキスをしようと迫ってきた。

　両手ダラリ状態の男子生徒が振り子回転運動を利用して接吻《せっぷん》を迫ってきたのだ。澪はすんでのところでこれをかわし、次の攻撃準備のために小さく円状に揺れるななしくんを睨《にら》みつけた。

「なんなのよもう！」

　もはや、霊的な恐怖はなかった。

　まさか、彼がここまでアグレッシブな男だったとは――。地味で根暗な純情少年《ピュアボーイ》だと思って少々舐《な》めてかかっていた。

　しかし、なぜこうも急な豹変《ひょうへん》を……。

　彼は先ほど、こう訴えてきた。『君が誘った』と。

　――もしかしてわたし、妄想していた台詞《せりふ》、口に出してた？

それにより、ななしくんをその気にさせてしまったのなら彼には悪いが……。

この迫り方はあり得ない。はっきりいって、ななしくんを見損なった。

とにかく、彼に唇を奪われるわけにはいかない。一度でも許せば彼の勘違いを増長させてしまう。

「落ち着いて、ななしくん。話せばわか、うわぁっ」

今度は右サイドからの攻撃。上体を後ろに反らせてかわそうと構える。が、しかし、ななしくんを吊《つ》り下げている縄が急に伸びたかと思うと、彼の位置がグンと下がった。それにより円の大きさが変わり、攻撃範囲が一気に広がる。澪は床にへばりつくようにして避《よ》けると、頭すれすれでななしくんの上履きが掠《かす》めていった。

フェイントまで仕掛けてきた彼は、今の攻撃が失敗してよほど悔しかったのか、壁をドンドンと鳴らし、下手くそなヨーヨーみたいに身体を跳ねさせている。

壁には澪を罵倒《ばとう》し、糾弾する赤い言葉が次々と書かれていく。

どうしてニゲル　きミからキた　うソつき　ドスけべ　キすさせロ

——こいつ、最低だ。

勘違いっぷりと執着、そしてこの癇癪《かんしゃく》の起こし方。ななしくんはストーカーの素質があったのかもしれない。それとも長い孤独が彼の性格を捻《ね》じ曲げてしまったのか。せっかく、あんなに素敵な妄想《ドラマ》の主人公にしてあげたのに――。

どんどん回転運動の速度を速めていく彼は、這《は》いつくばっている澪の頭上から怨《うら》みがましい視線を注いでくる。この腕が自由であるならば、お前を摑んで捕まえて無理やりキスしてやるのに。そんな目だ。

このままでは、とても不純な動機により彼が超悪霊化してしまう。そうなれば、さらに最低な怪談として語られることになってしまうだろう。

「だめだよ、ななしくん！」

降参するように両手を上げた。

説得するしかなかった。

「それじゃだめだよ。君は怖くなっちゃダメ。そうやって君が怖くなったら、そこから怪談が生まれるの。それもとても怖くて、誰もが耳を塞《ふさ》ぎたくなる怪談に。そうなったら君は、きっともっと孤独になっていく」

ななしくんは回転を止めない。聴く耳は持っていないようだ。遠心力により上履きがロケットのように脱げ、勢いよく便器の裏に転がっていった。

「君の人生《ストーリー》は終わってしまったかもしれない。けど、今こうしてる君の新たな物語《ストーリー》だって生まれていくんだよ。その内容は君自身が作るの。君の物語は、君が良くも悪くもできるんだよ？　本当は死んじゃだめだった。それが君の最大の失敗。君は自分の物語の主人公だったのに、それを放棄してしまったのよ。いい？　どんな物語の主人公も、最初は弱くて貧乏で薄汚れていて孤独なの。誰にも理解されないの。でも、少しずつ強くなって、味方や仲間を増やしていくものなの。だから主人公なのよ。人はそれぞれ、自分が主人公になれる物語を与えられている。それを君は最後まで読むべきだった。最後の一頁まで。でも、終わってしまったことは仕方がないよ。新しい物語を作ったらいいの。だから、その新しい物語を怖い怪談になんてしちゃだめだよ。君の物語を、みんなに楽しい話として、笑顔で語ってもらいたくない？」

ブツ。鈍い音がすると縄が中ほどから切れ、澪の上にななしくんが落ちてきた。思ったより衝撃は少なかった。あらゆるものが体内から抜けきっているからか、ななしくんは古い木片のように軽かった。仰《の》け反るように避けていた澪の胸元に、首がおかしな方向に曲がったななしくんの顔が載っている。その目は古い血を凝《こ》らせたように赤黒く濁り、まっすぐに澪を捉《とら》え、どんな言葉を用いてもいい表せないような感情を塗り込めていた。

ななしくんは霊的な悍《おぞ》ましさを完全に取り戻していた。あの、端整な顔立ちの彼は遠い過去へと帰ってしまったのだ。今は冷たく硬直した死体と成り果て、身じろぎもせずに澪の顔をどろどろと凝視している。

手負いの赤蛇が激しく暴れるように、壁にななしくんの言葉が現れる。

おまえを　つレてくからナ

その一文で、恐怖は一気に限界へと達した。

しかし、限界にはまだ、その奥がある。限界の向こうにある、けっして開かれぬ最後の扉が。

その扉の先にあるのは、果て。

消し去るべき過去。本能によって廃棄された記憶。潜在的な恐怖。そういった奥に奥にと押し込めておくべきものの堆積《たいせき》する忌避すべき山の、さらにそのまた向こうに果てはある。それは人類の誰もが到達し得ない、暗黒の領域。

そこに蹲《うずくま》っていたものが、黒い翼を広げてしまった。

——頭に巻いていた包帯が、はらりと足元に落ちた。

それは、濁流であった。

澪を中心に、うねる漆黒の波が発生した。

爆発的な成長による黒髪の大洪水——それに飲み込まれたななしくんは澪の身体か

ら引き剝《は》がされ、黒い濁流の中に飲み込まれた。

床はあっという間に蹂躙《じゅうりん》され、渦を巻き、凝り固まり、この狭い空間を黒く塗り潰《つぶ》していく。

行き場を失った髪は壁を這い上ると個室の外や隣室へとなだれ込んでいく。

澪は視界を奪う前髪を搔《か》き分けた。

目の前に立像のようなものが立っている。

それは黒いヴェールを纏《まと》った聖母像のようだが、そのヴェールの裾《すそ》は波打つ黒髪へと繫《つな》がっている。立像は堆《うずたか》く積もった自分の髪の毛から作り出されていた。

立像の上部がクロスオーバータイプのカーテンのように開くと、そこから白い顔が現れる。

女性だった。

視界に髪が被《かぶ》さって邪魔をし、はっきりとは視えない。女性は異国的な顔立ちで、美しく、表情は薄く笑っているように見えた。

そこには、ななしくんもいる。

彼は黒髪に襟首を絡まれ、女の前に吊り下げられた状態になっていた。

——なにが、起きているの……あの女《ひと》、誰……。

葉擦れのような音が室内の空気を毛羽立たせた。

ここにある、すべての髪の毛がざわめき、一本一本が意思を持ったように先端をもたげる。

黒い女に嵌《はま》っていた白面《はくめん》の表情が横に割れ、赤いものが覗《のぞ》く。

大きく裂けた口が開かれたのだとわかった。

その瞬間、澪は気を失った。


頭皮の疼《うず》きとともに澪は目覚めた。

目覚めても暗かった。

その暗さが自分の髪のせいだとわかり、顔を発掘するために両手で掻き分けていく。

視界が広がると、その光景に澪は息を呑《の》んだ。

個室内には膝《ひざ》の高さまで髪の毛が溜《た》まっていた。蔓《つる》のように壁を這っている髪の先には、はたしてどれくらい繁茂しているのかは想像できない。

女の姿は消えていたが、彼女の名残と思《おぼ》しき髪の山がこんもりとしていた。

ななしくんはいた。悪霊の方ではなく、生前の方の姿で。

彼は元の定位置にぶら下がって、深く首を項垂《うなだ》れている。

初めから頭《こうべ》は垂れていたが、今は叱られた子供のように肩を落として落ち込んでいるように見えた。もうさっきのように襲いかかってくるような気勢は失《う》せているようだった。

壁を埋め尽くしていた赤字はほとんど消えていて、仕切り板の中央にたった一文、『ごめんなさい』と弱々しい筆致で書かれている。

澪へ向けての謝罪か。それとも、あの黒い女への——。

あれは、なんだったのだろう。

雲英は髪の毛が霊的なものを引き付けるといっていたが、あれは自分の髪に引き寄せられた霊だったのだろうか。あるいは、あれが守護霊というものか。

何様かは知らないが、彼女のおかげで危機を脱することができた。

ななしくんのこの消沈っぷりは、あの霊に脅されでもしたのか。

髪の毛溜まり中に手を突っ込むと手探りで自分の鞄《かばん》を探し、そこから鋏《はさみ》を取り出して前髪から切っていった。

手鏡で髪型をチェックしながら、そこに映るななしくんを見る。

今にも消えいりそうなほどに霞《かす》み、漆喰《しっくい》の壁が透けて見えている。

「わたし、もう帰ってもいいのかな」

静かに扉が開いた。外へと乗り越えた髪が引っかかり、全開にはならない。

髪は回収しなければ翌日、大騒ぎになるだろう。

とりあえず鞄や体操着入れに押し込めるだけ押し込んで、何度かに分けて焼却炉へ棄てるしかない。

鞄は富田林から借りたＤＶＤが詰まっていたので、いったん外に出して髪を押し込んだ。

縦横無尽に伸び広がった髪の毛を掻き集めていると、落ちている青色の鉛筆を見つけた。それを拾うと赤い謝罪文の隣に、こう書いた。


文通からはじめようね。


室内の重たげな空気が、嘘のように晴れた。

なにかをいわれたような気がして振り返ると、ななしくんの姿は消えていた。

消えた空間の中に優しい笑みを浮かべたななしくんの顔の残像が微《かす》かに残っている。

それも完全に消えると、壁には元々あった猥雑《わいざつ》な落書きが犇《ひし》めきあっていた。

ななしくんは消える間際、確かになにかをいった。

多分、ありがとう、と。

澪は学校近くの公園にいた。

赤らむ空に浮かぶ薄墨色の雲をぼんやり見ながらブランコに揺られて。

心身ともに満身創痍《まんしんそうい》だった。あんなに汚いトイレの床を這《は》いずり回った上に全身汗だく、その汗に切った髪が纏《まと》わりついて痒《かゆ》いことこの上ない。温かい風呂《ふろ》に浸《つ》かって、昨日から今日にかけて起こったすべてを忘れ、きれいに洗い流したい。

しかし、そうはさせてくれない現実が澪を帰宅の途に就かせなかった。

家には、あの赤い顔の女がいる。

あれは絶対に悪霊だ。しかも、S級の。

通り魔の常套句《じょうとうく》「誰でもよかった」を理由に生前の憎悪を無関係な生者に向けるようなタイプだ。彼女のなにを知っているわけではないが、あの顔を見ればだいたいわかる。ななしくんのように素直な霊ではないことは確かだ。

そのななしくんでさえも不安要素がまったくないわけではない。

彼は死者。その死者と今日のように交流することは、ひじょうに危険な行為だ。いつ自分を引っぱっていこうとするかもしれない。

しかし、今はなにより、安らぎの場を失ったショックが大きい。

重い溜め息を吐くと、すぐ傍で砂を踏む音がし、澪は顔を上げた。

富田林だった。

ベージュのカーディガンに黒いタイトスカート。背中には登山者が持っていそうな大きなリュックを背負っている。

「まだお帰りになってなかったんですね」

「うん」

「また、あの人にひどい目に遭わされたんですか？」

澪が頷《うなず》くと富田林は「おいたわしい」と呟《つぶや》いた。

「あ、でも藁人形《わらにんぎょう》は効いたみたい。胸が痛い痛いぃぃって泣きべそかいて半ケツ出して帰ってったよ。いい気味だった。すっきりしたよ。ありがとうね」

「そうですか。それはよかった」

富田林は口角をほんの僅《わず》かに上げた。笑ったようだ。

「そうだ、お弁当もありがと。すっごく美味《おい》しかった。ごちそうさまでした」

「おそまつさまでした」小さく会釈する。「少し味が濃い目なので心配でした」

「ううん、味付けも最高。実は富田林さんが来てくれたすぐ後、ちょっとショッキングなことがあってさ、食欲の方が心配だったけど、まったく問題なく美味しく頂きました。料理、上手なんだね。今度、あのそぼろの味付け教えてほしいな」

「いつでも」

「お弁当箱は洗って明日《あした》返すね」

「それもいつでもいいです。ところでまだ、お帰りにはならないんですか？」

澪は「あー」といい淀《よど》んで、力無く笑う。

「それがその、ほら……今、家に怖いのがいるから」

「ああ」と納得したように富田林は頷いた。「そうでしたね」

「今夜はホテルにでも泊まろうかなって考えてたところ。ほんと、とほほだよ」

「それは？」

富田林は澪の足下にある、ぱんぱんに膨れた体操着袋に視線を落とす。絞った口からは黒い髪が零《こぼ》れ、地面に「の」の字を書いている。処分できなかった、最後のひと塊だ。焼却炉へ行こうと男子トイレから出てきたところを生活指導の教師に見られてしまい、慌てて持ち帰ったのだ。

「これは……」話すべきかどうか、躊躇《ちゅうちょ》する。

今までは化け物扱いをされるのが嫌で人を避けてきたが、超常的なものに懐の広そうな彼女なら、澪のこの体質を知っても気味悪がるようなことはないかもしれない。

しかし、澪は中学時代に体育教師を学校から去らせてしまったという苦い過去がある。自分の姿を見て怯《おび》える者の表情が脳に刻まれている。富田林のそんな表情を見たくはない。

「それよりも富田林さんは、ここでなにしてたの？」

「近くで野暮用があって。通りかかったら大神さんが見えたので」

そういいながら体操着袋から零れる髪を一束摘むと、それをじっと見つめ、匂いを嗅《か》ぎだした。

「これから、お宅へお邪魔してもいいですか？」

「え、わたしの家に？」

女性秘書がしそうな仕草で眼鏡の位置を直す。

「霊を祓《はら》ってさしあげるといいましたでしょう？」


「ただいま」

玄関のスイッチを入れると、玄関に立ち込めていた闇が奥へ追い払われる。

「ちょっと待ってね」

靴を脱ぐ前に家の中の気配を窺《うかが》う。

家のどこかに例の顔がいる。視えないだけで、すぐ傍にあるかもしれない。

靴を脱いで上がると、いつものように廊下、和室、リビング、キッチンの順に照明をつけて回る。どこに霊が潜んでいるかもしれないのに恐怖心が蠢《うごめ》かなかったのは、初めての友達を家に招くというこの状況に幾分か高揚していたからかもしれない。これが除霊などではなく、楽しいティータイムならばどれほど嬉《うれ》しかったことか。

玄関へ戻ると「どうぞ」とスリッパを出す。

富田林は微動だにせず、玄関から廊下の奥をじっと見据えている。

「あの、どうぞ？」

「おうちに親御さんかどなたか、いらっしゃるんですか？」

「……誰もいないけど」

でしょうね、と目を細める。

「どうも、これ以上、私は入れないようです」

二人のあいだにある約二十センチほどの空間。彼女はそこを指さしている。

「ここにいます」

澪は壁にぶつかる勢いで、その場から飛び退く。

「私たちが入ってきた途端、玄関まで出迎えに来ました」

「それはその……どんな霊かな」

「顔面がとても無残な状況になっている女の霊です。どうやら私を警戒しているようです」

富田林は「いる」という一点から目を離さぬままリュックを下ろし、その中から紫の布に包まれた長物を取り出した。布を丁寧に広げると中からは細い弦の張られた大弓が現れる。かなり年季の入った物のようで、握りの部分は使い込んだ木製道具特有の黒い光沢を放っている。

「これは梓弓《あずさゆみ》。日本でもっとも知られる交霊道具です」

「降霊？　霊を呼ぶの？」

「それは霊を降ろす方です。今から私がやるのは霊と交わると書く方です。この弓は霊とコミュニケーションをとれる道具なんです。これより霊と対話をし、この家から出ていくよう説得してみます」

「説得？　そんなことができるの？」

「はい。私はあの人のように霊を侮辱したり、乱暴を働いたりはしません。話せば伝わるものです」

すごい。よっぽど雲英なんかよりも頼もしい。

カーディガンを脱いで薄紫色のボートネックのシャツになると、富田林は玄関で片《かた》膝《ひざ》をつき、太腿《ふともも》の上に弓をのせる。

「ナウマク、サンマンダ、バサラダ……」

呪文《じゅもん》のようなものを唱えながら弓に張られた弦を爪弾《つまび》く。

これはかなり、本格的だ。

こんな道具を持ち歩いて野暮用ということは、彼女は霊媒師の家系かなにかだろうか。家業を継ぐために放課後は除霊の依頼などを受けて修行中なのかもしれない。

「落ち着きなさい」

急に富田林の声色が変わった。

「私はお前の敵ではない。害す者ではない。お前が憑《つ》いているこの家の娘、その学友だ。そなたの名は?」

問いかけに反応するように、壁に砂をぶちまけるような音が聞こえた。

玄関に風が吹く。その風は次第に黒い色を帯び、風になびく長い黒髪へと変じる。砂をぶちまけるような音は、壁や床に髪の毛が叩《たた》きつけられている音だった。

「名乗らずに、顔を見せるか」

髪を絡めた風は虚空で黒い旋風となり、その渦の中央から血に濡《ぬ》れた赤い顔を覗《のぞ》かせる。あの画像の中に写っていた顔だった。

「と、富田林さん……大丈夫?」

「センダマカロシャナ、ソハタヤウンタラタカンマン……チョウガセッシャ!」

富田林が大声をあげるや否や、彼女の口の中へ黒髪が勢いよく吸い込まれていく。麺《めん》を啜《すす》るように最後の一本が足掻《あが》くように跳ねながら吸い込まれると、富田林の目がぐるんとひっくり返って白目になった。

「……とんだ、ばやし……さん?」

富田林は立ちあがると電流が走ったように痙攣《けいれん》し、上半身を前後に揺らし始めた。その揺れは次第に大きくなり、振り乱れる彼女のショートボブがどんどん伸びてロングヘアーになっていく。硬直し、鉄の芯《しん》を通したようにまっすぐ下ろされた腕には灰色の蚯蚓腫《みみずば》れが走り、食いしばった歯のあいだから錆《さ》びついた歯車の軋《きし》みに似た声が漏れる。

赤い顔の女が、富田林にとり憑《つ》いてしまったのだ。

澪は声にならない悲鳴をあげながら、近くの部屋へ飛びこんだ。母の仏壇のある和室だった。

仏壇の前に座り、母の形見の市松人形に手を合わせ、必死に懇願する。

「お母さん、助けて！　どうか、富田林さんを助けて！　お願い！　お願い！」

玄関の方からは富田林の唸《うな》り声や壁を殴るような音、廊下で足踏みするような音がする。必死に母への祈りを続けていると、やがて声や音は聞こえなくなった。

「大神さん」

部屋の戸口に汗みずくの富田林が立っていた。

「もう、大丈夫です。お騒がせしました」

「大丈夫って……お祓いは成功ってこと？」

仏壇の前で手を合わせたまま訊《たず》ねる。

「霊は、あなたに危害を加える存在ではありませんでした」

困惑する澪に富田林はいたって冷静に伝えた。

「大神さん、あなたは恐怖を感じると髪が急速に伸びませんか」

「どうしてそれを」

「その髪は、あなたを守るために伸びるんです」

——わたしを、守るために？　なにそれ。

エクソシスト状態になった富田林の姿があまりにも鮮烈すぎて、受け取った言葉を脳がどこにも繋《つな》げてくれない。

「先ほど髪の臭いを嗅《か》いだ時、死香《しこう》がしたので、大神さん自身から生えたものではないと思いました。別の人の、それもすでに鬼籍に入る者の髪の毛だと」

「ねえ、守るって、誰がわたしを」

「一度も感じたことはありませんか？　ずっと前から、あなたの成長を見守っていた存在を」

まさか。

そんな、まさか——。

廊下へ顔を向けると、そこには血に染まった真っ赤な女の顔が浮かんでいる。

「……お母さん？」

真っ赤な顔の女は、にっこり笑った。

その表情を見た澪は「あ」と声をあげた。

トイレに現れた、髪に包まれた女の霊――あの顔と似ている。顔に万遍なく塗布された血液と瘡蓋《かさぶた》をきれいに洗い落とせば、あの異国人めいた白い顔になるような気がする。

ならば、あの時は澪を恐怖させるななしくんを、母が叱りつけてくれたのか。

母が守ってくれたのか。

「お母様からお言葉を預かっています。『澪、いくひさしく、さちおおかれ』」

どう見ても幸薄そうな顔色の澪は、スタンディングカウントをとられているボクサーのようにふらふらと立ちあがる。

「お……母さん」

真っ赤な顔が小首をかしげた。

「さっきは……ありがとう……助けてくれて……でも、本当に……本当にお母さんなの？」

できれば違うといって欲しい。違ったらそれはそれで厭《いや》だけど、アレをお母さんと呼ぶよりは数億倍マシだ。

家中で激しいラップ音が鳴った。富田林はこくりと頷《うなず》く。

「『イエス』とおっしゃっています」

受け入れ難い現実に、目の前が真っ白になった。

幼いころから抱いていた優しく綺麗《きれい》な母親像は、今夜、脆《もろ》くも大崩壊したのだ。

富田林はハンドタオルで汗を拭《ふ》き、弓を布に包んでリュックにしまうと、

「では、そろそろお暇《いとま》いたします。また、明日《あした》学校で」

澪と、廊下に浮かんでいる赤い顔に一礼して帰った。

Epilogue

眠気と疲労、泣き腫らした瞼《まぶた》と重い足を引きずっての登校だった。

昔のゾンビ映画のゾンビよりスローリーで頼りない歩調。俯《うつむ》き、肩を落とし、右にふらり、左にふらり、十歩に一度は小さな溜《た》め息を吐き零す。健全な高校生活を送っていれば、こんな歩き方にはならない。

昨日明らかになった、信じがたい、信じたくない事実。あれを突然、突きつけられた時のショックは、なにものにも喩《たと》えがたい。

さんざん悪霊呼ばわりしていたものが母親だったのだ。

夢に見るほど会いたかった人が、血みどろの首だけ幽霊だったのだ。

いったい、どんな死に方をすれば、あんな幽霊になれるのだろう。あれは病で死んだ顔ではない。事故か、自殺か、殺されたかだ。

父は当然知っているはずだ。母のことを訪ねると、いつも肝心な部分だけは話さず、はぐらかす素振りも見せていた。この態度は母の死の理由に起因するものだろう。それを聞くのはとても怖いが、こうなると他にもいろいろと訊かねばならないことがでてくる。母の写真が一枚もないのもなにか理由があるに違いない。

母は、ずっと家にいたのだろう。十六年間、澪の傍で息を潜めて見守っていたのだ。いや、死者には潜める息もないだろうが——幼い頃に感じていた、傍に誰かがいるような気配は気のせいではなかったということだ。

昨夕が母子の感動の再会だったわけだが、さすがに涙の御対面とはいかない。向こうはなにかを訴えたげではあったが、こちらからはまだない。あれを母として慕えない。そんな簡単に受け入れられるわけがない。

その母だが、昨日から自身の存在を一切隠さなくなってしまった。視られてしまったからと開き直ったのか、あの状態で家の中をいったり来たりするようになった。

家の中ではずっと傍にいる。だから、どこにいても視界の隅が赤かった。顔面がキムチ状態になっていることの自覚があるのか、視界のセンターには入ってこようとしない。ただ、アピール感がハンパない。

少しでも明るい気持ちになりたくて、腹の底から笑えるバラエティ番組のDVDを鑑賞していると、自分が笑う前に後ろの方からゲラゲラと笑い声が聞こえてくる。

バスルームで洗髪中、背後に悪寒と気配と視線を感じる。「どうせいるんなら背中でも洗ってよ!」とヤケを起こして叫ぶと、掛けてあった垢《あか》すりが一反木綿のように追いかけてきたので澪は泣き叫びながら風呂《ふろ》から飛び出した。

晩御飯を作っていると味噌《みそ》や塩や醤油《しょうゆ》やみりんを勝手に足してくるし、宿題をやっていると鉛筆を削って机に並べたり、応援のつもりなのかラップ音で三々七拍子をやりはじめる。

寝てしまえばそっとしておいてもらえるかと思ったが、瞼を閉じると擦《かず》れた声で子《こ》守唄《もりうた》のようなものが聞こえてくる。それも泥酔した人が溺《おぼ》れているような歌声で言葉の体をまったくなしていない。

眠れるわけがない。結局、昨晩は布団の中で膝《ひざ》を抱きかかえ、さめざめと泣き明かしたのだ。

母はなにかと構ってくるし、なにかと構ってくれと寄ってくる。

母親として娘を気遣ってくれているのもわかる。ずっと一人にさせてきた罪悪感があるのかもしれない。でも、その気遣い方がもう霊のそれでしかなく、澪にとって今の母から贈られる愛情は命を鑢《やすり》で削り落とされているようなものなのだ。

静かに見守ってくれるつもりは、もうないのだろうか。あの時、「お母さん」と呼んでしまったことで母性を刺激してしまったのか。

母の思惑は、富田林が知っているはずだ。憑依《ひょうい》された彼女は母となんらかの会話を交わした。今日はその詳細を彼女に訊《き》くつもりだった。

廊下には女子たちがたむろして、ヒソヒソ話をしている。

皆、爽《さわ》やかな朝にはそぐわない、禁忌に触れているような緊張を顔に浮かせている。

どうせいつものように怪談話に花を咲かせているのだ。この学校の生徒は昨日のドラマの話題や恋バナよりも、怪談を話したい奇特な人たちばかりなのだ。

嫌でも放課後に聞かされるのに、朝っぱらから耳にしたくなどない。澪は早足に通り抜けようとした。

「――ヒロインの御登場よ」

澪はぴくりと反応した。

「昨日、そそくさと二人で男子トイレに入ってったって」

「逢引《あいびき》の場所が男便《ダンベン》ってどうなのよ」

「中から、なんとかくぅぅぅーんって、悩ましい声が聞こえてきたってよ」

「その後、バッタンバッタンって、すごい音がしてきたんでしょ?」

「やーん、大人しそうな顔して、そっちは激しいんだ」

「一昨日《おととい》はお姫様抱っこでホテルへ直行でしょ。お盛んだよねぇ」

「昨日もそうとう愛し合ったんだね。見て、目の下、すっごいくま」

「あんまり見ちゃだめだよ。あの人、あれで不良なんだよ」

「そうそう、この辺りじゃ有名なスケバンらしいよ」

「え、有名なの？　ぜんぜん知らない」

「てか、なに？　スケバンって」

「手楔市以外の土地では、とっくに滅びた種族だよ」

「『カミソリのオガミ』って名乗ってるらしいね」

「ぷっ、なにそれ。自称なの？」

事実が大幅に捻《ね》じ曲げられた形で広まっていた。

なに故に自分が、そんなダサい名前のスケバンになっていなければならないのか。

しかもオオガミでなくオガミって、『子連れ狼』かって話だ。

それもこれも、みんなあの男のせいだ。

このタイミングで長身の男がノッシノッシと向こうから歩いてくる。生徒たちの視線の海をモーセのように割り、ズボンのポケットに両手を突っ込んで肩で風を切るような、まるでチンピラの歩き方で。

周囲が一層ざわつきはじめる。

「よお」

目の前で立ち止まった雲英は、澪の肩を拳《こぶし》でドンと小突く。

「デビュー戦にしては善戦したな。まあ根っこは完全には取れちゃいないが、とりあえず怪談としての機能は失われたようだ。初めての割には、いい仕事をしているって監査員も感心してたぜ」

ＣＥＧへ届いた監査員の報告によると、白首第四の二つ目のトイレ怪談【赤字のななしくん】は怪談再発率十五パーセントの状態で凍結しているという。

完全に無力化したわけではないので怪談として復活する可能性もあるが、すぐにどうこうなるという状態でもなく、再発率が自然に低下していく兆しも見せているということなので、とりあえず今は経過を見守っていくという形になったそうだ。

問題の第三校舎の個室トイレだが、現在は恋に悩む男子生徒たちの相談所と化しているらしい。

あの個室の壁に青いペンで恋の悩みを書きこんでから放課後に見に行くと――。

『ワンステップアップを期待するなら次のデートは自分の部屋で』『キスは積極的に』

そんなアドバイスが赤い字で書きこまれているという。

怪談【赤字のななしくん】は、『この学校には恋愛の達人がいて、どんな恋でも成就させるアドバイスをしてくれる』――そんな噂へと変化したらしい。

ちなみに、その人物は赤字でアドバイスをくれるので『レッド・ラブ』という、恥ずかしい渾名《あだな》で尊ばれているそうだ。

――え。あいつちょっと、調子に乗っちゃってる？

「まあ、一人前の仕事にはほど遠いが、お前にしては上出来ってとこだ。これで、この学校の忌まわしい二つの便所はファッションの聖地と恋愛相談所へと変わった。楽しい学園生活になりそうだろ」

ニヤついた雲英の顔が瞬時に険しくなる。

彼の視線の先には、廊下の向こうから歩いてくる富田林がいた。

「あ、おはよう」

雲英と周りの視線から我が身を引き剝《は》がすように、手を振りながら駆け寄る。

富田林は恭しく頭を下げた。

「おはようございます」

「昨日はなんかごめんね」

「いえ、こちらこそ、お役に立てず」

「いいのよ。だって、あそこで富田林さんがお役に立っちゃったら、お母さん除霊されちゃってたもの」

我がことながら朝から物凄《ものすご》い会話の内容だ。でも、こうして朝の挨拶《あいさつ》を交わせる友達ができたことは大収穫といえる。

「よお、根暗メガネ」

ポンと頭に手を置かれ、雲英が後ろから会話に入ってきた。

　富田林は無表情で彼を見上げる。

「昨日、俺を呪ってくれたのはお前だろ」

「なんの話でしょう」くい、と眼鏡の位置を直す。

「まあ、それはいいか。ところで悪いんだが、うちの新人に余計なちょっかいかけないでくれるか」

「ちょっかいをかけましたか」

　富田林の視線が澪に移る。澪は首をぶんぶんと横に振った。

「しらばっくれてくれるなよ、不感症娘。胡散臭《うさんくせ》ぇ、趣味の悪いホラーＤＶＤを大量に無理やり押し付けただろ。お前らみたいな頭がハロウィン仕様のパンプキンなオカルト信者の仲間に、うちの期待のルーキーを引き込むんじゃねぇよ」

　ぴく。富田林が一度だけ頬をひくつかせた。

「ちょ、ちょっと、無理やり押し付けたなんていわないでよ！　なんでそんな勝手なことをいうの？」

　澪は抗議した。この男には他にもいいたいことがたくさんある。でもまずは校内に広まっている噂をなんとかしろと訴えたい。

「っていうか、なんで君がＤＶＤを借りたこと知ってるの？　話してないよね。もしかして人の鞄《かばん》の中身あさった？」

「俺はお前のことをなんでも知ってるんだよ」

ざわざわざわ。周囲がざわつきだす。また噂に尾ヒレが付きそうな発言を……。

「誤解しないで、富田林さん！　無理やりだなんて思ってないよ！　わたし、嬉《うれ》しかったんだから……初めての友達ができて、その友達が面白いからって貸してくれた物なんだもの。観てはいないけど……」

「いいんです。昨日、保健室でお話を聴いた時点で、大神さんがあの類《たぐい》のものが苦手だとわかってましたから。無理に観る必要はありません。ですが、その人の発言した『胡散臭い趣味の悪い』には異論を唱えます」

分厚いレンズから見据える富田林の視線を雲英は鼻であしらうと、澪の肩に腕を回した。

「ちょっとやめてよ！」

振りほどこうと身を捩《よじ》る澪の肩を、回された腕ががっしりと押さえる。

「いいのかよ、大神。この根暗メガネはお前にとって害悪そのものなんだぞ」

「二人にどんな因縁があるか知らないけど、富田林さんはわたしの友達だもん！　君は他人！　どうして君は彼女にそんなひどいことをいうの？　わたしにとっては雲英君、君の方が害悪、ううん、もはや天災だよ！」

「これを見ても、そういえるかな」

案山子《かかし》のような腕が前に伸びたかと思うと、富田林のブレザーの胸元を摑《つか》んだ。

「なにしてるのよ！　女子に乱暴するなんて最低！　馬鹿！　唐変木！　うんち！

逃げて、富田林さん！」

踵《かかと》でガンガンと雲英の脛《すね》を蹴《け》る。

「いってぇなぁ。こいつを……見ろっ」

後頭部を摑まれ、ぐいっと前に押し出される。

黒地に青で『GPC』と書かれたワッペン。それは雲英が摑んでいる富田林のブレザーの裏地に縫い付けられていた。

「これ……なに？」

目の前にある富田林の顔を見つめて訊《たず》ねる。

彼女は淡々とした声で答えた。

「Ghoststory Promotion Committee《ゴーストストーリー・プロモーション・コミッティー》、通称『GPC《ジーペック》』」

「この根暗メガネは『怪談推進委員会』だ」

雲英が補足を入れる。

「怪談……推進……委員会……」

「怪談で日本を支配しようっていうとんでもない組織だ。この女はそいつに勧誘するため、お前に近づいたんだ」

授業開始五分前のチャイムが鳴る。

富田林は雲英の手を払うと黙礼し、教室へ向かった。

「ちょっと、富田林さん？　え、なに、推進委員会って、どういう……ちょっと」

「放っておけ」

雲英が狼のような顔で笑っていた。

「それより、今日は霊柩車《れいきゅうしゃ》に纏《まつ》わる怪談を片付けるぞ」

「霊柩車って……」

第四校舎の玄関前を塞《ふさ》ぐように停まっている、第四校舎《ヨンカン》とともにもっとも忌避される異物《オブジェクト》の一つ。

「あの中には行方不明になった生徒の死体が入ってるって噂がある。それと今日はもう一件、『三人ネムル』の桜もやろうと思っている。掘れば三人の死体が出てくるって話だ。安心しろ、お前の大嫌いな幽霊じゃない。今日は死体祭《したいまつり》だ」

バックれるなよ、そう言い残して雲英はチンピラ歩きで去っていった。

そんな後ろ姿を見つめる澪は、糸が切れたようにストンとその場に座り込む。

「学校、辞めたい」


白首第四高校。

山に囲まれた地方都市、手楔市の中心にある共学校。偏差値は中の中。スポーツも学力も全国平均でちょうど真ん中。これといって特筆すべきこともない、どこにでもあるような公立高校である。

ただ、この学校には怪談がある。

※本作は書き下ろしです。

怪談撲滅《かいだんぼくめつ》委《い》員会《いんかい》　幽霊《ゆうれい》の正体《しょうたい》見《み》たり枯尾花《かれおばな》
黒《くろ》　史郎《しろう》

角川ホラー文庫　Hく2-4　18930

平成26年12月25日　初版発行

発行者――堀内大示
発行所――株式会社KADOKAWA
東京都千代田区富士見2-13-3
電話(03)3238-8521(営業)
〒102-8177
http://www.kadokawa.co.jp/
編　集――角川書店
東京都千代田区富士見1-8-19
電話(03)3238-8555(編集部)
〒102-8078
印刷所――暁印刷　製本所――BBC
装幀者――田島照久

ISBN978-4-04-102192-7 C0193

角川文庫発刊に際して

角川源義

第二次世界大戦の敗北は、軍事力の敗北であった以上に、私たちの若い文化力の敗退であった。私たちの文化が戦争に対して如何に無力であり、単なるあだ花に過ぎなかったかを、私たちは身を以て体験し痛感した。西洋近代文化の摂取にとって、明治以後八十年の歳月は決して短かすぎたとは言えない。にもかかわらず、近代文化の伝統を確立し、自由な批判と柔軟な良識に富む文化層として自らを形成することに私たちは失敗して来た。そしてこれは、各層への文化の普及滲透を任務とする出版人の責任でもあった。

一九四五年以来、私たちは再び振出しに戻り、第一歩から踏み出すことを余儀なくされた。これは大きな不幸ではあるが、反面、これまでの混沌・未熟・歪曲の中にあった我が国の文化に秩序と確たる基礎を齎らすためには絶好の機会でもある。角川書店は、このような祖国の文化的危機にあたり、微力をも顧みず再建の礎石たるべき抱負と決意とをもって出発したが、ここに創立以来の念願を果すべく角川文庫を発刊する。これまで刊行されたあらゆる全集叢書文庫類の長所と短所とを検討し、古今東西の不朽の典籍を、良心的編集のもとに、廉価に、そして書架にふさわしい美本として、多くのひとびとに提供しようとする。しかし私たちは徒らに百科全書的な知識のジレッタントを作ることを目的とせず、あくまで祖国の文化に秩序と再建への道を示し、この文庫を角川書店の栄ある事業として、今後永久に継続発展せしめ、学芸と教養との殿堂として大成せんことを期したい。多くの読書子の愛情ある忠言と支持とによって、この希望と抱負とを完遂せしめられんことを願う。

一九四九年五月三日

幽霊詐欺師ミチヲ

黒史郎

幽霊を口説け？　マジですか!?

借金を苦に自殺しようとしていたところ、カタリという謎の男に声をかけられた青年ミチヲ。聞けばある仕事を引き受ければ、借金を肩代わりしてくれるという。喜ぶミチヲだったが、その仕事とは、失意の果てに命を絶った女の幽霊を惚れさせ、財産を巻き上げることだった！　かくして幽霊とのデートの日々が始まるが……はたして幽霊相手の結婚詐欺の結末は!?　究極のウラ稼業“チーム・ミチヲ”が動き出す！　痛快感動暗黒事件簿《エンタ》。

角川ホラー文庫

ISBN 978-4-04-394426-2

幽霊詐欺師ミチヲ2

招かざる紳士淑女たち

黒史郎

幽霊に迫られるミチヲの運命は!?

今晩、寝室に次々と女(幽霊)がやって来る。お前は彼女たちを抱きしめ、一人残らず昇天《イカ》させてやるんだよ――図らずも幽霊詐欺師の道を歩き始めたミチヲは、怪しげなホテルで出会った謎のイケメン・サカキに恐怖の「幽霊夜這いゲーム」を仕掛けられる。サカキに寝とられた最愛(!?)の幽霊マミコを取り戻すため、ミチヲはやむなくゲームに挑むことになるが……かくしてミチヲの最悪の一夜が幕を開ける！　シリーズ戦慄の第2弾!!

角川ホラー文庫

ISBN 978-4-04-394463-7

幽霊詐欺師ミチヲ3

時計仕掛けのファンタスマゴリア

黒 史郎

ミチヲとマミコ、ついに結婚!?

サカキとのゲームに大勝利を収めてしまったミチヲの背中に、めでたく戻ってきたマミコ。その愛情アピールは激しさを増し、今や披露宴を夢見る乙女となっていた。そんな中、カタリはミチヲに、溜まる一方の借金返済のため、その原因となった女・久米宮ユカリの霊から金を騙し取ることを提案するが……。ミチヲの運命は？　カタリの真実とは？　そしてマミコの儚い願いの行く末は⁉　今宵『首なし館』で一世一代の宴が始まる！

角川ホラー文庫

ISBN 978-4-04-100140-0

ホーンテッド・キャンパス

雨のち雪月夜

櫛木理宇

シリーズ最恐エピソードも収録!!

草食男子大学生、森司に訪れた試練。それは簿記の試験と、美少女こよみへの片想いを妨害する昔なじみ(男)。彼に翻弄されつつも、こよみへのクリスマスプレゼントを買うため、森司はバイトをすることに。けれど引っ越しのバイトで訪れたのは、飛び降り自殺を繰り返す霊が棲むマンションで……。シリーズ最恐エピソードほか、アネゴ肌の人気キャラ・藍《あい》の過去も収録。胸キュンさせるにも程がある、青春オカルトミステリ第6弾!

角川ホラー文庫

ISBN 978-4-04-101394-6